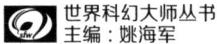
世界科幻大师丛书
主编：姚海军

科幻世界书刊推荐

遇见最会幻想的智慧

中国科幻出版领军品牌

扫码进店,了解更多订购信息

中国出版政府奖 | 全国百强报刊 | 新华文轩卓越贡献奖
当当小说最佳合作伙伴 | 京东图书最具潜力合作伙伴

刘慈欣

亚洲首位世界科幻大奖"雨果奖"得主,中国科幻代表作家。

"三体"三部曲是中国科幻文学的里程碑之作,将中国科幻推上了世界的高度。

三体·图文版

多幅精美全彩插图
完美展现三体世界的宏伟壮阔

作为一部真正能让人在平凡生活中抬头仰望星空的科幻小说,《三体》的字里行间处处可见瑰丽万方的幻想与深刻独到的思考,而现在,这部经典作品又以一个全新的面貌问世。充满视觉冲击力的全彩精美插图让《三体》变得更独特,更有阅读快感,也更有收藏价值。《三体》后两部的图文版也将于近期推出,敬请期待。

  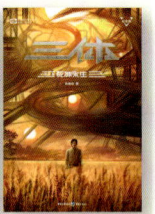

三体·纪念版

凌晨一点至五点,整个宇宙将为你闪烁。

该版本为"三体"系列十周年特别纪念版。该套书特聘国内顶尖插画师绘制封面彩图,开本升级,装帧精美,并有相应图书周边可供配套购买,适合收藏。

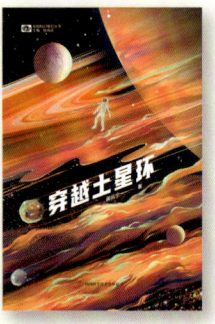

机器之魂

江 波

《机器之门》第二部 澎湃之魂再升级

阿尔法战争之后,人类夺回了未来控制权,但静好的岁月很快再起波澜。冯大刚之子冯汉杰刚被楚南天带到川江基地,复活的萨拉丁便带领暴机器人突袭了基地,脑库守门人阿米丽塔在袭击中丧生。冯汉杰从此踏上复仇之旅。与此同时,冯南天觉察到脑库的异常,前往探查却身陷困境。种种迹象表明,脑库已经失去控制……

穿越土星环

谢云宁

一部古典风格的太空探索题材科幻小说

路渐离乘坐的宇宙飞船发生意外,他独自一人在土星环里漫无目的地飘荡。人生的意外接踵而至,众叛亲离、无人救援、生存物资告罄……
在土星探测器主控A.I.多丽丝的帮助下,路渐离登陆土卫二,用基因编辑技术改造基因片段,制成鱼苗,勉强生存。与此同时,多丽丝和航天公司制订营救方案。路渐离孤军奋战良久,他能否等到救援飞船的到来?

 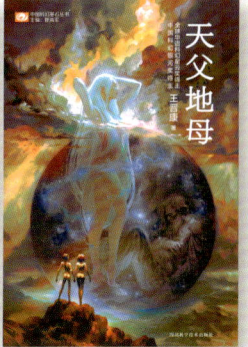 

王晋康　　中国科幻"银河奖"、华语科幻"星云奖"桂冠作家
逃出母宇宙・天父地母・宇宙晶卵

自1993年以来,王晋康发表和出版科幻小说近百篇(部),共计四百余万字,包括《蚁生》《十字》《与吾同在》《逃出母宇宙》《王晋康科幻小说精选(四卷)》等。其作品沉郁苍凉,既融汇了丰富的科学知识,也有对宇宙及生命的哲思睿见,深受读者喜爱。

"活着"系列讲述了一场全新的宇宙级别的灾难。但这场灾难并非清晰明朗地矗立在人类面前。人类智者透过重重迷雾,依据蛛丝马迹确认了它的存在,便带领人类开始了义无反顾的抗争和逃亡。在此过程中,人类逐渐了解到灾难的本质。

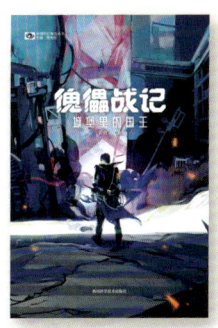 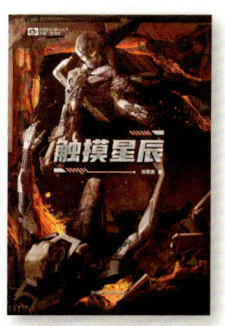

傀儡战记:城堡里的国王
索何夫
废土世界中的小人物大冒险式科幻喜剧

遥远的未来,当星际殖民时代的光辉黯淡之后,技术退化的人类散居在衰败的殖民星球上苦苦挣扎。在银河边缘的殖民世界中,正试图重建文明的人们因"傀儡"而陷入了漫长的战乱。某一天,正因债务问题头疼不已的军官阿德南从老友处得到了一份委托,他本以为上了艘大船,正感春风得意,却没想到自己上的是艘贼船……

触摸星辰
邓思渊
硬科幻新高地强力竞争作

人类与外星文明的太阳系战争已经持续了十年。没人知道他们来自哪里,也没人知道他们为何而来。但是,就在这战争即将胜利的最后关头,巨变发生,全新的巨大的威胁从人类内部升起,两个智慧种族被迫走到一起,对抗新的敌人。
舰队飞行员定一没有想到,人类存亡的终极秘密,正握在他的手中。

TRANSLATIONS

科幻世界 译文版
大型科幻奇幻译刊
面向世界，打开幻想的窗口

定价：12元
推荐阅读年龄：13岁-∞
邮发代号：62-270
投稿邮箱：translation@sfw.com.cn

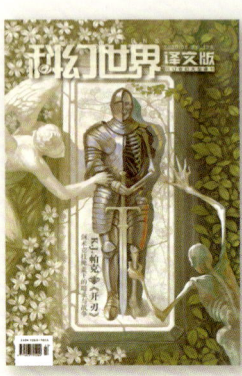 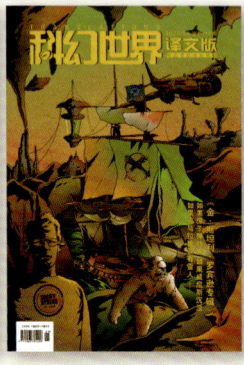 

单月科幻，双月奇幻。

创刊近二十年来，我们始终致力于引进国外科幻、奇幻小说。

每期包括长中短篇，囊括欧美日韩经典作品、最新潮流。

**老师、家长和孩子都喜欢的
优质少儿科普期刊**

科幻世界 画刊

定价：12元
推荐阅读年龄：4-12岁
邮发代号：62-11

美国航天局科学家杰弗里·兰迪斯担任首席科学顾问
图文双解+科学创意+欢乐学习
探索科学也能如此有趣！

- 2020中国优秀科普期刊
- 入选全国中小学图书馆配期刊目录
- 两次获得"国家新闻出版总署向全国少年儿童推荐的优秀少儿刊物"称号
- 中国台湾"金鼎奖"荣誉杂志

特色栏目：

长篇特辑　世界之窗　发现与发明的故事
数学游乐园　走进大自然　科技新视界

四川科学技术出版社

THE DIVINE INVASION
Copyright © 1981, Philip K. Dick
Simplified Chinese edition copyright：2021 SCIENCE FICTION WORLD
All rights reserved.

图书在版编目(CIP)数据

神圣入侵/[美]菲利普·迪克 著；孙 加 译.
-- 成都：四川科学技术出版社，2021.6
(世界科幻大师丛书/姚海军 主编)
书名原文：Divine Invasions
ISBN 978-7-5727-0147-4

Ⅰ.①神… Ⅱ.①菲… ②孙… Ⅲ.①幻想小说-美国-现代
Ⅳ.①I712.45

中国版本图书馆CIP数据核字(2021)第119994号
图进字：21-2020-233号

世界科幻大师丛书
神圣入侵

出 品 人	程佳月
丛书主编	姚海军
著 者	[美]菲利普·迪克
译 者	孙 加
责任编辑	宋 齐 姚海军
特约编辑	陈 曜
封面绘画	李 凯
封面设计	施 洋
版面设计	施 洋
责任出版	欧晓春
出 版	四川科学技术出版社
	四川省成都市槐树街2号出版大厦 邮政编码：610031
开 本	140mm×203mm
印 张	11.25
字 数	190千
插 页	2
印 刷	成都博瑞印务有限公司
版 次	2021年9月成都第一版
印 次	2021年9月成都第一次印刷
定 价	44.00元

ISBN 978-7-5727-0147-4

■ 版权所有·翻印必究 ■

■本书如有缺页、破损、装订错误，请寄回印刷厂调换。
厂址：成都锦江工业园区三色路38号　邮编：610063

菲利普·迪克

Philip K. Dick

1928—1982

1

时间已到,曼尼得上学了。政府开了一间特殊学校。法律明文规定,曼尼情况特殊,不能上普通学校。对此,以利亚斯·泰特束手无策。他没法改变政府的裁决;政府背后有地球,还有邪恶地带。以利亚斯能感觉到。也许那孩子曼尼也能感觉到。

邪恶地带意味何物,以利亚斯很清楚。当然,孩子不清楚。曼尼六岁,很可爱,也强壮,但总是一副迷迷糊糊睡不醒的模样。以利亚斯觉得,他仿佛还没完全脱出子宫,降临人世。

"你知道今天是什么日子?"以利亚斯问道。

男孩子微微一笑。

"好。"以利亚斯说,"嗯,得看老师什么样,老师很重要。你还记得多少,曼尼?你还记得瑞比斯吗?"瑞比斯是孩子的母亲。他取出瑞比斯的全息像,迎着光让曼尼看。"瞧瞧瑞比斯,"

以利亚斯说,"一会儿就好。"

总有一天,孩子的记忆会恢复。一切都在孩子的计划中。孩子早就安排好,某一天,会有某样东西——某种能解禁的刺激物,射中自己,引发记忆,治好失忆。等到那一天,所有的记忆将如潮水般涌来,曼尼会记起自己如何在CY30-CY30B星系中孕育成型,如何待在瑞比斯的子宫里(当时瑞比斯正跟可怕的疾病搏斗),如何飞往地球,甚至还会想起如何接受审查。还在子宫里的时候,曼尼曾指点过三个大人——赫伯·亚什、以利亚斯·泰特和瑞比斯。可惜,后来出了事故(如果那真是事故的话),受了伤。

然后,由于受了伤,引发了失忆。

以利亚斯和曼尼搭乘市内有轨列车,去了学校。接待他们的是个小个子男人,看起来喜欢吹毛求疵,名为普劳戴先生。普劳戴先生热情有加,想跟曼尼握手。这一套,在以利亚斯·泰特看来,属于典型的政府作为:先握手,再杀人。

"啊,这就是小艾曼纽[①]了。"普劳德露出八颗牙的笑容。

学校有个带篱笆的院子,院子里有几个小孩子在玩耍。曼尼紧贴着以利亚斯·泰特,有些害羞,很想跟其他孩子一起玩,可又不敢。

"这名字真好听。"普劳戴说,"艾曼纽,你能说自己的大名

[①] 曼尼的正式名。本书注释若无特殊说明,均为译注。

吗?"他弯下腰,问孩子,"你能说'艾曼纽'吗?"

"上帝与我们同在。"男孩子回答。

"你说什么?"普劳戴感到莫名其妙。

以利亚斯·泰特解释道:"这是'艾曼纽'这名字的含义。孩子妈妈给他取了这名字,正是取其中的含义。曼尼还没出生,他妈妈就死于空难。"

"后来我就待在人造子宫里。"曼尼说。

"机能失调是否就源于那次……"普劳戴开口询问,以利亚斯·泰特挥了挥手,示意噤声。

普劳戴慌了神,低头查看夹纸板上的打字机纸条,那上面有备忘。

"我看看……您不是这孩子的父亲,您是他的叔公①。"

"孩子的父亲仍处于低温冷冻状态当中。"

"也是空难的缘故?"

"对。"以利亚斯回答,"在等待脾脏移植。"

"太奇怪了,都六年了,他们居然还没等到……"

"在孩子面前,我不想提起赫伯·亚什的死亡。"

"可是,这孩子知道父亲会复活吧?"普劳戴问道。

"当然。我会在学校里待几天,看你们怎么对待学生。要是

---

① 爷爷的兄弟。

我觉得你们做得不对,体罚太多,我就把曼尼带走,管它法律不法律。我猜测,你们这儿跟其他学校一样,只教孩子们老一套的鬼话。这一点,我虽然不喜欢,但也不介意。要是我对学校满意,就会预付一年的学费。我本不想带他来,但法律要求我这么做。我不会把账算到你头上。"以利亚斯·泰特微微一笑。

孩子们玩耍的院子周围种着竹子。一阵风吹过,竹林沙沙作响。曼尼偏过头,倾听风声,皱起了眉头。以利亚斯拍拍曼尼的肩膀,想知道风对孩子说了些什么。风有没有说出你真正的身份?有没有说出你真正的名字?

这名字,以利亚斯心想,谁都不敢说出口。

有个身穿白色裙衫的小姑娘走了过来。她向曼尼伸出手,招呼道:"嗨,你是新来的?"竹林仍在沙沙作响。

赫伯·亚什已经死了,处于冷冻状态,但他也有自己的烦恼。一年前,有一架功率高达五万瓦特的调频发射器竖了起来,正好紧贴着冷冻实验室公司的仓库。不知为何,仓库中的冷冻设备竟受了影响,开始接收近旁这架大功率发射器的信号。于是,仓库中所有处于冷冻状态的人,包括赫伯·亚什,不分白天黑夜,被迫二十四小时收听发射器播放的那种电梯间才会播放的单调轻音乐(发射器所属的电台喜欢称这种音乐为"悦音")。

此时，侵扰冷冻实验室死者的，是电影《屋顶上的小提琴手》的配乐的弦乐版。赫伯·亚什尤其讨厌这音乐。他正处于死亡周期的某个阶段，仍然觉得自己活着。在亚什冰冻的大脑中，有个属于遥远过去的小小世界延展开来：他觉得自己又回到了CY30-CY30B星系，回到了某颗小小的行星上自己负责维护的穹顶驻扎站内。关键的那几年，他一直身处这座穹顶驻扎站……说那几年关键，是因为在这段时期，赫伯遇到了瑞比斯·罗梅，两人正式结了婚，然后一同移民回地球，还遭到地球当局的审查。这还不算，审查之后，他居然随随便便就死了，无辜死于某次空难。更糟糕的是，他妻子也死于这次空难，而且身体受损严重，连器官移植也救不活她。机器人医生对赫伯解释道，他妻子漂亮的小脑袋已被"裂分为二"——机器人就喜欢这类词。

不过，鉴于赫伯·亚什脑中的小小世界仍处于CY30-CY30B星系当中，他并没有意识到瑞比斯已经死了。确切地说，在脑中的世界里，此时此刻，赫伯还不认识瑞比斯。瑞比斯驻守在另一间穹顶，一直要等到穹顶补给员到来，才会带来瑞比斯的消息。

赫伯·亚什躺在铺位上，聆听自己最喜欢的琳达·福克斯磁带。不知怎么，福克斯的歌声中却多了些背景噪音，像是甜腻腻的弦乐,一直在演奏某支曲子,曲子出自某部出名的轻歌剧、百老汇演出或者二十世纪后半期的什么鬼东西。很明显,穹顶的接收和录音设备需要彻底整修了。琳达·福克斯的歌,是他接收原始信号后录制的。说不定,这个信号不够稳定,出现了偏移。该死,他懊恼地想,又得修东西了——他得从铺位上下来,找出工具箱,关闭接收和录音设备——也就是说,他得工作了。

想归想,他仍然闭着眼睛,聆听独一无二的福克斯①。

莫再哭泣,悲哀之泉,

为何泉涌如斯?

当如皑皑雪山,

不为阳光所动。

我心中的太阳,

天堂般的双眼,

已沉沉入眠,

看不见你的泪水……

---

① 英语中的人名前通常不加定冠词。所以,对于书中角色琳达·福克斯(Linda Fox),只称呼姓的时候,应为 Fox。但作者此处特意为她加了定冠词,变为 the Fox,以突出她独一无二的地位,故有此译。后文中也有类似情况出现。

这是福克斯最好的曲子,来自她第三张也是最后一张约翰·道兰德①演奏的鲁特琴歌谣集。约翰·道兰德生活在莎士比亚时代。是福克斯发现并改编了他的音乐,使之适合现代人的口味,并将之推向世界的。

背景噪音让赫伯心烦,他用程序遥控器关掉了磁带放送。谁知,说来古怪,福克斯不唱了,那甜腻腻的弦乐却还在响。赫伯无可奈何,关掉了整个音响系统。

音响系统都关了,可是《屋顶上的小提琴手》八十七把弦乐器版仍然没消停。那声音充斥着小小的穹顶,就连空气压缩机的格唧声也没法盖过这声音。这时,赫伯猛然意识到,他已经听了整整——老天!——差不多整整三天的《屋顶上的小提琴手》。

太可怕了。赫伯·亚什心想,我孤零零地在外太空,离地球几十亿英里②,居然还得永远听着八十七把弦乐器拉出来的《屋顶上的小提琴手》。肯定有什么地方不对劲。

说起来,最近这一年,很多事情都不对劲。他选择移民,出了太阳系,实在是大错特错。决定移民时,他没注意到一条重要法律:一旦移出太阳系,整整十年都不能回来。如果回来,将被自

---

① 约翰·道兰德(John Dowland,1563—1626),英国文艺复兴时期作曲家,鲁特琴演奏家。

② 1英里约为1.609千米。编者注。

动判定为违法。统治太阳系的联合政府利用这条法律，保证了源源不断的人口离开地球，离开太阳系，而且只有出，没有进。如果不想移民，只有一个选择：参军。参军，就等于死。政府电视宣传片里的口号就是"要么上天，要么翘辫"——要么移民走人，要么被政府送进某场毫无意义的战争，把你结果了。如今，政府甚至懒得为战争找借口——反正就是把你派出去，结果了你，回头再找新人。科学党和天主教会联合执政，就是这么个后果。科学党和天主教会组成一部超级国家机器，有两位政府首脑，就跟古代斯巴达一样。

在这颗行星上，他总算不用担心被政府谋杀了。自然，被杀的风险还是有。他有可能被这颗行星上老鼠似的原住民杀掉，不过可能性很小。行星上仅剩的原住民，从没杀过人类穹顶居民。这些穹顶居民，带着奇怪的装备——微波发射器、心电感应增强器、"假食物"（反正赫伯·亚什管它们叫"假食物"，因为食物的味道糟透了），以及少得可怜的几件抚慰品（抚慰品性质复杂，各式各样，均用以提高穹顶居民的舒适度）——头脑简单的原住民弄不懂这些装备的用处，也没有兴趣。

赫伯·亚什心想：我打赌，肯定是母船刚好在我头顶上，想戏弄我一下，正用心电感应枪朝我发射《屋顶上的小提琴手》，我才会听到噪音。

赫伯从铺位上站起身,摇摇晃晃地走到控制台前,看了看三号雷达显示屏。根据屏幕显示,母船并没有出现在附近。他猜错了。

真真是天杀的。现在,他用肉眼确认,音响系统已经好端端地关闭,可噪音仍在穹顶里缭绕。而且,噪音似乎并没有固定的音源,而是从穹顶的四面八方均衡地传来。

赫伯坐到控制台前,联系母船。"你们是否正在传送《屋顶上的小提琴手》?"他向飞船的控制电路问道。

沉默片刻后,电路回答道:"有,我们有《屋顶上的小提琴手》录像带,主演是托波尔、诺玛·克兰恩、莫莉·碧康、保罗……"

"我没问这个。"他打断对方,"现在,此时此刻,北落师门①在向你们传送什么节目?有没有纯弦乐的节目?"

"喔,你是五号驻扎站,琳达·福克斯迷。"

"大家就是这么叫我的?"亚什问道。

"我们接受你的请求。做好准备,高速接收琳达·福克斯的两盘新磁带。做好录制准备了吗?"

"我请求的不是这个。"

"我们已开始高速传送。谢谢。"母船的控制电路切断了通

---

① 南鱼座的主星,距离地球约25.1光年。在地球上的视星等为1.16,是除太阳外,在地球上能看到的第17位亮星。

信。按照(赫伯·亚什并没有提出的)请求,母船开始传送经过高倍增速的录音。赫伯只能听着。

母船的录音传送一结束,赫伯又接通了控制电路。"《媒人,媒人》①这首歌一直在我耳边响,响了整整十个小时。"他说,"我受够了。是不是有人竖起了连接防护罩,你们把防护罩拦截的信号反弹到我这儿来了?"

母船的控制电路回答:"我的任务就是不断反弹——"

"结束通信,切断电路。"说着,赫伯切断了跟母船的通信。

他朝穹顶的舷窗外望了一眼。冰冻的荒原上,有个弯着腰的影子正缓缓前进。是个原住民,抓着个小包袱,大概出来办点事。

赫伯·亚什按下外部扩音器按钮,说道:"到我这儿来一下,老乡,有事要问。""老乡"是人类移居者对原住民的称呼。在人类眼中,原住民都一个样,所以通称"老乡"。

原住民绷着脸,拖着脚步,来到穹顶的舱门口,示意开门。赫伯·亚什激活了开门系统,入口的气密薄膜下落就位。屏幕上的原住民消失了,进了穹顶。片刻后,不悦的原住民就站在穹顶当中,抖落身上的甲烷晶体,怒视着赫伯·亚什。

亚什取出翻译电脑,告诉原住民:"一会儿就好。"机器模拟

---

① 音乐电影《屋顶上的小提琴手》的插曲。

他的声音,把语言转换成一阵噼啪咔嗒声,"我这儿一直有音频干涉,关不掉。是你们干的吗?你听。"

原住民停了停,老鼠似的脸抽了抽,沉了下来。最后,他开口了。

电脑中传出奇怪僵硬的英语,"我没听到。"

"你说谎。"赫伯·亚什说。

原住民回答:"我没说谎。或许是你孤独太久,脑子坏了。"

"孤独只会让我脑子好使。再说,我也不孤独。"毕竟,他有琳达·福克斯陪伴。

"我之前也见过。"原住民说,"像你一样的穹顶居民,突然出现了幻听和幻视。"

赫伯·亚什拿出立体声麦克风,打开录音机,观察录音机上的音量指针。指针毫无动静。他将收音效果开到最大,音量指示仍然没有反应,指针一动不动。亚什咳嗽一声,指针立即猛跳,过载二极管也亮起了红灯。看来,录音机也没听到那甜腻腻的弦乐。

为什么呢?赫伯越来越摸不着头脑。

见此,原住民笑了。

亚什对着立体声麦克风,一字一句清楚地说道:"'O|水|结局|奥瑟罗告诉我所有安娜·利维娅的事!我想知道所有安娜·

利维娅的事。好把,你知道安娜·利维娅?是的,当然,我们都知道安娜·利维娅。全都告诉我。现在就告诉我。你会听死的。嗯,你知道,当老家伙完了蛋,做了你知道的。是的,我知道,继续。快点儿洗 | 留神 | 辞职,别玩儿水。卷起你的袖子,打开你的话匣子。你弯腰的时候——停下 | 远足——别撞我。或者不管是什么——'"①

"这是什么东西?"原住民听着电脑的翻译,问道。

赫伯·亚什也咧嘴笑了,答道:"这是一本著名的地球小说。'看,看,暮色越来越重了!我那高耸的 | 左边的树枝正在扎根 | 右。我冰凉的椅子 | 肌肉 | 文化变成灰地 | 误入歧途的。几点了 | 叶子?小偷!是在哪个年代?很快 | 已经就要天黑了。自从……现在已经无休无止了——'"

"这人疯了。"原住民断言道,转身朝舱门走去,准备离开。

"这本书叫《芬尼根的守灵夜》。"赫伯·亚什说,"但愿电脑翻译准确。'听不见,因为水自。唧唧啾啾的水 | 总是抱怨 | 唠叨不

---

① 此段及以下两段,均引自《芬尼根的守灵夜》(*Finnegans Wake*)第八章,中文为戴从容译本。《芬尼根的守灵夜》为爱尔兰作家詹姆斯·乔伊斯(James Joyce)的小说,为后现代主义文学的鼻祖。其结构有如迷宫或梦境,大量使用隐喻、变形、拼贴、嵌套、互文等等,放弃了小说叙述传统,进行了激进的语言实验(甚至创造了独有的"梦语"),被奉为最难读懂的英语小说之一。

休|齐特尔琴自。飞来飞去的|闪光金属片|度蜜月蝙蝠、田鼠|蝙蝠回嘴|畏缩不前|声嘶力竭地喊叫。嚯！你不回家吗？什么托马斯·马龙|蒂姆·马龙？听不见——'"

原住民坚信赫伯·亚什已经精神失常，没听他说话，已经走出老远。亚什目送原住民走出舱门。原住民看起来满腔愤慨，迈开大步，迅速撤离穹顶。

原住民出门后，赫伯·亚什又按下外部扩音器的按钮，对撤离的身影喊道："你觉得詹姆斯·乔伊斯①疯了？你是这么想的吗，啊？行，那你给我讲讲，他怎么会在小说里提到'话匣子'（talktape），也就是录音带。那部小说可是1922开始1939年完成的。那时候根本没有录音机！你管这叫疯？一战结束后四年，他还写了另一部小说，让小说里的角色围坐在电视机前！我觉得乔伊斯是个……"

原住民越过一条山脊，消失了。亚什放开了外部扩音器按钮。

詹姆斯·乔伊斯不可能知道"talktape"这种东西，更不可能写进小说里。亚什心想，总有一天，我要写篇文章发表，证明《芬尼根的守灵夜》是一部由詹姆斯·乔伊斯时代之后一百年才出现的

---

① 詹姆斯·乔伊斯（James Joyce, 1882—1941），爱尔兰作家，诗人，后现代文学鼻祖，20世纪最重要、最有影响的作家之一。著名作品有短篇小说集《都柏林人》，长篇《一个青年艺术家的画像》《尤利西斯》《芬尼根的守灵夜》。

计算机存储系统产生的信息集合。我要证明,当初,乔伊斯连上了某种宇宙意识,从中获得了灵感,才有了这一整本书。靠这篇文章,我就能名垂千古。

他继续琢磨:要是真能听凯西·伯拜利安①朗读《尤利西斯》,那该有多妙。要是她录制了整本书的朗读带该多好。没关系,我们还有琳达·福克斯。

录音机还开着,还在录音。赫伯·亚什大声说道:"我要说那个100个字母拼成的'雷击'单词②。"音量指针听话地摆动起来。"我要说了。"亚什深深吸了口气,"以下是《芬尼根的守灵夜》当中长达100个字母的'雷击'单词。但我忘了确切的字母。"他来到书架旁,取下《芬尼根的守灵夜》的盒式录音带。"我不要凭记忆瞎念。"说着,赫伯塞进盒带,快进到小说的第一页。"这是英语中最长的单词,"他接着说,"这是宇宙中原初分裂的声音,是受损的宇宙坠入黑暗与邪恶的声音。正如乔伊斯指出的,原本,我们拥有伊甸园。乔伊斯……"

无线电发出噼啪声。食品补给员给他发了通信,让他准备

---

① 凯西·伯拜利安(Cathy Berberian, 1925—1983),美国女中音歌手,作曲家,以诠释现代先锋音乐闻名。

② 《芬尼根的守灵夜》中有50%的词语是乔伊斯自己创造的,最有名的是第一章中他用100个字母拼成的"雷击"一词,模仿芬尼根从墙头跌落的声音,也是打雷的声音。这100个字母中可以分辨出十多种不同的语言。

接收补给。

"……醒着吗?"电台里传来补给员的声音,满心希望他给出肯定的回答。

又得跟人类接触了。赫伯·亚什不情愿地缩了缩身体。哦,基督啊。

他颤抖起来。不,不。

拜托,不要。

2

一旦他们穿过天花板,赫伯·亚什对自己说,你就知道,他们冲你来了。补给员有好几个,其中最重要的就是食品补给员。此刻,食品补给员已经转开了穹顶的屋顶锁,正从梯子上爬下来。

"补给配额送到。"无线电音频传感器叫道,"启动门闩去除程序。"

"已经启动。"亚什把手中的报纸放到一边。

扬声器又叫道:"戴上头盔。"

"没必要。"亚什没去取头盔。他设定的空气流速能补偿开门造成的气压骤降。这是他改造的结果。

穹顶的自主管理线路警铃大作。

"赶紧戴头盔!"补给员恼火地吼道。

警铃骤然停止。气压已经稳定。补给员做了个鬼脸,摘下头盔,从带来的货物中取出一只只纸盒。

"我们可是坚强的种族。"亚什一边说着,一边帮他卸货。

"你把这儿的东西都改造增强了。"补给员说。他身材结实,动作敏捷,是个典型的穹顶巡回补给员。驾驶交通艇,在母舰和CY30二号行星之间来回,为各个穹顶运送补给,这可是有风险的活儿。这一点,补给员心中清楚,亚什也清楚。坐在穹顶里,监管设备,这活儿谁都能干;想在外头活动,可就没那么简单了,只有少数人能胜任。

干完活儿,补给员问道:"我能坐会儿吗?"

"我这儿只有代咖啡。"

"代咖啡就行。我来这儿比你早得多;自从到了这儿,我就没喝过真正的咖啡。"说罢,补给员在就餐模块服务区坐了下来。

两人隔着餐桌,面对面喝着代咖啡。外头,甲烷兴风作浪,穹顶里头的两人却安然无恙。补给员头上冒出了汗珠;显然,对他来说,亚什设定的温度太高了。

"我说,亚什,"补给员开口道,"你把仪器设置成自动运行,然后整天什么都不干,就懒在铺位上。对吗?"

"我忙得很。"

"有时候,我觉得你们这些穹顶居民——"补给员顿了顿,换了话题,"你认识驻扎在隔壁穹顶的女人吗?"

"算是认识吧,"亚什回答,"每隔三到四周,我的设备就会发送数据,发给她的接收电路。我猜,她会把数据储存起来,增强,然后发送出去。我只知道这些……"

"她病了。"补给员打断他的话。

亚什吓了一跳,说:"上一次我们视频交谈的时候,她看起来还挺好的。嗯,她确实提到,自己看不清终端的显示。"

"她快死了。"补给员啜了一口咖啡。

"死"这个字让亚什恐惧,他打了个寒战,在脑中回忆那女人的长相。但是,脑海中却现出古怪的画面,混杂着黏黏糊糊的音乐。他心想:视频残片加音频残片,真是瘆人的混合,仿佛陈年死尸身上的裹尸布碎片。有了。那女人瘦小,黑皮肤。她叫什么来着?"我没法思考。"他一边说,一边用双掌托住两边脸颊,像是自我安慰。接着,他站起身,来到主控制台前按了几个键,输入两人用过的代码。屏幕上出现了她的名字。瑞比斯·罗梅。"她怎么会死?"他问道,"怎么回事?"

"多发性硬化症。"

"多发性硬化症不会死人,至少在如今这时代不会。"

"在这个鬼地方就会。"

"怎么——该死。"他重新坐了下来,双手不停颤抖。简直没法相信,他心想。"到了什么阶段?"

"还在早期。"补给员眼神敏锐,注意到亚什双手颤抖,问道:"你怎么了?"

"不知道。神经问题吧,代咖啡的缘故。"

"几个月前,她跟我说,快二十岁的时候,她得过一种——叫什么来着?动脉瘤。瘤子在她左眼,害她失去了左眼的中央视野。那时候,医生就怀疑,这个病是多发性硬化症的征兆。今天,我去的时候,她说她害了视觉神经炎,这种病……"

亚什问:"这两种症状,有没有传给医疗处?"

"医疗处说,这跟动脉瘤有关。动脉瘤发生后,病症出现了一段时间的缓解,然后再次加重,眼前出现重影,模糊了视野……你全身都在抖啊。"

"刚才我有种古怪离奇至极的体验,只持续了一秒钟。"亚什回答,"现在没了。就好像,这事从前也发生过。"

补给员说:"你该给她打个电话聊聊。对你们俩都好。你也该从铺位上起来了。"

"别对我的生活指手画脚。"亚什回答,"我离开太阳系到这儿,就因为不想听人家说三道四。我跟你说过没,我的第二任老婆,每天早上都逼我干什么?她逼我给她做早餐,还要送到床上来。我只能……"

"我今天送补给的时候,她在哭呢。"

亚什转向键盘,打了一长串字符,看着屏幕上出现的结果。

"多发性硬化症,有30%到40%的治愈率。"

"在这儿不行。医疗处没法到这儿来给她治疗。我让她要求调离,回地球去。换了我百分之百这么干。可她不肯。"

"她疯了。"亚什说。

"没错,她是疯了,彻头彻尾疯了。这儿的人都疯了。"

"这话,今天我是第二遍听了。"

"想看证据?她就是证据。换成你,要是你病得很重,会不会申请回家?"

"无论如何,我们都不能放弃自己的穹顶岗位。再说,回地球也是犯法的。不,不对,"他更正道,"要是生病了,就可以回去。但我们这儿的工作……"

"啊,没错——你们监控的东西可真重要啊!就跟琳达·福克斯一样重要。今天说你疯了的人是谁?"

"一个老乡。"亚什回答,"一个老乡到我的穹顶里来,说我疯了。现在,你又从我的梯子上爬下来,说了同样的话。老乡和补给员都来给我下诊断书。说起来,你到底听没听到傻不啦唧的甜腻腻的弦乐?我这儿满是这种声音。我找不到声音的来源,快被逼疯了。行了,我是快被逼疯了,已经疯了。我这么个疯子,对罗梅女士有什么好处？你自己也说了，我彻头彻尾疯了，对谁都没好处。"

补给员放下杯子，"我得走了。"

"好了好了，"亚什道歉，"是我不对。听你讲起罗梅女士的事情，我浑身不自在。"

"给她打个电话，跟她聊聊。她需要人安慰，而你离她最近。真奇怪，她居然没告诉你她病了。"是我没问，亚什心里说。

"而且这也是法律规定，你知道。"补给员又说。

"什么规定？"

"要是某位穹顶居民沮丧低落，最近的邻居就应该……"

"啊，对了。"亚什点点头，"好吧，这事我从没遇到过。我是说——嗯，没错，法律是这么规定的。我忘了。是她让你提醒我这条规定的？"

"不是。"补给员回答。

补给员离开后，亚什找出瑞比斯·罗梅穹顶的代码。他一边把代码输入通信器，一边瞄了一眼墙上的钟。时钟显示，现在正是18:30。于是，他犹豫地住了手。他的一天有42个小时，过得很有规律。在18:30这个时刻，按照计划，CY30三号行星的同步卫星会用高倍速率发来一段音视频娱乐资料，需要他接收。接收并存储后，他还得从头开始，把资料用正常的速度播放一遍，从中选择合用的片段，输入他所在行星的总穹顶系统，广播给大家看。

亚什看了一眼节目单。今天的节目是福克斯演唱会，长达两小时。琳达·福克斯——老派摇滚、现代弦乐以及约翰·道兰德鲁特琴音乐的结合。耶稣啊，要是我不转播你的现场演唱会，这颗行星上的所有穹顶居民都会气得咬牙，冲过来宰了我。人家付我钱，就是让我干这个的（当然，还有处理紧急情况——可惜，紧急情况从没出现过）。我得负责行星间的信息传递。这些音视频资料，是我们这些穹顶居民跟家乡仅有的联系。全靠这些东西，我们才能继续做人。接收存储资料的带子必须照常运转。

他把录音接传器拨到高速模式，调整模块控制，设成接收状态，锁定卫星使用的频率，关注显示器上的波形，确保接收到的信号没有扭曲。同时，他把收到的信号转换成音频，实时输出。

琳达·福克斯的声音，从他头顶的驱动条中传出。显示器上的波形没有扭曲，音频中没有噪音，也没有断续卡壳。仪表显示，各个声道完美均衡。

说起哭，有时候，听她唱歌，我会哭出声来，亚什心想。

我的乐队，

浪迹整片土地；

我的爱情，

洒在头顶的星辰世界里；

轻飘空灵的精灵哟，为我演奏吧，

我坚信你的伟大，为你举杯。

我的乐队哟！

    合成鲁特琴衬托着琳达·福克斯的声线，而这也正是福克斯的标志性特征。鲁特琴，这种十六世纪的乐器，约翰·道兰德曾为它谱写过极其美妙、直击人心的歌曲。之后，这种乐器就慢慢地被人遗忘，直到福克斯重拾了它的价值。

我该追求爱人吗？我该追寻恩宠吗？

我该祈祷吗？我该证明吗？

我该从人间的爱情里，

孜孜寻求天堂的极乐吗？

此世界之外，可有别的世界？

此月亮之外，可有别的月亮？

在此地失落的爱，可会在别的月亮上永久？

世间可有纯洁无垢的心灵？

我是否该去追寻？

亚什心想：福克斯成功地改编了这些歌曲，变成了新歌，唱给四散在宇宙中的人听，成为联系我们的纽带。我们这些人，仿佛被人随手匆匆丢弃，毫无章法、零零落落地散布在荒凉行星和卫星的偏僻角落，待在穹顶中，或是待在飞船上——我们都是强制性移民的牺牲品，我们的放逐没有尽头。

此时，福克斯唱到了他最喜欢的曲子：

可怜的傻瓜，听我诉怨：
我的旅程盲目无边。
神圣希冀必定需要……

一阵静电噪音。赫伯·亚什皱起眉头，咒骂一声。噪音把下一句歌词抹掉了。该死的。

接着，福克斯重复了一遍：

可怜的傻瓜，听我诉怨：
我的旅程盲目黑暗。
神圣希冀必定需要……

静电噪音又来了。亚什记得被抹掉的那句歌词,歌词应该是:

伟大发现的慰安。

亚什恼火地给卫星发信号,示意重复最近十秒钟的资料。卫星照办,倒带,然后暂停,给亚什发出录制的信号,然后重新播放刚才的四句歌词。这一次,尽管莫名其妙的静电噪音仍然存在,最后一句歌词倒是能听清了:

**可怜的傻瓜,听我诉怨:
我的旅程盲目黑暗。
神圣希冀必定需要
您的尊臀的慰安。**

"基督在上!"亚什大叫一声,赶紧关掉录音接传器。他的耳朵没出毛病吧?"您的尊臀"?

肯定是"雅"(Yah)捣的鬼,破坏他的接收效果。已经不是第一次了。

几个月前,他第一次碰到捣鬼事件的时候,当地老乡们告诉他:人类移居CY30-CY30B星系之前,当地土著人崇拜一位名叫雅的山神。据土著居民说,雅的府邸,就在赫伯·亚什穹顶所在的这座小山上。

所以,穹顶接收的微波和心电感应信号,时不时会被雅做一番手脚,弄得亚什很不高兴。要是没有接收信号,雅就会点亮亚什的屏幕,搞些无伤大雅却没法忽略的东西出来。赫伯·亚什花了很多工夫摆弄设备,想屏蔽雅的干涉,却没成功。他还参阅手册,竖起了防护罩,也徒劳无益。

但是,在琳达·福克斯的歌曲中捣鬼,这还是第一次。对亚什来说,这比以往事件都要严重。雅做过头了,越了红线。

因为,说实话,不管健康不健康,他确确实实完全依赖于独一无二的福克斯。

长久以来,他一直热烈地幻想着与福克斯一起幸福生活。他,还有琳达·福克斯,一同住在地球上,加州南部某个滨海小镇(幻想的地点到此为止,无须更加详细)。赫伯·亚什玩冲浪,而福克斯则会大加赞扬。他们的生活会像活生生的啤酒广告:在沙滩上,跟朋友们一起露营,姑娘们赤裸着上身走来走去,便携收音机一直锁定某个24小时不间断无广告的摇滚电台。

这种生活洋溢出的生机,才是最重要的。沙滩边赤裸上身的姑娘么,只不过——嗯,赏心悦目,可算不上顶重要。这种生活,整个儿就是勃勃的生机。一支精心制作的啤酒广告,竟能如此充满生机活力,也够让人吃惊的。

精神境界的顶端,则是道兰德的鲁特琴歌曲集。宇宙之美,不在缀满其间的星辰,而在于音乐——人类用手、声音和心灵发出的音乐。颤音鲁特琴,配合技术娴熟的复杂键盘音乐,还有福克斯美妙的声线。亚什很清楚:我的职责,就是不让这种音乐间断。我录下音乐,转换后,向大家广播,还能得到报酬——真是让人愉快的工作。

"我是独一无二的福克斯。"琳达·福克斯在节目中说。

亚什把视频切换到全息模式。他面前出现了一个立方体,琳达·福克斯在其中朝他微笑。同时,存储带转轴疯狂运转,记录下一个小时又一个小时的节目,加入他的永久收藏中。

"你跟独一无二的福克斯在一起,"她说,"独一无二的福克斯跟你在一起。"她凝视着他,让他转不开眼睛。她眼神坚定明亮,心形脸蛋显得聪慧真挚,不惧袒露心扉。她说:"我是独一无二的福克斯,我在对你说话。"他也微微地笑了。

"你好,福克斯。"他说。

"您的尊臀。"福克斯回道。

嗯，不管怎么说，那莫名其妙的甜腻腻弦乐，无休无止的《屋顶上的小提琴手》，总算是有了解释。都是雅的缘故。这个本地古老神灵，显然嫉妒人类定居者用带来的电子设备进行交流，于是渗透了赫伯·亚什的穹顶。赫伯·亚什恨恨地心想：我吃的饭里夹着虫子，接收的信号里还夹着神灵。罢了罢了，我还是从这座山搬走好了。反正，这座山也没多好——不过是座小土坡而已，就还给雅吧。土著人可以继续向他们的神灵供奉烤山羊肉——只可惜，本地山羊已经死绝了，供奉烤山羊的仪式也因此湮灭。

总之，这次接收的节目算是毁了。不用重播就知道。信号到达录制这头之前，就被雅做了手脚。从前，雅也在节目中做过手脚，篡改的部分总会留在录像带里。

我看，我还是骂一声"该死的"，然后给隔壁穹顶的生病女子打电话吧。

他勉勉强强拨了她的代码。

等了很久，瑞比斯·罗梅一直没有回应他的通话请求。他坐在控制板前，望着没有回应的信号，心想：她咽气了？还是被强制撤走了？

就在这时，面前的微型屏幕出现了隐约的颜色。一开始只有静态图像，接着，她出现在屏幕上。

"是不是把你吵醒了？"他问道。屏幕上，她的动作迟缓麻木。他猜,她大概服用了镇静剂。

"没。我刚才往屁股里扎了一针。"

"什么?"他吓了一跳。难道雅还在捣鬼,还在信号里做手脚?不,没错,她就是这么说的。

"是化疗。"瑞比斯说,"我身体不大好。"

真是个可怕的巧合,他心想。您的尊臀,往屁股里扎了一针。

"我刚刚录了一段琳达·福克斯的演唱会,妙极了。过几天我就会广播。你听了会高兴的。"

对方略显浮肿的脸上没有任何表情,"我讨厌被困在穹顶里。我想四处走走,拜访邻居。补给员刚刚来过,还给我送了药。药很有用,可是我用了会吐。"赫伯·亚什真希望自己没打这个电话。

"你能不能过来看看我?"瑞比斯问道。

"我没有便携氧气瓶,一瓶都没有。"

"我有。"

亚什吓坏了,赶紧说:"可你病着——"

"到你那儿去的力气,我还有。"

"你监管的站点怎么办?要是突然来了紧急数据……"

"我有警报器,我随身带。"

他犹豫片刻，说："好吧。"

"我很想找人陪我坐会儿，聊聊天，这对我很重要。食品补给员倒是陪了我一会儿，可惜他只能待半小时。你猜他跟我说什么？他说，CY30六号行星上爆发了肌萎缩性脊髓侧索硬化症大流行。肯定是病毒。这事整个儿都怪病毒。基督啊，我可不想得肌萎缩性脊髓侧索硬化症。这种病好像是马里亚纳变种。"

"会传染吗？"赫伯·亚什问道。

她没有正面回答，"我得的病能治好。"显然，她想让他宽心，"要是我们这儿有病毒……那我就不去你那儿了。没关系。"她点点头，伸手去关通信器，"我想躺一会儿，多睡睡。用了化疗，得尽可能多睡。我明天再跟你聊。再见。"

"你来吧。"他回答。

她的眼神一亮，"谢谢你。"

"别忘记带警报器。我有种预感，大量的遥感监测确认请求会……"

"该死的遥感监测确认请求！"瑞比斯狠狠道，"困在这天杀的穿顶里，我受够了！整天坐着监视带子运转，监视各种仪表、计量器之类的鬼东西，你不烦吗？"

"我觉得你该回家。"他说，"回太阳系去。"

"不，"她平静了一些，"我会严格遵照医疗处的指示，进行化疗,打败他妈的多发性硬化症。我不回家。我到你这儿来,给你做晚饭。我手艺不错。我妈是意大利人,我爸是墨西哥裔美国人,所以我做饭离不开香料。可惜这儿弄不到香料。不过,我有办法。我一直在做试验,能用各种人造材料合成香料。"

"过几天,我会广播今天录下的福克斯演唱会。"亚什说,"福克斯今天唱了道兰德的《我该求爱吗》①。"

"上诉?这是关于打官司的歌?"

"不,'sue'有两个意思,一个是上法庭打官司,一个是求爱。这儿是求爱的意思。"接着,他明白过来,她是故意的,故意引他这么说。

"你知道我怎么看福克斯?"瑞比斯说,"她的歌,纯粹是将被人丢弃的多愁善感,回收再利用。多愁善感就够差劲了,她的歌更差劲——连原创都不是,捡了人家不要的弃货。而且,她的脸长得太丑,简直像上下颠倒。她说话也恶毒。"

"可我喜欢她。"他没好气地回答。听到这种话,他胸口怒气汹涌。你这么贬低福克斯,我还得帮你?还得冒着受感染的风险帮你?

"我会给你做俄式酸奶牛肉,配欧芹面。"瑞比斯说。

"不必劳驾您了。"

---

① 原文为"Shall I Sue",其中 Sue 有双重含义,故有下文。

她犹豫了，支支吾吾道："那，你不想让我过来了？"

"我……"他也犹豫了。

"我怕极了，亚什先生。"瑞比斯说，"十五分钟以后，我就要呕吐——这是四号神经毒素的作用，所以我不想一个人待着。我不想放弃穹顶，也不想孤零零一个人。对不起，刚才说了冒犯的话。我只是觉得福克斯这人是个笑话，是个笑话式的公众人物，纯属花架子。我不会再说了。我保证。"

"你有没有……"话说一半，他改了口，"你确定，有力气做晚饭吗？"

"我现在还有力气，再过几天就没有了。"她回答，"我会越来越虚弱，虚弱很长一段时间。"

"多长？"

"没人知道。"

他想，你就快死了。这一点，我清楚，你也清楚。但我们都不会说出来。两人之间出现了含义复杂的沉默，仿佛达成协议。这姑娘快死了，想给我做晚饭。我却不想吃这顿饭。我一定得拒绝。不能让她来我的穹顶。弱者的顽固，他想，是种可怕的力量。弱者可以破罐子破摔，让强者低头屈服。

"谢谢你，"于是他答道，"我很高兴跟你一起吃晚饭。不过，你得保证，来的路上也开着无线电，随时跟我保持联系，以防万一。行吗?"

"嗯,当然可以。"她回答。"否则——"她微微一笑,"一个世纪以后,人家就会发现我的遗体,冻得硬邦邦,身边还放着罐子、锅子、合成香料。其实你那儿有便携氧气瓶,对不对?"

"没,我真没有。"话虽这么说,他心里明白,这是假话,她一听就知道。

3

她做的晚饭闻起来很香,吃起来味道也好。可惜,只吃了一半,瑞比斯·罗梅就说了声抱歉,摇摇晃晃地离开穹顶主模块——他的穹顶主模块——进了厕所。他尽量不去注意厕所里发出的声响,想法子不让知觉系统收集听觉信息,不让认知系统辨认信息中的含义。可是,那姑娘在厕所里吐得很厉害,大声地叫喊,他只能咬着牙,推开盘子,猛地站起来,打开穹顶内的音响系统,播放福克斯早期的专辑。

回来吧!
甜蜜的爱情需要你的恩宠,
而你,
却不肯行善,

拒绝给我欢快……

"不知你这儿有没有牛奶?"瑞比斯,一脸苍白,站在厕所门口问道。

他默默地递给她一杯牛奶——在他们的行星上,这种饮料就算是牛奶了。

"我有止吐药,"瑞比斯握着牛奶杯,说,"在我自己的穹顶里,我忘了带来。"

"我去拿。"他说。

"你猜医疗处跟我怎么说?"她的声音沉重,含着愤怒,"他们说,化疗不会掉头发。可是,才这么一会儿,我的头发就已经掉了……"

"行了。"他打断道。

"'行了'?"

"对不起。"

"你不舒服了,"瑞比斯说,"我毁了你的晚饭,你感觉——我不知道你有什么感觉。要是我带了止吐药就好,我就不会——"她没往下说,"下次,我一定记得带上。我保证。我不太喜欢福克斯的歌;不过,我喜欢现在放的这张专辑。她那时候唱得真好,对不对?"

"嗯。"他勉强地应道。

"点唱机琳达。"瑞比斯说。

"什么?"

"点唱机琳达。我跟我姐姐,给她起了外号。"

"请回去吧,回你的穹顶去。"

"哦,嗯——"说着,她捋了捋头发,双手颤抖,"你能不能送我回去?我现在一个人没力气走。我太虚弱了。我病得很重。"

他想,你想把我一起带走。说到底,就是这样。这就是你的打算。你不想一个人死,你想把我的生机也一起带走。这一点你心里清楚,就像清楚你吃的药的名字。你恨我,就像恨你吃的药、恨医疗处、恨你生的病。你恨双子星下所有的东西。我了解你。我看穿了你的想法。我知道你想把我的生机带走。你已经动手了。

我不怪你。但我会紧紧抓着独一无二的福克斯不放;福克斯能活得比你长,我也一样。福克斯是照亮我们的以太,给灵魂带来生机。你熄灭不了她。

我会紧紧抓住她,她也会把我抱在怀里,紧紧搂住我。我们俩——没人分得开。我收藏了几十个小时的福克斯音视频,这些录像不仅是我的,也是大家的。你觉得你能灭掉这一切?早有人试过,最后全都失败了。弱者的力量是有缺陷的,最后总会失败。

所以,才叫弱者的力量。"弱者"一词并非随口说说的。

"多愁善感。"瑞比斯又说。

"可不是吗。"亚什讽刺道。

"回收再利用的多愁善感。"

"还混合了暗喻。"

"你是说她的歌词?"

"我是说,我自己的想法。我发火的时候,就会混合……"

"我跟你说件事,就一件。我想活下去,所以我不能多愁善感,必须铁石心肠。要是我惹你生气,对不起,我没办法,必须这么做。我只能这么活着。等到哪天,你也生了重病,你就会明白。等到那时候——如果真有那一天——你才有资格指责我。现在,你在穹顶内部音响系统中放的唱片,就是垃圾。对我来说,只能是垃圾。你明白吗?你可以忘了我,也可以把我赶回自己的穹顶——我确实该待在自己的穹顶里——可是,要是你还愿意跟我打交道……"

"行了,"他说,"我明白。"

"谢谢。我能不能再要些牛奶?你把声音关小些,我们好继续吃饭。行吗?"

他讶异不已,"你还打算继续努力——"

"放弃吃饭的生物——还有物种——现在都已经灭绝了。"

她撑住餐桌,摇摇晃晃地坐了下来。

"我真佩服你。"

"不,"她说,"值得佩服的人是你。这对你更艰难。我知道。"

"死亡——"他开口道。

"这不是死亡。我来告诉你这到底是什么。跟你的音响里放的垃圾不一样,这才是生活。请给我牛奶。我很需要。"

他给她倒了牛奶,"我想,你灭不了以太。不管是发光的以太,还是不发光的以太,都一样。"

"灭不了。"她说,"因为以太本来就不存在。"

"你多大?"他问。

"二十七岁。"

"你是自愿移民来的?"

瑞比斯回答:"谁知道。到了现在,我已经记不起当初究竟是什么想法。大概,我做出移民的决定,有宗教的原因吧。要么移民,要么当牧师。我出生在'科学使节党'家庭……"

"党员家庭。"赫伯·亚什重复道。他仍然习惯称呼原来的名称:科学党。

"但是,上大学后,我接触了教会工作,后来做了决定:选择上帝,放弃物质宇宙。"

"这么说,你是天主教徒。"

"是CIC①。你用的可是禁语。你自己肯定也知道。"

"我觉得这两个词没差别。"赫伯·亚什说,"我跟教会没接触。"

"你要不要借几本C.S.刘易斯②的书看看?"

"不了,谢谢。"

"得了这个病以后,"瑞比斯说,"我时常想……"她顿了顿,"世上的一切,都得放进至高至大的整体当中来看。光看我的病本身,仿佛是一件坏事,是邪恶;但它或许有我们尚不知晓——至少目前尚不知晓——的更高目的。"

"我就怕有这种想法,所以才不读C.S.刘易斯。"赫伯·亚什回答。

她漠然地看了他一眼,"听说,这座小山上,曾经有个老乡们崇拜的异教神灵?"

---

① Christian-Islamic Church(基督教-伊斯兰教教会)的缩写。这是书中虚构的教会,与"科学使节党"共同统治地球。

② C.S.刘易斯(Clive Staples Lewis,1898—1963),英国小说家,学者,牛津及剑桥大学教授,奇幻经典《纳尼亚传奇》系列作者。刘易斯出生于基督教家庭,一度曾是无神论者,后在各种影响下(包括同在牛津任教的密友、《魔戒》系列小说作者J.R.R.托尔金),回归基督教信仰,并成为有名的基督教辨惑家(护教家)。

"一点儿没错。"他回答,"神灵名叫'雅'(Yah)。"

"哈利路亚①。"瑞比斯接着说。

"什么?"亚什吓了一跳。

"这个词的意思就是'赞美你,雅'。希伯来文是Halleluyah。"

"这个雅,是指'雅威'(Yahweh)吧。"

"这个名字不能说。这是神圣'四字音名'②。Elohim,用单数不用复数,意为'上帝'。后来,在《圣经》中,上帝的圣名Elohim跟Adonay(the lord,我主)一起连用,成了'我主上帝'。你可以单用Elohim或Adonay,也可以两者连用,但永远不能说出'雅威'这个名字。"

"你刚刚就说出口了。"

瑞比斯微微一笑,"我也会犯错误。来杀我呀。"

"这些你都相信?"

"我说的都是事实。"她一摊手,"历史事实。"

"可你确实相信。我是说,你相信上帝。"

---

① Hallelujah,英文单词,意为"赞美上帝,感谢上帝"。单词拼写与后文的希伯来文很相似。

② Tetragrammaton,字面意思是"四字音名",为古代希伯来人尊崇的神名,出现在《希伯来圣经》中。拉丁文为YHWH,是犹太教、基督教所信仰的独一神的名称之一。四字音名的元音早已失传。中世纪末期,四字音名被错误地拉丁化为耶和华(英语:Jehovah)。

"对。"

"你的多发性硬化症,也是上帝的意旨?"

瑞比斯犹豫片刻,慢慢开口道:"他准许这种病发作,但我相信,他会治好我的。我有东西要学;得了这个病,我就能学到。"

"没有更轻松的学法?"

"显然没有。"

赫伯·亚什说:"雅一直在跟我交流。"

"不,不对。这么说是错的。一开始,希伯来人也相信异教神灵存在,但全是邪神;后来,他们明白过来:异教神灵根本不存在。"

"我收到奇怪的信号,我的录音带也被做了手脚。"亚什说。

"你是说真的?"

"当然。"

"这地方除了老乡,还有其他生命形式?"

"在我穹顶所在之处,确实有。有点像民用电台电波干涉,但有一点不同:那东西有感知力。它捣的鬼并非随机,而是有选择的。"

瑞比斯说:"给我放一盘做过手脚的带子听听。"

"好。"赫伯·亚什来到电脑终端前,按了几个键。片刻后,他就找到了做过手脚的录音带,开始播放。

世界科幻大师丛书

> 可怜的傻瓜,听我诉怨:
> 我的旅程盲目黑暗。
> 神圣希冀必定需要
> 您的尊臀的慰安。

瑞比斯咯咯笑了出来,接着变成哈哈大笑。"抱歉,"她边笑边说,"真是雅干的?会不会是母船上或者北落师门上哪个耍小聪明的人做的手脚?我是说,干得真不错,听起来跟福克斯一模一样。当然,我是说音调或者语调一模一样,不是说歌词。有人在耍你呢,赫伯。不像是神灵,说不定是老乡干的。"

"我已经找来一个老乡,问过了。"亚什恨恨地说道,"我看哪,当初定居的时候,真该用神经毒气把他们全灭了。话说回来,我还以为死掉以后,才会遇见上帝呢!"

"上帝是历史的上帝,各个国家的上帝,也是自然界的上帝。原本,雅威很可能是某座火山的神灵。不过,这位神灵时不时会插手历史事件。最好的例子就是出埃及记。雅威插手埃及,带着希伯来奴隶逃出埃及,来到应许之地。当时的希伯来人本是牧羊人,习惯了自由,要他们去烧砖头就够可怕了。此外,法老还命令他们捡稻草。虽然多了捡稻草的任务,每天烧砖的定额仍然跟从前一样,没有减少。这是两难境地的原型,古今都一样。是上帝让他们逃脱奴役,得到了自由。法老代表了历史上所有暴君。"她的声音冷静而理性,让亚什印象深刻。

"这么说,活着的时候,也能遇见上帝。"亚什评论道。

"只在极为特殊的情况下才能遇到。当初,上帝和摩西谈话,就像一个人跟朋友聊天一样。"

"后来怎么了?"

"什么怎么了?"

"为什么上帝的声音没人听到了?"

瑞比斯说:"你就听到了呀。"

"听到声音的是我的音视频系统。"

"那也比什么都没有强。"她看了他一眼,"你好像并不高兴嘛。"

"他干涉了我的生活。"

"我也干涉了你的生活。"她说。

这话让他无言以对。她说的是实话。

"你一般都干些什么?"瑞比斯问道,"食品补给员说,你就躺在铺位上,听听福克斯。是真的吗?听起来生活很空虚啊。"

他心中又升起愤怒,当中也夹着疲惫。他太累了,不想再为自己的生活方式辩解。所以,他什么都没说。

"我先借你一本C.S.刘易斯的书看看。"瑞比斯说,"就选《痛苦的奥秘》吧。这本书里,他……"

"我看过《沉寂的星球》。"亚什说。

"喜欢吗?"

"还行。"

瑞比斯说:"你还得读一读《地狱来鸿》。这书我有两本。"

亚什心想:我不想看书,只想看着你慢慢死去,然后从你的死亡中认识上帝。"听着,"他说,"我现在仍然是科学使节党党员。是党员,明白了吗?这是我的决定,是我选择的立场。疼痛和疾病都是应该抹消的坏东西,而不是需要理解的难题。来生不存在,上帝也不存在。除了那古怪的电离层干扰,就是在这座蠢猪山丘上折腾我设备的东西。等我死了,要是发现上帝真的存在,我会为自己辩护,说自己无知、家庭教育不当。所以,现在,比起跟雅来来回回扯皮,我更想给传输电缆做好防护措施,消除干扰。我没有山羊可以献祭,而且我也很忙。我讨厌他糟蹋我的福克斯磁带;对我来说,这些带子很珍贵,而且其中有些已经绝版了。再退一步,上帝也不会在美好的歌曲中加上'你的尊臀'这种字眼。我没法想象哪个神灵做得出这种事。"

瑞比斯说:"他想吸引你的注意。"

"他可以直接说:'喂,我们谈谈。'"

"这种生命形式,显然不喜欢直接现身。它的形态跟我们不同,思考方式也不同。"

"它是害虫。"

瑞比斯若有所思,"说不定,它隐藏行踪没有直接现身,是为了保护你。"

"哪儿有危险?"

"它本身就是危险。"突然,她剧烈颤抖,非常痛苦。"天杀的!我的头发正在往下掉!"她站起来,"我得回穿顶去,戴上他们给的假发。太可怕了。你能陪我一起去吗?求你了。"

他心想:某人的头发正在一根根往下掉,居然还会相信上帝。我没法理解。"我不能去。"他回答,"我不能跟你一起去。对不起。我这儿没有氧气瓶,我得补充装备。我说的是实话。"

瑞比斯盯着他,闷闷不乐地点点头,像是相信了他的话。他心中有些愧疚,但更多的是轻松。她要走了,他可以暂时卸下包袱,不用再跟她打交道,真让他觉得无比轻松。要是运气好,他还能永远轻松下去。如果他愿意祈祷,那么,他只会祈祷一件事:但愿她永远别再进我的穿顶。只要她活着,就别再进来。

她开始穿戴防护服,准备离开,回自己的穿顶去。他看着她,心头悄悄升起轻松愉悦之感,琢磨着:等瑞比斯和她的毒舌攻击一块儿消失后,就去收藏品宝库中找一盘福克斯的带子放放。该找哪一盘呢?总之,她一走,他就自由了。他又可以自由地做真正的自己,做一个鉴赏家,欣赏永不逝去的可爱之物、极致完美的化身、所有造物的终极目标和膜拜之物——琳达·福克斯。

当夜,他正在熟睡,忽然听到耳边响起轻柔的呼唤:"赫伯特,赫伯特。"

他睁开双眼。"现在不是我的值班时间。"他以为说话的是母船,"值班的是九号穹顶。我要睡觉。"

"好好看看。"那声音说。

他仔细看去,发现自己的控制台——管理所有通信装置的控制台,正在燃烧。"基督耶稣。"他叫道,伸手去摸墙上的开关,想打开紧急灭火器。就在这时,他忽然发觉事有古怪:尽管控制台在燃烧,却没有烧坏。

火焰太亮,刺痛了他的眼睛。他闭上双眼,用手臂挡住脸。"你是谁?"他问。

声音回答:"我是那自有永有的[①]。"

[①] 原文为 It is Ehyeh。Ehyeh 为希伯来文,意为"I am that I am",直译为"我是我所是",中文圣经和合本译作"我是那自有永有的"。这句话出自《圣经·旧约·出埃及记》第3章第14节,上帝对摩西的回答。第3章中,上帝在西奈山(也作何烈山)燃烧的荆棘丛中对摩西说话,荆棘燃烧却没有烧坏。小说借用了这一情节。

"嗨。"赫伯·亚什心下吃惊。是山中的神灵,没用电子界面,来这儿直接跟他说话了。赫伯·亚什无端觉得自己一文不值。他仍用手臂遮着脸。"你来干什么?"他问,"我是说,现在很晚了,已经是我的睡眠周期了。"

"别再睡了。"雅说。

"我今天累坏了。"他心中恐惧。

雅说:"我要你去照顾患病的姑娘。她很孤单。你得赶紧去她身边。否则,我就烧掉你的穹顶、你的设备,还有你所有的私人物品。我会用火焰炙烤你,直到你醒来。此刻你还在梦中,赫伯特,但我会让你醒来。我会让你从铺位上爬起,去帮助她。稍后,我会告诉你们理由,但此刻你们俩还不可知晓。"

"你找错人了吧,"亚什说,"我觉得你该找医疗处。照顾病人是医疗处的职责。"

话音刚落,他突然嗅到刺激性的臭味。他定睛一看,懊丧地发现控制台塌在了地板上,变成了一堆烧熔的渣子。

该死,他心想。

"若你再次撒谎,说自己没有氧气瓶,"雅说,"我会狠狠惩罚你,折磨你,让你没法复原,就像地板上那堆设备渣子一样。现在,我要毁掉你收藏的琳达·福克斯的带子。"赫伯·亚什存放音视频带子的柜子立即开始燃烧。

"求求你。"他说。

火焰消失了,带子完好无损。赫伯·亚什从铺位上爬起,来到柜子旁边,伸手一摸,随即闪电般抽回了手。柜子滚烫。

"再摸一下。"雅说。

"不摸。"亚什回答。

"你要相信主,你的上帝。"

他伸手,又摸了一次。这次,柜子是冷的。于是,他又用手指拂过装着带子的一个个塑料盒,盒子也是冷的。"呀,天哪!"他心下茫然。

"放一盘带子。"雅说。

"哪一盘?"

"随便哪一盘。"

他随便拿了一盘,放进卡槽,打开音响系统。

带子是空白的。

"你洗掉了我的福克斯磁带。"他说。

"我确实洗掉了。"雅回答。

"你会还给我吗?"

"等你赶到患病姑娘身边,去照顾她,我就还给你。"

"现在? 她很可能在睡觉啊。"

雅回答:"她坐着,正在哭。"

赫伯·亚什心中的歉疚鼓胀开来,越发觉得自己一文不值。他羞愧地闭上眼睛。"对不起。"他说。

"现在还不晚。动作快些,你还能赶上。"

"'赶上'?什么意思?"

雅没回答。赫伯·亚什脑中出现了一幅画面,仿佛全息图,有色彩,有景深。瑞比斯·罗梅身穿蓝色袍子,坐在餐桌旁。桌子上摆着一瓶药,还有一杯水。她沮丧地用拳头托着下巴,手中攥着的手帕已经揉成一团。

"我去穿防护服。"说罢,亚什按开装防护服的柜门。门一开,他的防护服——鲜少用到、积灰已久的防护服——就掉了出来,滚落到地上。

十分钟后,他已穿戴齐整,身着鼓鼓囊囊的笨重防护服,站在穹顶之外,手中的提灯雪亮,在黑暗冰冻的甲烷大地上为他开辟出一条路。哪怕隔着防护服,他也感觉到了寒冷,打了个哆嗦——这自然是幻觉,因为防护服能彻底隔绝寒冷。他一边走下山坡,一边回味刚才的事件:午夜,从睡梦中被唤醒,设备被烧化,磁带被洗掉——而且是一次性批量洗了个干净。真是奇遇。

他朝山下走去,跟着穹顶自动发射的定位信号,慢慢靠近瑞比斯·罗梅。甲烷结晶在他靴子底下咯吱作响。他想起脑中的画面,有个姑娘正要结束自己的生命。幸好雅叫醒了我。不然,她很可能真会把药给吃了。

他心中仍然留有恐惧。所以,他一边走下山坡,一边唱起古老的科学党行军歌[1]:

> 他为自由战斗,
>
> 被迫离开家园。
>
> 来到鲜血染红的曼萨纳雷斯,
>
> 领导马德里保卫战。
>
> 汉斯委员牺牲了,
>
> 汉斯委员牺牲了,
>
> 我手捂心口发誓,
>
> 手中枪支重上膛;
>
> 我们绝不忘记您,
>
> 绝不宽恕那敌人。
>
> 汉斯·拜姆勒,我们的委员,
>
> 汉斯·拜姆勒,我们的委员。

---

[1] 这首歌名为《汉斯·拜姆勒》,为西班牙内战歌曲。

4

赫伯·亚什沿着斜坡下山,手中测量仪收到的定位信号越来越强。他忽然想起:白天,她来我这儿的时候,得爬上这个山坡。我居然让她,一个生病的姑娘,扛着锅罐食材,一步接一步,艰难地挪到山顶——就因为我不肯去她的穹顶。我死后肯定会下地狱,进油锅。

不过,现在还来得及。

亚什心想:雅让我认真起来了。之前,我一直没把她当回事。我仿佛觉得她的病是编出来的,编了个故事,以博取关注。他自问:我竟有这种想法,到底成了个什么人?其实,我一直都很清楚,她真的病了,病得很重,没有瞎编。我一直沉沉地睡着;我睡觉的时候,那个姑娘却在一点点死去。

他又想起了雅,打了个哆嗦。损坏的设备,被雅烧熔的设备,能修好。一点儿也不难,只要通知母船,说我这儿发生了电路熔断事故即可。雅也答应过,会把福克斯的磁带都还给我。无疑,他能做到。只有一点:我早晚得回穹顶,继续在那儿生活。继续在那个穹顶住下去?我做不到。不可能。

雅有个计划。我的事,他都安排好了。想到这一点,他害怕起来。雅让我干什么,我就得干什么。

瑞比斯无动于衷地接待了他。她确实穿着蓝色袍子,手里攥着揉成一团的手帕。他也注意到,因为哭泣,她的眼睛红红的。她看来有点儿迷糊。尽管他已经进了穹顶,她仍然招呼道:"进来。我正想着你呢。我一边坐着,一边想你。"

餐桌上放着一瓶药。瓶子是满的。

"啊,那个。"注意到他的目光,她解释道,"我睡不着,正在考虑吃片安眠药。"

"把瓶子收起来。"他说。

她听话地收起瓶子,放进浴室柜。

"我要向你道歉。"他说。

"不用道歉。要喝什么饮料吗?现在几点了?"她转身看了看墙上的钟,"反正我也醒着,你没吵到我。刚才来了些遥感勘测数据。"她指指设备。那上面的灯亮着,表明正在运作。

他说:"不是这个。其实我有氧气瓶,便携氧气瓶。"

"我知道。谁能没有氧气瓶呢?坐吧,我给你泡茶。"她拉开炉子旁边的抽屉,在里头翻找。抽屉里东西太多,都满出来了。"我有茶包,不知道放哪儿了。"

这会儿,他才注意到她的穿顶乱得吓人。脏盘子、脏汤锅、脏煎锅、脏玻璃杯……里面统统装着腐坏的食物,地上堆满了脏衣服和各种垃圾碎片……他环顾四周,感到难以忍受,不知该不该提出替她清理房间。她的动作迟缓,明显精疲力竭。他忽然有种直觉:她的病,比她白天表现出来的严重得多。

"我这儿就是猪圈。"她自嘲道。

他说:"你太累了。"

"是啊,这个礼拜,我每天都得把肠胃吐个干净,是够累的。找到了,茶包在这儿。该死,这是用过的。我习惯泡一次茶,把茶包拿出来晾干,然后下次再用。只泡过一次的茶包倒没关系,还能再用;就怕有时候弄错了,同一个茶包反复用。我再找找,找个没泡过的。"说罢,她继续在抽屉里翻找。

电视机亮着。占据屏幕的是一幅恐怖的动画:巨大肿胀的痔疮,愤怒地脉动着。"你在看什么电视?"亚什转开视线,问道。

"有个新肥皂剧,前两天刚开始,名叫'什么的辉煌'来着?我忘了……某人或某物的辉煌。很有意思,电视里整天放这个。"

"你喜欢肥皂剧?"

"肥皂剧能减轻我的孤单。声音开大些。"

他调大了声音。广告已经结束,肥皂剧继续。痔疮动画没了,屏幕上出现的是个留胡子的老头儿。老头儿的毛发格外茂盛,正跟两只凸眼睛的蛛形纲动物打斗。两只动物的意图很明显:它们打算杀了这老头儿。"松开你们他妈的上颚!"老头子双臂乱挥,喊道。激光枪射出的光线点亮了屏幕。看到这儿,赫伯·亚什立刻回忆起被雅烧掉的通信设备。心生焦虑,心跳的速度也快了起来。

"要是你不想看——"瑞比斯开口道。

"跟电视没关系。"他想告诉她雅的事,但开不了口。他觉得自己做不到。"我碰上了点事情。有东西把我叫醒了。"他揉揉眼睛。

"我给你讲讲前面的情节吧。"瑞比斯说,"以利亚斯·泰特——"

"以利亚斯·泰特是谁?"亚什打断了她的话。

"就是那个胡子老头儿。对了,我想起这部剧的名字了,就叫《以利亚斯·泰特的辉煌》。以利亚斯落到了'合成二号'的蚁人手里——当然,它们没有手。有个女王,非常邪恶,名叫——我忘了。"她想了想,"好像是赫德维乐博。嗯,就是这个。总之,赫德维乐博想要以利亚斯·泰特的命。她坏透了。你等会儿就能看到她,她只有一只眼睛。"

"是嘛……"亚什没什么兴趣,换了话题,"瑞比斯,听我说。"

瑞比斯仿佛没听到他的话,仍在唠叨剧情,"幸好以利亚斯有个好朋友,叫以利沙①·麦克维恩。他们是真正的好朋友,总是互相帮助,共渡难关。有点像——"她瞥了一眼亚什,"有点像你和我,嗯,互相帮助。我给你做晚饭,你呢,担心我,所以过来看我。"

"我来这儿,"他说,"是因为有人叫我来。"

"可你确实担心我。"

"对。"

"以利沙·麦克维恩比以利亚斯年轻许多,长得很英俊。话说回来,赫德维乐博想要——"

"是雅叫我来的。"

"叫你来?"

"来这儿。"他的心脏仍然怦怦直跳。

"是吗?真有意思。我刚才说到哪儿了?赫德维乐博长得很美,你肯定喜欢。我是说,你肯定喜欢她的长相。这么说吧:单看外表,她绝对吸引人;但她的灵魂已经迷失了方向。以利亚

---

① Elisha,在《圣经·旧约》中,以利沙也是希伯来先知,被先知以利亚(即本书中的以利亚斯·泰特)选为继承人。

斯·泰特就像她的良知。你的茶里要不要加点东西?"

"你有没有听到——"他想拉回刚才的话题,但一开口又放弃了。

"牛奶怎么样?"瑞比斯拉开冰箱,看了看里头的东西。她拿出一盒牛奶,往玻璃杯里倒了一点,尝了尝,做了个鬼脸。"酸了。该死。"说着,她把牛奶倒进水槽里。

"我有事跟你说,"亚什开口道,"很重要。我那座小山的神灵,半夜把我叫醒,说你有麻烦了。他烧了我一半的设备,还洗掉了所有的福克斯带子。"

"你从母船那儿再要些就行。"瑞比斯回答。

亚什没吭声,盯着她看。

"你干吗盯着我看?"瑞比斯迅速低头看了看袍子的纽扣。"我的纽扣没开吧?"亚什心想:你身上的纽扣没开,脑子倒是有点脱线。

"要不要糖?"她问。

"好吧,"他说,"我是该通知母船总司令,这是大事。"

瑞比斯说:"对。跟总司令联系,说上帝跟你说话了。"

"我能用下你的设备吗?我还得报告我的穹顶设备被熔毁,那就是上帝出手干预的证据。"

"不行。"她回答。

"不行?"他瞪着她,感到莫名其妙。

"这是诱导性推理,属于猜想和怀疑。你不能从结果倒推原因。"

"你到底在说什么?"

瑞比斯平静地解释道:"你的设备熔毁,不能证明上帝存在。来,我用逻辑符号写下来,你就明白了。不过,我得先找到笔。你也帮着找找,一支红笔。我是说笔杆子是红的,不是说里面的墨水。我以前……"

"等一下,该死的,给我一分钟,让我想想。好吗?行吗?"他的声音不由自主地提高。

"有人在外头。"瑞比斯指了指快速闪烁的指示器,"有个老乡在偷我的垃圾。我把垃圾放在外头。因为——"

"让这个老乡进来。"亚什说,"我来告诉它。"

"告诉它雅的事?行啊,然后老乡们就会带着各种献祭品,涌到你的小山上请示神谕,而且不分白天黑夜,永不间断。你别想有片刻安宁,也别想躺在铺位上听琳达·福克斯了。水烧好了。"她往两个杯子里倒入沸腾的开水。

亚什给母船拨了电话。没多久,就接通了母船的控制线路。"我要报告一起跟上帝接触事件。"他说,"我要直接跟总司令通话。上帝,就是一位名叫雅的土著神灵,一小时前跟我说话了。"

"稍等……"沉默片刻后,母船的控制线路又说:"你该不是那个琳达·福克斯迷吧?五号穹顶?"

"没错。"亚什回答。

"你上次问我们要《屋顶上的小提琴手》录像带,我们本想传给你的穹顶,但你的接收管似乎出了故障。我们已经通知了维修队,他们很快就来。我们这儿的录像带是最初的版本,主演是托坡、诺玛·克莱恩、莫莉·皮孔……"

"稍等。"亚什打断了他的话。瑞比斯把手放在他手臂上,示意有情况。"怎么了?"他问。

"我门外有人。我看到了。得采取措施。"

亚什告诉母船的控制线路:"我等会儿再跟你联系。"随即切断了通信。

瑞比斯已经打开了穹顶外部的探照灯。透过舷窗,亚什看到了古怪的一幕:一个人类站在穹顶外,却没有穿防护服,只穿了一件袍服似的东西。袍服格外厚重,外头还加了皮革围裙。他脚下穿着靴子,靴子做工粗糙,似乎还修补过多次,连戴的头盔也是古董。亚什心下疑惑:到底是怎么回事?

"谢天谢地,有你在。"说着,瑞比斯从铺位旁的储物柜里拿出了一把手枪。"我要杀了他。"她说,"你用外部扩音器叫他进来,然后马上躲开。别被误伤。"

亚什心想:这女人疯了。"别让他进来就行啊。"

"该死的!胡说什么!你一走,他还会来。得让他进来。要是我们不干掉他,他就会强奸我,杀了我,再杀了你。你知道他是谁?我已经认出来了。我认出了那件灰袍子。他是个野乞丐。你知道什么是野乞丐?"

"我知道。"亚什回答。

"他们都是罪犯!"

"他们是叛变者,"亚什说,"被剥夺了穹顶的人。"

"都是罪犯。"瑞比斯重复一遍,子弹上膛。

他看着瑞比斯,只见她穿着蓝色浴袍,脚上是毛茸茸的拖鞋,头发里夹着卷发器,全身冒着怒气,脸都涨得又红又肿。他不知该大笑,还是该懊恼。"我不准他在我的穹顶周围偷偷摸摸、嗅来嗅去。这是我的穹顶!要是你不肯干,我就联系母船,让他们派一队警察来。"

亚什打开外部扩音器,说道:"喂,在外面的那个人。"

野乞丐抬起头,眨眨眼,用手护住眼睛,冲着舷窗,对亚什挥挥手。那是个饱经风霜、满脸皱纹、毛发茂盛的老头儿。他冲着亚什咧嘴笑。

"你是谁?"亚什通过扩音器问道。

老人的嘴唇动了动,但亚什什么都没听到。这是自然。瑞比斯的外部麦克风要么坏了,要么没打开。亚什告诉瑞比斯:"请别开枪,好吗?我放他进来。我想,我知道他是谁。"

瑞比斯慢慢地、小心翼翼地关上手枪的保险。

"请进来。"亚什对着扩音器说。他激活了开门系统,入口的气密薄膜落下就位。野乞丐大步流星,消失在大门内。

"他是谁?"瑞比斯问道。

亚什回答:"他是以利亚斯·泰特。"

"是吗?那部剧原来不是肥皂剧啊。"她转身面对电视机,"原来我一直在拦截心电感应信号。我肯定插错线了。该死的。咳,管它的。我就觉得不对劲,电视里怎么老放这部剧。"

以利亚斯·泰特出现在两人眼前,抖抖身上的甲烷结晶。看得出,他已经习惯荒野生活,茂盛的毛发已然灰白。能从寒冷的露天进入温暖的穹顶,他很高兴,立刻卸下头盔和身上厚重的袍子。

"你感觉如何?"他朝瑞比斯开口问道,"好些了吗?这蠢家伙有没有好好照顾你?要是没有,他的屁股可得好好挨几下子了。"

有风绕着他的身体盘旋,仿佛他便是风暴的中心。

艾曼纽对穿白色连衣裙的小姑娘说:"我是新来的。我不知道这是什么地方。"

竹林沙沙作响,孩子们仍在玩耍。普劳戴先生和以利亚斯·泰特没作声,看着两个孩子。"你认识我吗?"小姑娘问艾曼纽。

"不认识。"他回答。他确实不认识,但他觉得她有些眼熟。小姑娘有张苍白的小脸,一头长长的黑发。她的眼睛,艾曼纽心想,那是一双历经沧桑的眼睛,是智慧的眼睛。

小姑娘对他低声说道:"我出生的时候,海洋尚未形成。"说罢,她认真地注视着他,仿佛在他脸上寻找什么,或许是寻找回应。他说不好。"我在久远的过去成形,"小姑娘接着说,"那是原初时刻,比地球成形还要早得多。"

普劳戴用责备的口吻说:"告诉他你的名字。做个自我介绍。"

"我是芝娜。"小姑娘说。

"艾曼纽,"普劳戴先生说,"这是芝娜·帕拉斯。"

"我不认识她。"艾曼纽回答。

"你们俩去秋千那儿玩。"普劳戴先生命令道,"泰特先生跟我还要谈谈。去吧。走吧。"

以利亚斯来到男孩子身边,弯下腰说:"那小姑娘,芝娜,刚才给你说了什么?她告诉你什么?"以利亚斯生气了。不过,艾曼纽早就习惯了老头儿的怒气,这股怒气经常显露出来。"我听不见。"以利亚斯又说。

"你耳朵不好使了。"艾曼纽回答。

"不对,是她压低了声音。"以利亚斯回答。

"我刚才说的话,很久之前就都说过了。"芝娜说。

以利亚斯感到莫名其妙,眼光从艾曼纽慢慢移到芝娜身上。"你是哪国人?"他问小姑娘。

"我们走。"说着,芝娜拉起艾曼纽的手,引他离开。两人沉默地前行。

"这所学校好吗?"片刻后,艾曼纽问道。

"还行。电脑都是过时的,政府还监视一切。学校的电脑全是政府电脑,这一点,你一定要记住。泰特先生多大年纪?"

"很老了。"艾曼纽回答,"大概四千岁,我猜。他会暂时离开,然后回来。"

"你从前见过我。"芝娜说。

"没,没见过。"

"你失忆了?"

"嗯。"她竟然知道这事,他很惊奇,"以利亚斯说,我的记忆会回来的。"

"你妈妈死了?"

他点点头。

"你能看见她吗?"芝娜问。

"有时候能看见。"

"接通你爸爸的记忆,就能经历过去的生活,跟她在一起。"

"可能吧。"

"你爸爸把过去都存起来了。"

艾曼纽说:"过去令我感到害怕。那场空难,我觉得那是人为蓄意的。"

"当然是。那些人想杀的是你,不过他们自己还不晓得。"

"他们现在也可以杀我。"

"他们不可能找到你。"芝娜说。

"你怎么知道?"

"因为我通晓一切。在你恢复记忆前,我会替你了解世事;即使你恢复记忆之后,我也会留在你身边。过去,你一直希望我陪着你。每一天,我都在你身边。我是你的爱人,你的欢乐,一直在你跟前玩耍。后来,你走了,我的欢乐就落在人类身上。"

艾曼纽问道:"你多大年纪了?"

"比以利亚斯还大。"

"比我还大?"

"不比你大。"芝娜回答。

"你看起来比我大。"

"那是因为你失忆了。我在这儿,就是为了唤回你的记忆。但你不能把我的事说出去,谁都不能说,以利亚斯也不行。"

艾曼纽说:"我什么都告诉他。"

"我的事不行,"芝娜说,"我的事别跟他说。你得保证。一旦你说出去,政府就会知道。"

"带我看看电脑。"

"就在这儿。"芝娜领他来到一间大房间,"你什么都可以问,但电脑给的答案都是政府修改过的。没准你能骗它们说真话。我就喜欢骗它们。它们挺傻。"

他说:"你会魔法?"

闻言,芝娜微笑,"你怎么知道?"

"你的名字。我知道你名字的含义。"

"只是个名字而已。"

"不。"他说,"芝娜不是你的名字,而道出了你是谁。"

"告诉我这个词的意思。"小姑娘说,"但要小声说,要把声音压得很低。因为,你知道我是谁,这就意味着,你的记忆开始复苏了。一定要小心,政府时刻听着,时刻看着。"

"先展示些法术。"艾曼纽说。

"他们会知道的;政府会发觉。"

艾曼纽穿过房间,停在一个笼子前。笼子里关着兔子。

"不,"他说,"兔子不行。有没有其他你能变的动物?"

"谨慎些,艾曼纽。"芝娜说。

"变成鸟吧。"艾曼纽坚持。

"还是猫吧。"芝娜说,"只能变一会儿。"说着,她停了下来,动了动嘴唇。这时,一只灰条纹母猫从外头走了进来。"我就变这只猫,好吗?"

"我也想变成猫。"艾曼纽说。

"猫是会死的。"

"随它去。"

"为什么?"

"猫生来就是要死的。"

芝娜说:"从前,有一只牛犊。人家要杀它,它跑到犹太拉比①身边寻求保护,把头埋在拉比的膝盖中间。拉比却说:'去吧! 你生来如此。'意思就是说,'你生来就是要被杀的'。"

"后来呢?"艾曼纽问道。

芝娜回答:"上帝严厉惩罚了拉比,拉比受了很长时间苦楚。"

"我懂了。"艾曼纽说,"你教导了我,我不做猫了。"

"那么,我来变成猫。"芝娜说,"我变的猫不会死,因为我和

---

① 犹太教中的宗教领袖、导师及律法专家。

你不一样。"她弯下腰,把手放在膝盖上,对着猫说话。艾曼纽注视着她。没多久,猫走了过来,要求跟他谈谈。他把猫举起来,抱在臂弯里。猫举起爪子,触碰他的脸颊,用爪子告诉他:老鼠是讨厌的动物,很烦,但猫并不希望老鼠死绝。因为,尽管很烦,老鼠也有迷人之处,胜过了烦人之处。所以,虽然猫不尊重老鼠,却喜欢寻老鼠的开心。猫希望老鼠存在,却鄙视老鼠。

猫爪一碰面颊,便传达出这么多信息。

"好吧。"艾曼纽回答。

芝娜说:"你知道现在哪儿有老鼠吗?"

"你是猫,该我问你才对。"艾曼纽说。

"你知道现在哪儿有老鼠吗?"她重复了一遍。

"你像个机器一样。"艾曼纽说。

"你知道——"

"你得自己去找。"艾曼纽回答。

"但你能帮我赶老鼠,赶到这儿来。"小姑娘张开嘴,露出了自己的牙齿。他大笑。

猫爪仍然贴着他的面颊,传来更多思维:普劳戴先生已经进了这幢楼。猫听到了他的脚步声。猫传达道,放我下来。

艾曼纽放下猫。

"这儿有老鼠吗?"芝娜说。

"别,"艾曼纽说,"普劳戴先生来了。"

"噢。"芝娜点点头。

普劳戴先生走进房间,说:"啊,你见过米奇了,艾曼纽。她是只很可爱的小动物,是不是?芝娜,你怎么回事?干吗瞪着我?"

艾曼纽大笑。芝娜没能及时从猫的思维中抽离。"小心些,普劳戴先生。"他说,"芝娜会抓人呢!"

"你是说米奇会抓人吧。"

"我的脑子是有损伤,不过刚才的话可没说错。"艾曼纽回答,"要——"他闭上了嘴,感觉到芝娜告诉他"别说"。

"他不太擅长记名字,普劳戴先生。"芝娜解释道。此刻,她已经跟猫分离开来。米奇有些迷糊,慢慢走开。显然,它弄不懂自己为什么会突然出现在两个地方。

"你还记得我的名字吗,艾曼纽?"普劳戴先生问道。

"是的,说话先生。"

"不对。"普劳戴先生皱了皱眉,"不过,普劳戴在德语里确实是'说话'的意思。"

"这是我告诉艾曼纽的,"芝娜说,"我跟他说了您名字的含义。"

普劳戴先生走后,艾曼纽对小姑娘说:"你能召唤铃铛吗?跳舞的铃铛?"

"当然可以。"接着,她红了脸,"你故意引我上钩①。"

"可你也耍人。你总是耍人。我想听听铃声,但我不想跳舞,我只想看别人跳。"

"下次吧,等有机会。"芝娜回答,"你想起跳舞,说明记忆真的开始复苏了。"

"我想是的。我的记忆慢慢回来了。我记得,我让以利亚斯带我去看爸爸,去冷冻爸爸的地方看他。我想看看他长什么模样。看见他,说不定我还能想起更多。我只见过他的照片。"

芝娜说:"比起舞会,我这儿还有一样东西,你更想要。"

"我想知道,你掌控时间的能力如何。我想看你停止时间,让它倒流。这是最了不起的魔法。"

"我刚才说了,等你见到爸爸,连上他的记忆,就能回到过去。"

"可你也能,"艾曼纽说,"现在就能。"

"我能,可我不该。擅动时间,很多东西都会被打乱。而且,这些东西一旦失调,就没法重新排列——算了,找个机会,我演示给你看。我可以把你带回空难之前。不过,我觉得,带你回去可能不明智。一旦回去,你可能得重新体验一遍空难,会更加难受。你也知道,你妈妈本来就得了重病,哪怕没有空难,或许也活

---

① 芝娜(Zina)的名字意思是"仙子"。传说仙子会聚在一起舞蹈,有铃声相伴。芝娜承认自己能召唤跳舞的铃铛,等于承认自己是仙子。

不了。还有你爸爸,再等四年,你爸爸就能解除低温冷冻状态,重新活过来。"

"你确定?"艾曼纽很高兴。

"等你到了十岁,就能见到他。此时此刻,他已经回到了过去,正跟你妈妈在一起。他很喜欢追忆初次遇见你妈妈的时光。那时候你妈妈很懒惰,都是你爸爸替她收拾穹顶。"

"穹顶?什么是穹顶?"艾曼纽问道。

"我们这儿没有穹顶,外太空殖民地才有。我记得以利亚斯跟你说过,你就出生在某个外太空殖民地。你为什么不多听听他的话呢?"

"以利亚斯是人,"艾曼纽说,"是人类。"

"不,不对。"

"他出生的时候是人类。然后,我——"他顿了顿,感到脑中恢复了一小段记忆,"我不想让他死。对不对?所以我把他带走了。很突然。那时候他正跟……"他认真思索,希望脑中的回忆能拼凑出完整的名字。

"以利沙。"芝娜提示。

"他正跟以利沙走在一起。"艾曼纽继续,"我突然把他带走了。他把自己的一部分留在以利沙身上。所以,他永远不会死。我是说以利亚斯永远不会死。不过,以利亚斯不是他的真名。"

"这是他的希腊语名字。"

"看来,我的记忆开始恢复了。"艾曼纽说。

"你还会记起更多东西。知道吗,你给自己设定了解禁刺激物,这东西会让你想起从前——当然,得等合适的时机。除了你,没人知道解禁刺激物是什么,就连以利亚斯也不知道。我也不知道。当初,你故意藏起来,不让我知道。那时候你还是你呢。"

"我现在也是我呀。"艾曼纽说。

"嗯,可是,你的记忆不完整。"芝娜就事论事,"所以你跟从前还是不一样。"

"是啊,"男孩子说,"你不是说,能帮我恢复记忆吗?"

"记忆也分多种。以利亚斯能帮你恢复一点儿,我能帮你恢复很多,可是,唯有你自己设下的解禁刺激物,才能让你重新成为自己。那个词是……来,弯下腰,凑近我。这个词只有你能听。不,我还是写下来。"芝娜从旁边的书桌上拿了一张纸、一截粉笔,在纸上画下一个词:

HAYAH[①]

---

① 希伯来文,意为"存在"(to be),可同时表示"我是"(I am)"我曾是"(I was)以及"我将是"(I will be)。译成中文,相当于上文提到的"我是那自有永有的",即上帝的圣名。

艾曼纽盯着这个词,感到记忆涌入大脑。可惜,只持续了一毫微秒①,立即——几乎立即——消散。

"Hayah。"他大声地念了出来。

"这是神圣语言。"芝娜说。

"对,"他回答,"我知道。"这是希伯来文词汇,或者说,源自希伯来文的词汇。圣名本身也来自这个词。他感到无边的深深敬畏,他感到恐惧。

"无须恐惧。"芝娜静静地开口。

"我恐惧,"艾曼纽说,"因为刚才有一瞬间,我记起来了。"知道了,知道自己是谁,他想。

可他又再次忘记。他跟小姑娘两人刚走到外头院子里,他已经不知道自己是谁了。可是,很奇怪,他却记得自己刚才知道,还记得才过一瞬间,自己又忘记。他想,就好像我脑袋里有两个意识,一个在表层,一个在深层。表层意识受了伤,深层意识仍完好。但深层意识没法开口说话,被封闭了起来。永远封闭?不,不会。某天,会有个刺激物,解禁深层意识。这是他自己设下的。

或许失忆是必要的保护手段。要是他的有意识当中保留着记忆,哪怕只保留最基础的记忆,政府肯定早就杀了他。政府那

---

① 十亿分之一秒。

儿有两头野兽,一头是宗教野兽,名为富尔敦·斯塔特勒·哈姆斯的红衣主教;另一头是科学野兽,名为N.布尔科斯基。

不过,这些名字不过是幽灵而已。对艾曼纽来说,基督-伊斯兰教会,以及科学使节党,都不是现实。他知道,真正的现实藏在这些东西背后。以利亚斯对他说过。就算不说,他也知道。不管什么时候,不管在哪儿,他都能辨认出对手。

倒是小姑娘芝娜,让他看不懂。他总觉得芝娜身上有什么事情不对。不过,芝娜肯定没说谎。她没有能力撒谎。他没有给予她欺骗人的能力。她身上最根本的天性就是诚实。只要他问,她必定回答真话。

他觉得,她应该是zine①的一员。她本人也承认,自己跳过舞。芝娜(Zina)这名字,显然来自Dziana。有时候,她会把"芝娜"当作自己的名字。

艾曼纽凑上前,贴近芝娜背后,在她耳边轻声叫道:"狄安娜(Diana)。"

她立即回过头。他看到,她变了。她的鼻子形状跟刚才不同,不再是个小姑娘,变成了成年女子,戴着金属面具。面具推到头顶上,露出底下的希腊式面容。他认出,那张面具是战争面具。这么说,面前的女子是帕拉斯。他现在看到的不再是芝娜,

---

① 罗马尼亚语,意为"仙子"。

而是帕拉斯。他也知道,不论是芝娜,还是帕拉斯,都不是真正的她。她有众多变化,芝娜和帕拉斯只是其中的两个形象。尽管如此,看到战争面具,他仍然心有所动。此时,面前的帕拉斯已经渐渐消失。他知道,除了他,没人看见刚才的形象。她绝不会让其他人看到。

"你为什么叫我'狄安娜'?"芝娜问。

"因为'狄安娜'也是你的名字。"

芝娜说:"我们挑个日子一起去花园吧。让你看看那儿的动物。"

"好呀,"他回答,"花园在哪儿?"

"就在这儿。"

"我没看见。"

"花园是你造的。"

"我不记得了。"他觉得头疼,双手捧住脸颊。我像爸爸,他想,爸爸从前头疼的时候,也会用手捧着脸颊。可是,他不是我真正的爸爸。

我没有爸爸。他心中暗道。

疼痛,孤独隔绝的疼痛,充满他全身。突然间,芝娜消失了。院子、房屋、城市……一切都消失了。他想把这些都变回来,可是做不到。时间也停止了。就连时间也被取消了。我彻底失忆了,他明白过来,因为我彻底失忆,所以一切都消失了。就连芝娜,他的爱人,他的欢乐,也没法让他恢复记忆。他已回归虚空。

一阵低沉的呢喃缓缓飘过虚空,穿过深渊。热能逐渐显现出来;随着频率升高,热能变成了光,单调的红光,沉闷的光。他觉得这光很丑。

父亲,他想,你不是我父亲。

他动了动嘴唇,念出一个词:

HAYAH

世界恢复了。

5

以利亚斯·泰特,一屁股坐在瑞比斯的脏衣服堆上,开口问道:"有没有真正的咖啡?不要母船贩给你们那种代咖啡,那东西简直没法喝。"他做了个鬼脸。

"我有,"瑞比斯回答,"可我不记得放哪儿了。"

"你最近是不是经常呕吐?"以利亚斯上下打量着她,问道,"差不多每天都吐?"

"对。"她惊讶地瞥了赫伯·亚什一眼。

"你怀孕了。"以利亚斯·泰特说。

"我在做化疗!"瑞比斯生气了,脸涨得通红,"全因为该死的神经毒素和泼尼松富铁隆,我才每天都吐,肠子都快吐出来了。"

"问问你的电脑。"以利亚斯说。没人吭声。

"你是谁?"赫伯·亚什问道。

"野乞丐。"

"你怎么会这么清楚我的事?"瑞比斯问。

以利亚斯说:"我来,就是为了陪在你身边。从现在开始,我会一直陪着你。你去问问电脑。"

瑞比斯坐到电脑前,把手臂放进医疗处槽口。"我知道现在说这个不是时候,"她对以利亚斯和赫伯·亚什说,"不过,我还是处女。"

"出去。"赫伯·亚什轻声地命令老人。

"等医疗系统给出检验结果再说。"以利亚斯坚持。

瑞比斯眼中含泪,"该死。我本来就有多发性硬化症,这还不够,现在还来这一套。难道我受的苦还不够多?"

以利亚斯对赫伯·亚什说:"她一定得回地球。当局会批准的。她的病足以成为合法的理由。"

电脑终端已经锁定了医疗系统。瑞比斯抽泣着问道:"我……怀孕了吗?"

四下一片沉寂。

电脑回答:"您怀孕三个月了,罗梅女士。"

瑞比斯站了起来,走到穹顶的舷窗前,定定地注视着外头的甲烷冰冻大地。

没人开口。

"是雅干的,对不对?"片刻后,瑞比斯问道。

"对。"以利亚斯回答。

"很久以前就计划好了,对不对?"瑞比斯又问。

"对。"以利亚斯说。

"我得了多发性硬化症,才有合法借口回地球。"

"你才能顺利通过移民检查。"以利亚斯回答。

瑞比斯说:"这一切,你全知道。"接着,她指了指赫伯·亚什,"他呢,他会说,这孩子是他的。"

"没错。"以利亚斯回答,"他会跟你一起回去,我也一样。你会住进切维·切斯的贝塞斯达海军医院。鉴于你的病情严重,我们会乘坐轴向紧急航班回去,是高速航班。我们尽快出发。申请回家的必要法律文件已经在你这儿了。"

"是雅让我得病的?"瑞比斯问。

以利亚斯沉默片刻,点了点头。

"这算什么?"瑞比斯火冒三丈,"算是雅的奇策妙计?你打算偷偷运进……"

以利亚斯用嘶哑的嗓音,低声打断她的话,"罗马第十海峡军团①。"

---

① 古罗马军队建制名称。

"马萨达①，"瑞比斯说，"公元73年，对不对？我想也是。当初，老乡告诉我五号穹顶山上有个神灵的时候，我就想到了。"

"他输了，"以利亚斯说，"第十海峡军团有一万五千经验丰富的战士，但马萨达仍然坚持了将近两年。城里只有不到一千犹太人，其中还有妇女和儿童。"

瑞比斯对赫伯·亚什解释道："马萨达城破后，只有七个女人和孩子躲在水渠里，得以存活。这座城市本来是犹太人的堡垒。"她转向以利亚斯·泰特，"从此，雅威被赶出了地球。"

"人类的希望，"以利亚斯说，"也慢慢消散。"

赫伯·亚什说："你们俩到底在说什么？"

"在说一次惨败。"以利亚斯·泰特概括道。

"这么说，他——雅——先是让我得病，然后再——"她说不下去了，"雅一开始就来自这个星系？还是被驱逐到这儿来的？"

"是被驱逐出来的。"以利亚斯说，"现在，地球围绕着一圈邪恶地带。雅进不去。"

"我主？"瑞比斯难以置信，"我主进不去？进不了地球？"她瞪着以利亚斯·泰特。

---

① 希伯来文，字面意思为"堡垒"，为犹太人圣地。公元70年左右，犹太人起义反抗罗马帝国统治，马萨达成为起义的最后据点。据传，马萨达坚守了将近两年；城破后，坚守的九百六十个犹太人全都自杀，只有七人存活。

"这件事,地球人并不知道。"以利亚斯·泰特回答。

"可是你知道,"赫伯·亚什说,"对不对?你怎么会知道这一切?你怎么会知道这么多?你是谁?"

以利亚斯·泰特回答:"我名叫以利亚[①]。"

三人坐在一起喝茶。瑞比斯表情僵硬,面露愤懑,几乎一声不吭。

"你为什么难受?"以利亚斯问道,"是因为雅被对手打败,驱逐出地球?还是因为你肚子里装着他,还得带他回地球?"

她大笑,"我得放弃穿顶了。"

"这是无上的荣耀。"以利亚斯说。

"得病的荣耀。"瑞比斯举起茶杯,贴近嘴唇,双手颤抖。

"你明不明白,你的子宫里装着谁?"以利亚斯问。

"当然明白。"

"可你似乎无动于衷啊。"

"我的人生,被提前安排好了。"瑞比斯说。

"我觉得,你应该跳出个人的小圈子,看看大局。"赫伯·亚什插嘴。以利亚斯和瑞比斯都不满地瞥了他一眼,仿佛他是个局外人,不该贸然闯进来似的。"大概是我不懂吧。"他心虚地接了

[①] 公元前9世纪的希伯来先知,是《圣经·旧约》中最伟大的先知。

一句。

瑞比斯伸出手,拍了拍亚什,"没关系,我也不懂。为什么是我?诊断出多发性硬化症的时候,我就这么问过。该死的,为什么是我?为什么是你?你也得放弃穿顶,还得放弃你的福克斯,放弃你整日整夜躺在铺位上、任由设备自动运行的生活。基督啊。哎,我看约伯①说得对,上帝喜欢谁,就折磨谁。"

"我们三个要去地球,"以利亚斯说,"你会在地球上生下儿子,取名艾曼纽。雅在公元之初、在马萨达陷落之前,就计划好了这一切。他预见到自己的失败,于是采取行动,矫正事态。上帝会失败,但只是暂时的。上帝给予治疗,胜过疾病。"

"Felix culpa。"瑞比斯说。

"对。"以利亚斯赞同。他转向亚什解释道:"这个词的意思是'快乐的错误',即原初的陷落是'快乐的错误'。要是当初没有马萨达陷落,或许就不会有后来的肉体托生。也就是说,不会有基督的降临。"

"这是天主教的教义。"瑞比斯神情游离,"没想到,有一天,这教义居然会在我身上应验。"

赫伯·亚什说:"可是,基督不是征服了邪恶力量吗?他不是

---

① 《圣经·旧约》中的人物。上帝为了考验他的虔诚,先后夺去了他的家产、子女和健康。

说,'我已经征服了世界'吗?"

"嗯,"瑞比斯说,"那还用问,他说错了呗。"

"马萨达陷落之时,"以利亚斯说,"一切都失落了。上帝没在公元一世纪进入历史,而是离开了历史。基督的任务失败了。"

"那你年纪很大了。"瑞比斯说,"你有多大了,以利亚斯?将近四千岁了,我猜。你当然能用长远眼光看待事情,我可不行。你一直都知道'基督初次降临'这事?两千年前就知道了?"

"上帝预见了原初的陷落,"以利亚斯说,"也预见到基督不被世人接受。这一切,尚未发生,上帝就知道了。"

"那,现在呢?上帝知道吗?"瑞比斯问,"上帝知道我们会做什么样的选择吗?"

以利亚斯不说话了。

"他不知道。"瑞比斯替他回答。

"这——"以利亚斯欲言又止。

"这最后一战,"瑞比斯说,"好的或是坏的结局都有可能。对不对?"

"到最后,"以利亚斯说,"上帝会赢。他有绝对的预见能力。"

"他能预见,"瑞比斯说,"不代表他能——唉,我难受得很。已经很晚了,我病着,而且精疲力竭。我觉得我好像要……"她一摊手,"我是个处女,却怀了孕。移民局的医生不会相信的。"

赫伯·亚什说:"我看,这儿就轮到我起作用了。要解决问题,我们就得结婚,一起走。"

"我不会嫁给你的,我根本不了解你。"她瞪着他,"你开什么玩笑?嫁给你?我得了多发性硬化症,还怀了孕——你们俩都滚,滚出去,让我一个人静静。我是认真的。刚才我怎么就没抓住机会,吞下那一整瓶安眠药呢!不对,我根本没有机会。我忘了,雅一直盯着我。他连掉落到地下的麻雀都看得见。"

"你有没有威士忌?"赫伯·亚什问道。

"哎哟,好哇,"瑞比斯酸酸地说道,"你倒是能一醉方休,我呢?有硬化症毛病,肚子里还有个什么胎儿,不能喝酒,我拿什么浇愁?我还——"她愤恨地瞪着以利亚斯·泰特,"在电视机里接收了你的思维,犯了傻,还以为是什么俗气的肥皂剧,是北落师门的写手做梦编出来的,是纯粹的虚构。你会被蛛形纲动物砍头?你的潜意识幻想就是这个?你还算是雅威的代言人?"她的脸色忽地变白,"我说了圣名,抱歉。"

"这个名字,基督徒时刻都挂在嘴上。"以利亚斯说。

瑞比斯说:"可我信犹太教。我本来可以信犹太教。肯定就因为这个,雅才选了我。如果我是非犹太教徒,雅就不会选我。还有,只要我跟人睡过,就不会……"她说不下去,"神圣机制有种奇特的残酷,"她总结,"毫不浪漫,而是残酷。真的。"

"因为事关重大。"

"有多重大?"瑞比斯问。

"因为雅记得,所以整个宇宙才得以存在。"以利亚斯说。

赫伯·亚什和瑞比斯同时瞪大眼睛,盯着他。

"要是雅忘记,宇宙就会被抹消。"以利亚斯说。

"他会忘记吗?"瑞比斯问。

"他现在还没忘。"以利亚斯含糊其词。

"也就是说,他有可能忘记。"瑞比斯说,"嗯,这就是原因,你刚刚说得很明白。我懂了。那么……"她耸耸肩,下意识地喝了口杯中的茶水,"要不是因为雅,一开始,我就不会存在。什么都不会存在。"

以利亚斯说:"他的名字,意思就是'世上现存的一切,都是因他才存在'。"

"哪怕邪恶也一样?"赫伯·亚什问道。

以利亚斯引述道:"《圣经》说,'从日出之地到日落之处,使人都知道除了我以外,没有别神。我是耶和华,在我以外并没有别神。我造光,又造暗;我施平安,又降灾祸;造作这一切的是我耶和华。'[①]"

"这段在哪一章节?"瑞比斯问。

[①]《圣经·旧约·以赛亚书》第45章6-7节。

"《以赛亚书》第四十五章。"以利亚斯回答。

"'平安与灾祸',"瑞比斯也引述道,"'福祉与苦痛'。"

"原来你知道。"以利亚斯看着她。

"我很难相信。"她说。

"这就是一神论。"以利亚斯语气生硬。

"对,"她说,"我想你说得对。可是,这也很残酷。发生在我身上的事,很残酷。而且,还有更多的苦楚等着我。我想脱身,可没法脱身。从一开始,就没人问过我的意见。现在也没人问,没人问我是否情愿。雅能预见未来,我却不能。我能预见到的,只有残酷、痛苦和呕吐。对我来说,侍奉上帝,就等于每天呕吐,每天往自己身上扎针。我是一只被关在笼子里的病老鼠。我是雅手里的病老鼠。我没有信仰,没有希望;他呢,没有仁爱,只有力量。上帝只是力量的征兆,没别的。去他的吧。我放弃了,我也不在乎。要我做什么,我都照做。可是,我很清楚,照做的后果就是死路一条。行了吗?"

两个男人都没说话,没看她,也没看对方。

最后,赫伯·亚什说话了,"今晚他救了你的命。他派我来的这儿。"

"来这儿,再花上五个信用点,你就能喝一杯代咖啡啦!"瑞比斯讽刺道,"这病本来就是他让我得的!"

"他也在引导你。"赫伯说。

"引导我去哪儿?"她问。

"去解救无数的生命。"以利亚斯说。

她说:"像是去埃及,去解救那些烧砖的奴隶。历史总是一再重复。为什么解救一次不够,人们总是再次沦为奴隶,又需要解救呢?就没有一劳永逸的解决办法吗?"

"这一次,"以利亚斯说,"就是最终的解决办法。"

"而我,就不属于被解救的幸运儿。"瑞比斯说,"还没等到救星,我就会死在半路上了。"

"你现在不会死。"以利亚斯说。

"可我很快会死。"

"或许吧。"以利亚斯·泰特的脸上露出难以言喻的表情。

三人正坐着,传来一阵低语声,叫道:"瑞比斯,瑞比斯。"

瑞比斯险些惊叫出声,赶紧用手捂住嘴,四处张望。

"无须恐惧,"声音说,"经由你的儿子,你也会活着。你现在不会死,到了时间的尽头也不会死。"

寂静中,瑞比斯把脸埋在双手当中,开始哭泣。

当天晚些时候,学校放学了,艾曼纽决定再次尝试赫耳墨斯①变形,好了解身边的世界。

　　首先,他加快了体内的生物钟,让思维越来越快。他感到自己沿着线性时间隧道飞奔,直到在时间轴上达到极高的移动速率。此时,他先看到模模糊糊的浮动色彩,接着便突然遇见看守格里工,上层王国和下层王国分界处的守卫。格里工在他面前呈现出裸女形体,近得可以伸手触摸。过了这里,他就开始使用上层王国的速率前进。于是,下层王国不再是具体实物,变成了某种过程,如不同时代的地层般层层堆叠,以3150万比1的速率演化(以上层王国的时间尺度衡量)。

　　因此,在他眼中,下层王国不再是某个地点,而是无数透明的画片,以无比惊人的速度排列组合。这些画片是空间之外的形式,不断送入下层王国,成为下层王国的现实。此时,他距离赫尔墨斯变形,只剩下最后一步。

　　最后一张画片定格,时间为他静止。他闭着眼睛,仍能看见周围房间的情形。他不再移动;他已经成功逃出了追兵之手。这意味着,他的神经电流十分完美,视觉收集到光线,相连的视觉通道将信息递送至松果体,松果体成功识别光线,并记录下来。

---

　　① 一种宗教、哲学和神秘传统,基于托名为赫耳墨斯·特里斯墨吉斯忒斯的著作,对西方神秘主义传统和文艺复兴均有影响。赫耳墨斯主义中"As above, so below"(在上的,便是在下的)说的便是"宏观宇宙"(宇宙)与"微观宇宙"(个人)的关系。

他稍稍坐了一会儿——自然，"稍稍"一词不再具有意义。接着，一点接一点，变形开始了。他看到，外界出现了大脑的形状纹路——他的大脑，构成了外部世界。活着的信息在大脑中四处传递，仿佛小小的红色河流，闪闪发光。河流也是活着的。他可以伸出手，触摸自己的思维——原始状态的思维，尚未形成清晰的念头。房间里充满了思维的电流。大脑本身的无垠深邃，投射到外部世界，成了无边的空间，不断延展开去。

同时，他将原本的外部世界向内投射，包容进身体内部。于是，整个宇宙在他体内，大脑却占满了外界，延伸向广阔的空间，其规模远大于原先的宇宙。于是，外界的一切事物，他都了如指掌——因为此刻的外界，原本就是他的大脑；另一方面，原本的世界此刻内化于他体内，所以，他也了解世界，而且能控制世界。

他让自己平静放松。接着，他看到了房间的轮廓，看到了咖啡桌、椅子、墙壁，以及挂在墙壁上的画；原先世界的幽灵仍然在外界逗留。稍后，他从桌子上拿起一本书打开。在书里，他看到了自己的思维，印刷体的思维。这些印刷体思维沿着时间轴层层堆叠。此时，时间轴已呈空间形式。唯有沿着空间化的时间轴，才有可能移动。他看到，自己各个时期的思维，仿佛全息图，层叠其中。最新的念头最接近表面，次新的念头叠在其下，以此类推，时间越久远，叠放的位置越靠下。

他凝视着身外的世界。此刻,世界已简化成几何形状,大部分都是方块,还有一个金色矩形,是玄关大门。世界全部静止,唯有大门之外尚有动静。门外是他妈妈。妈妈还是个小姑娘,快乐地跑过一片农田,还有枝叶纠缠的老玫瑰花丛。那都是妈妈童年熟悉的地方。妈妈在笑,眼神中闪耀着快乐。

艾曼纽心想:现在,我要改变体内的宇宙。他凝视着几何图形,允许图形增添一点物质细节。对面的破旧蓝色长沙发(以利亚斯很宝贝这张沙发)开始扭曲变形,不再方正,线条轮廓慢慢改变。沙发变形,是因为他移除了约束沙发的因果律。它不再是沾染了代咖啡污渍的破旧蓝色长沙发,成了一个赫普怀特[①]式带门餐具柜,里面放着精致的骨瓷杯、盘、碟。

他恢复了一点时间的流动。于是,以利亚斯·泰特在房间里来来回回,进来又出去。他看到线性时间轴上,按序排列的堆叠层次一同闪着光。赫普怀特餐具柜留在其中的少数几层中,起先保持着被动/关闭/暂息态,接着轻轻弹入主动/打开/启动态,成为永恒"费罗刚"[②]世界的一部分,加入世界原本存在的、属于

[①] 英国18世纪最著名的三位家具制造者之一,其制作的家具轻巧、优雅。

[②] phylogons,为作者自创概念,与ontogons相对。phylogons层层堆叠,组成永恒世界;ontogongs即来即去,不留任何痕迹。前缀phylo-意为"爱",onto-意为"存在"。

餐具柜的类别。在他投射出去的世界大脑中，赫普怀特餐具柜以及里面的骨瓷餐具，都永久内化成真正现实的一部分。此后，餐具柜不会再起任何变化，而且不会被任何人发觉，除了他。对其他人来说，餐具柜的存在已成历史。

他用赫耳墨斯·特里斯墨吉斯忒斯的仪式书结束了这次变形：

Verum est...quod superius est sicut quod inferius et quod inferius est sicut quod superius, ad perpetrando miracula rei unius.

意思是：

真相即是，在上的，便是在下的；在下的，便是在上的；以此达成一体的奇迹。

这便是托特[1]亲自送给摩西的姐妹——女预言家玛利亚[2]的翡翠石板[3]。托特，则是世上所有造物的命名者。之后，托特被驱逐出棕榈树花园。

在下的——他的大脑，也就是微观宇宙——变成了宏观宇

---

[1] 即Tehuti，也作Thoth，古埃及的智慧之神，同时也是月亮、数学、医药之神，负责守护文艺和书记的工作。相传他是古埃及文字的发明者。

[2] 即Maria Prophetissa，也作Maria the Jewess（犹太女人玛利亚），被认为是西方世界第一位真正的炼金术士，据传为摩西（带领犹太人出埃及的先知）的姐妹。

[3] 是传说中刻有赫耳墨斯·特里斯墨吉斯忒斯所传炼金术秘密的石板，是中世纪时炼金术发展的重要依据。

宙。而在上的——宏观宇宙，容纳在他体内——成了微观宇宙。

艾曼纽明白：我现在占满了整个宇宙，我无处不在。由此，我已经变成原人亚当，第一个人类。他无法沿着三条空间轴移动；不管想去那儿，他早已身处该地。他唯一能做的动作，或者说，唯一能改变现实的动作，位于时间轴上。他坐着，思考这个族类演化的世界。世界上有几十亿动植物种族，由一切变形之下的辩证法推动，不停演化，生长完善。他很高兴：彼此连接的族类演化网，很美丽，仿佛毕达哥拉斯设想的宇宙，万事万物和谐契合，每一个都有正确的方向，每一个都不会灭亡。

他想，普罗提诺①所见之物，我也看见了。而且，在我体内，我还将分裂的两个王国重新连接。我让 En Sof② 恢复了 Shekhina③。可惜，只能持续片刻，而且只能以微观形式存在于我体内。一旦放回外界，就会回到原先的分裂状态。

"要是能保持该多好！"他不禁说出了声。

以利亚斯走进房间，边走边问："曼尼，你在干吗？"

---

① 又译柏罗丁，古希腊新柏拉图学派最著名的哲学家，被认为是新柏拉图主义之父，主张有神论与神秘主义。

② 也写作 Ein Sof, 或 Eyn Sof, 犹太教卡巴拉哲学思想中的概念，字面意义为"无限"，近似于创世之前、宇宙存在之前的上帝。

③ 也写作 Shekhinah, 犹太教卡巴拉哲学思想中的概念，近似于"上帝的神圣存在，上帝的女性本质"。

因果律被颠倒;芝娜的本领,他也做到了——时间倒流了。他高兴地笑出了声。耳边传来了铃声。

"我看到了钦瓦特桥①,"艾曼纽说,"就是窄桥。我本想穿过这座桥。"

"你绝对不能过去。"以利亚斯说。

艾曼纽问:"我听到远远传来铃声。铃声有什么意义?"

"听到远处的铃声,就意味着:Saoshyant已经到来。"

"你是说救世主。"艾曼纽说,"以利亚斯,谁是救世主?"

"就是你自己。"以利亚斯回答。

"有时候我觉得,我永远也恢复不了记忆。"

铃声仍在他耳边响着。遥远的铃声,徐徐响起。他知道,铃声是沙漠的风吹来的。是沙漠在对他说话。沙漠,借着铃声,想让他回忆起遗忘了的事。他问以利亚斯:"我是谁?"

"我不能说。"以利亚斯回答。

"可你知道。"

以利亚斯点点头。

"只要你肯说,一切都能简单许多。"艾曼纽说。

"你必须自己说出来。"以利亚斯说,"等时机到来,你就会知

---

① 琐罗亚斯德教中分隔生死的桥,也是审判桥。人死后都要踏上这座桥,遇善者桥会变宽,遇恶者桥会变窄,直到恶者落入深渊。

道，就会说出来。"

"我是——"男孩子犹犹豫豫地开口。

以利亚斯微笑。

她听到从自己子宫中传来的声音。一时间，她心生恐惧，过后又觉得悲伤。她有时哭泣，常常呕吐——呕吐总不肯放过她。她想，《圣经》里可没提圣母玛利亚得忍受晨吐的折磨。我八成还会水肿，留下妊娠纹。这个，《圣经》里也没说。

"圣母玛利亚有妊娠纹"——这句话倒很适合涂鸦，涂在墙上。她拿出合成羊肉和四季豆，给自己做了点吃的。接着，她独个儿坐在餐桌前，呆呆望着穹顶舷窗外的景色，心里琢磨：趁以利亚斯和赫伯没回来，我真该好好把这儿收拾收拾。不对，要做的事情太多，我还是先列张清单为好。

最重要的事情，是搞懂目前的状况。他确确实实在我体内。这是真事。

得再弄顶假发，然后才出发回地球。弄顶更漂亮的假发。我看我该试试金色长发。天杀的化疗。哪怕疾病干不掉你，化疗也会干掉你。她恨恨地想道：药物比疾病更糟——瞧啊，上帝，我把你的话反过来说啦！天啊，我又想吐了。

她拉过桌子上的餐盘——一盘冷掉的合成食物，脑中忽然冒出个怪念头：这会不会是老乡们的诡计？我们侵占了他们的行星，他们则摸透了我们的上帝概念，模拟出一个上帝，以此反击。

我真希望我肚子里的上帝是模拟物，她默默地思索。

继续刚才的想法，她对自己说，他们读了我们的大脑意识，或者研究了我们的书本——不论手段如何，总之，他们用假上帝骗过了我们。所以，在我肚子的，其实是个电脑终端之类的东西，是个受赞美的电台。想想看，等我过移民关卡的时候，人家问："有什么要申报吗，小姐？""只有一个电台。"哪儿有电台？我没看到电台。嗯，你得仔细看，非常非常仔细才行。接着，她一转念：不对，管这个的是移民局。小姐，这座电台，你打算申报多少价格？她在心里回答：很难说。你恐怕不会相信，不过，这是世上独一无二的电台，难得一见。

她决定：或许，我该祈祷。

"雅，"她开口道，"我呢，我柔弱，生了重病，感到恐惧，实在不愿掺和这事。"违禁品，她想，我走私的可是违禁品。"女士，请跟我来。我们要对你的身体做一次彻底的检查。负责检查的女医生一会儿就到，请先坐下读一会儿杂志。"她想，我会抗议，说这是严重的侮辱。然后，"我太吃惊了！"装出大惊失色的模样，"你说我身体里有什么？你肯定在说笑话。不不，我一点儿也不知道它怎么进来的。奇迹永无止境。"

一阵古怪的困意袭来。尽管她正心不在焉地往嘴里塞东西,却仿佛进入了被催眠的状态。腹中胚胎在她眼前展开一幅画面——另一个完全不同的头脑,眼前所见之物。

她知道,这是他们——世界的掌权者眼前所见。

通过他们的眼睛,她看到了一头怪兽。基督—伊斯兰教会,以及科学使节党,他们心中也有恐惧。这种恐惧,跟她的恐惧不同。她害怕的是必将面临的危险,以及必须付出的相应努力。可他们害怕的是——她看到他们咨询"大脑袋"。"大脑袋"是政府倚赖的巨大人工智能系统,处理地球的信息。

"大脑袋"分析数据,通知当局:某种邪恶之物已经设法通过移民局审查,偷偷进了地球。她感觉到当局的畏缩和厌恶。他们居然如此看待宇宙之主,居然认为他是异类,真让人难以置信。创造一切的主,怎么会是异类?她想明白了:他们跟他模样不同。雅想告诉我的就是这个。我一直以为——人家一直教导我们——上帝按照自己的模样创造了人类。这就像做公众宣传的人,他们对自己信心十足,却根本没有真正地理解。

她想:这些人说,我们必须时刻提防来自外太空的怪兽,以免怪兽出现,悄悄溜过移民局的审查——他们真是精神错乱得厉害,错得离谱。他们会杀了我肚子里的孩子,她想,这话骇人听闻,却是真的。而且,他们不会相信自己杀死的是上帝。谁说都没用。当初,犹太长老会就将基督视为怪兽,杀死了基督。现在的政府跟当初的长老会一样,都是狂热分子。她闭紧了眼睛。

他们生活在廉价恐怖电影当中。要是有谁连小孩子都害怕,觉得小孩子(不管哪一个)古怪吓人,那他肯定有问题。她厌恶地连连后退,在心里说:我不想看这画面。请把它撤走吧,我看够了。

我明白了。

她明白了,为什么基督要死。因为那些人看见了怪兽,就杀了怪兽。他们祈祷,他们做出决定,他们要保护这个世界——挡住外来入侵。他们认为上帝是不怀好意的入侵者。他们精神错乱,要杀掉创造他们的上帝。这根本不是有理智生物的作为。基督之所以被钉死在十字架上,并不是要为人类洗涤罪孽,而是因为那些人疯了。他们看到的东西,就像我现在所见一样,全是精神错乱的幻觉。

而他们还以为自己做得对。

6

小姑娘芝娜说:"我有东西给你。"

"是礼物?"他满心期盼地伸出手。

芝娜拿出来的却只是个玩具——一张信息板。孩子们人人都有。他非常失望。

"这是我们专门给你做的。"芝娜说。

"'我们'是谁?"他一边问,一边查看信息板。这种板子,自动工厂每年都要生产成百上千张,每张板子里都装有普通微电路。"普劳戴先生已经给了我一张,"他又说,"这些板子都跟学校的相连。"

"我们这张不一样。"芝娜说,"留着它。要是普劳戴先生看到,就说这是他给你的那个。他看不出其中的区别。看见没?我们还印了商标呢。"她的手指拂过信息板上的IBM三个字母。

"可是,这并不是真正的IBM产品。"他说。

"当然不是。打开看看。"

他按下信息板上按键。板子灰白的表面上,出现了闪光的红色字体,只有一个词:

瓦利斯

"这就是你现在需要解答的问题。"芝娜说,"你要想出什么是'瓦利斯'。这张板子给你的是初级问题……也就是说,如果你需要,他会再给你提示线索。"

"鹅妈妈。"艾曼纽立即回答。

板子上的"瓦利斯"字样消失了,出现了另一个词:

赫淮斯托斯[①]

"独眼巨人[②]。"艾曼纽又立即回答。

芝娜大笑,"你的速度跟它一样快。"

"它跟什么相连?别说是'大脑袋'。"他不喜欢"大脑袋"。

"也许它会告诉你。"芝娜说。这时,板子上显示:

湿婆[③]

[①] 希腊神话中的火神、锻造和工艺之神。

[②] 希腊罗马神话中创世初的巨人族之一,额头正中有一独眼。据传独眼巨人族为赫淮斯托斯手下的工匠,负责建造、锻造等。

[③] 印度教三大主神之一,兼具创造、保护、毁灭与转变,前额正中有第三眼。

艾曼纽重复道:"独眼巨人。这是圈套。这是狄安娜的众仙子造的。"

小姑娘脸上的笑容立即消失了。

"对不起,"艾曼纽说,"我不会再说出口了,一次都不会。"

"把板子还给我。"她伸出手。

艾曼纽说:"除非板子说让我还,我才还。"他按下按键:

不行

"好吧,"芝娜说,"你可以留着,不过,你不知道这东西到底是什么,你没法理解。不是仙子们造的。再按一次。"

他又按下按键:

早于创世很久

"我……"艾曼纽欲言又止。

"通过这个,"芝娜说,"它会让你想起来的。这件事,连以利亚斯也别告诉。他可能没法理解。"

艾曼纽没作声。说不说,由他自己决定。他不会让其他人替他做决定,这很重要。还有,通常来说,他信任以利亚斯。至于芝娜,他心里就没底了。他能感到她身上有多重天性,众多身份。终有一天,他会找出她真正的天性和身份。他知道她有真实身份,可惜她爱耍小把戏,隐瞒了自己的真实身份。他自问:是谁,是谁喜欢玩这样的把戏?谁最爱骗人?他按下按键:

跳舞

看到这个答案,他赞同地点点头。跳舞自然是正确答案。在脑中,他能看到她跳舞的模样,看到她带着自己的仙子们舞蹈。她们踩着草地,跳到哪里,哪里就起火。她们烧焦了草地,还迷惑了人们的头脑。他在心中说,你迷惑不了我,就算你能控制时间,也迷惑不了我。因为我也能控制时间,说不定比你的本领更强。

当夜晚餐时,他向以利亚斯·泰特提起《瓦利斯》。

"带我去看吧。"艾曼纽说。

"这部电影太老了。"以利亚斯回答。

"录像带总能租到吧?问图书馆租。'瓦利斯'(VALIS)是什么意思?"

"巨大主动智能活系统(Vast Active living Intelligence System)。"以利亚斯回答,"基本上属于科幻电影,是二十世纪后半叶,一个摇滚歌手拍的。歌手名叫艾瑞克·兰普顿,但他管自己叫'鹅妈妈'。电影中还有米尼配的共时性音乐。这种音乐对如今的现代音乐有重大影响。电影中的很多信息都是由音乐传递给潜意识的。电影背景设在架空的美国,总统名为费里斯·F.弗莱蒙。"

艾曼纽又问:"可是,瓦利斯到底是什么东西?"

"是人造卫星,会投射全息图,让人误以为看到了现实。"

"这么说,瓦利斯是现实制造器。"

"对。"以利亚斯回答。

"瓦利斯制造的现实,是真正的现实吗?"

"不是。我说了,它只是投射全息图。它想让人看到什么,人就会看到什么。电影说的就是这个。这是一部研究幻觉力量的电影。"

艾曼纽回到自己房间,拿起芝娜给他的信息板,按下按键。

"你在干什么?"以利亚斯跟着进了房间。

信息板上出现了一个词:

不对

"这东西只跟政府相连,"以利亚斯说,"问它没意义。我就知道普劳戴会给你这种信息板。"他伸出手,"把板子给我。"

"我想留着它。"艾曼纽回答。

"老天爷,这上头还印着IBM呢!你指望它告诉你什么?真相?政府什么时候说过真相?政府杀了你妈妈,害你爸爸进了低温冷冻室。该死的,把它给我。"

"就算你拿走了这个,"艾曼纽说,"他们还会再给我一个。"

"这倒是。"以利亚斯缩回手,"不过,它说什么你都别信。"

"它说,关于《瓦利斯》这部电影,你说错了。"艾曼纽说。

"错在哪里?"

艾曼纽回答:"它只说了一个词'不对',没说别的。"他又按了按键:

你

"这到底是什么意思?"以利亚斯一脸疑惑。

"我不知道。"艾曼纽实话实说。他想,我要留着块信息板,继续向它提问。

接着,他一转念:它在耍我。它就像沿着道路跳跃的闪烁火苗,要引我走上歧路,在黑暗里越陷越深,越走越远。等我彻底陷入黑暗,那闪烁的火苗就会一眨眼熄灭。我很清楚你的本性,他对着信息板默念,我很清楚你打算干什么。我不会跟你走的。你得到我这儿来。

他按下按键:

跟我来。

"去断绝归途之地。"他接着说道。

晚餐后,他花了些时间摆弄全息镜,研究以利亚斯最宝贝的珍藏——圣经全息图。全息镜把《圣经》内容全部转化为全息图,分为许多层,根据年代早晚排列。这样,整本《圣经》就成了一个三维宇宙，可以从任何角度观看，读取其中的内容。根据观察轴倾斜的角度不同，读到的内容也不同。《圣经》成了不断变化、永无穷尽的知识来源。而且，《圣经》全息图还是令人惊叹的艺术品，其中脉动着各种色彩，红色、金色，还有些许蓝色，美得令人屏息。

这些色彩并非随意为之。它们有独特的象征意义，可以追溯到中世纪罗马风格的绘画。红色总是代表圣父，蓝色代表圣子，金色当然代表圣灵。绿色代表中选之人的新生，紫色是哀悼，棕色是忍耐和受苦，白色是光。最后，黑色是黑暗力量，代表死亡和罪孽。

这些色彩，在沿着时间轴形成的《圣经》全息图中都能找到。一段段经文相互连接，构成复杂的信息，不断变换、排列、重组。艾曼纽常常盯着《圣经》全息图看，从来看不厌。他和以利亚斯都觉得，这是凌驾一切的全息图之王。基督教—伊斯兰教教会反对将《圣经》转化为色彩编码的全息图，禁止《圣经》全息图的制造和销售。家中的这个，是以利亚斯背着教会偷偷造的。

而且，这还是开放式的全息图，可以接纳新信息。对于这一点，艾曼纽心存疑问，但他什么都没说。他凭直觉感到：这是秘密，以利亚斯无法回答。所以，他也没问。

不过，他可以利用跟全息图相连的键盘，输入几个《圣经》关键词。全息图会从关键词的出处开始,沿着所有可能的空间轴,排列出各种结果。也就是说,全息图能根据你输入的关键词,按照关系远近顺序,重新排列《圣经》内容。

"要是我不输入《圣经》关键词,输入其他新东西呢?"艾曼纽曾经问过以利亚斯。

以利亚斯严肃地回答:"绝对不行。"

"可是,从技术角度,这是可行的。"

"这么做不行。"

此后,艾曼纽常常琢磨这事。

当然,他知道基督教—伊斯兰教会为什么禁止将《圣经》转化成色彩编码的全息图。要是《圣经》全息图普及,人们就会知道:只要将时间轴——代表真正深度的轴——慢慢倾斜,让前后排列的层层全息图上下重叠,就能读取竖直信息——崭新的信息。于是,人们就能跟《圣经》对话,《圣经》成了活物,成了有感知力的有机体,处于永恒的变化中。教会当然不希望宗教经典变化,只愿这两部书冻结不变。要是《圣经》不再受到教会的控制,教会的独裁也就终结了。

重叠是关键,是必要因素。而且,这种复杂的重叠只能在全息图中实现。而艾曼纽记得,很久以前,人们也曾用过重叠的方式解读《圣经》。关于这事,他问过以利亚斯,但以利亚斯不肯多说。于是,艾曼纽也就此作罢。

前一年,教堂里曾发生过一起极其尴尬的事件。当时,以利亚斯带着艾曼纽参加周四早晨的弥撒。艾曼纽没受过坚信礼,所以不能领受圣餐。其他会众聚集在围栏后头,艾曼纽独自跪着祈祷。牧师端着圣餐杯,从教众跟前挨个儿走过,把华夫饼浸在圣餐酒中,口中念道:"我主基督耶稣的鲜血,为你而流——"就在这时,艾曼纽突然从座位上站了起来,用清晰的声音,平静开口道:

"这儿没有圣血,也没有圣体。"

牧师愣住了,抬头看谁在说话。

"你没有权柄。"艾曼纽又说。说罢,他转身走出了教堂。后来,以利亚斯在车里找到了艾曼纽,他正在听广播。

"你不能这么做。"以利亚斯一边开车带他回家,一边说,"你不能公开说这些话。政府会盯上你,把你记入档案。这可不妙。"以利亚斯气极了。

"我看见了,"艾曼纽说,"那不过是圆饼和葡萄酒。"

"你是说外在形式,客观实体。但其中的本质……"

"那些东西的内在就是外表,没有其他本质。"艾曼纽回答,"奇迹没有发生,因为那位牧师并非牧师。"

此后,两人一路无话。

"你否认变体①的奇迹?"当晚,安顿孩子入睡时,以利亚斯问道。

"我否认今天,在那个教堂,发生了奇迹。"艾曼纽说,"我再也不去了。"

"我希望,"以利亚斯说,"你能像蛇一样智慧,像白鸽一样天真。"

艾曼纽盯着他。

"他们杀了——"以利亚斯又说。

"他们的权力对我无效。"艾曼纽回答。

"他们能再制造一起事故,能毁了你。等到明年,我就得送你去学校。幸好,因为你有脑损伤,不用去普通学校。我想他们肯定会——"以利亚斯犹豫了。

艾曼纽替他说完,"将我身上任何与脑损伤不符之处全部上报。"

"对。"

"我的脑损伤,是不是故意造成的?"

"我……也许吧。"

"脑损伤这个借口,很有用。"艾曼纽心想:要是我知道自己的真名就好。"为什么你不能说我的名字?"他问以利亚斯。

---

① 神学术语,指圣餐礼时,圆饼和葡萄酒化成基督的圣体圣血。

"你妈妈说过。"以利亚斯没有直接回答。

"我妈妈死了。"

"总有一天,你自己会说出来的。"

"我等得不耐烦了。"突然,他心中起了个奇怪念头,"是不是因为说了我的名字,妈妈才会死?"

"可能吧。"以利亚斯回答。

"说了就会死,所以你才不说? 我自己说出来,却不会死。"

"你的名字,不是通常意义的名字。你的名字是一道命令。"

这些对话都记在男孩子心中。一个名字,不是名字,却是一道命令。这让他想起亚当,亚当给动物命名。他仔细琢磨《圣经》里的话:"……耶和华神用土所造成的野地各样走兽和空中各样飞鸟都带到那人面前,看他叫什么……"①

"这人会如何称呼那些动物,上帝难道不知道?"某天,他曾问过以利亚斯。

"唯有人才有语言。"以利亚斯解释道,"唯有人才能创造语言。而且——"他注视着男孩子,"一旦人给动物命名,也就确立了管辖动物的权力。"

艾曼纽明白了:能命名,便能管辖。所以,人不能说我的名字。因为,没人有权力——也没人能有权力——管辖我。"那么,

---

① 《圣经·旧约·创世纪》第2章第19节

上帝是在跟亚当玩游戏。"艾曼纽说,"他想看看,这人是否知道动物的真名。他在试探这人。上帝喜欢玩游戏。"

"这个问题,我不确定答案。"以利亚斯说。

"我没问问题。我说了事实。"

"玩游戏这件事通常不会跟上帝联系在一起。"

"这就是上帝的本性。"

"他的本性无人能知。"

艾曼纽说:"他喜欢游戏,喜欢玩耍。《圣经》里说他之后便休息了,我却认为他其实是去玩耍了。"

他想把这句话输入《圣经》全息图,作为补遗,但他知道不该这么做。这句话会让全息图起何种变化?他很好奇。在《律法书》①里加上"上帝喜欢令人愉悦的运动"这句话……太古怪了。我做不到。但总有人得做到;总有一天,这句话得出现在《圣经》里。

---

① Torah,字面意思为指引、教导,也译为《妥拉》《托拉》,为犹太教核心。正统犹太教的《律法书》包含广义与狭义两个不同概念。"狭义律法书"是指《犹太圣经》(Tanach,或称《希伯来圣经》,《塔纳赫》)开头的五本书,也就是《摩西五经》(Pentateuch),包括《创世纪》《出埃及记》《利未记》《民数记》《申命记》。"广义律法书"包括《书面律法》与《口传律法》。《书面律法》即整本《犹太圣经》,加上拉比注释。《口传律法》包括《天国钥匙》(Mishna,口传律法)、《塔木德经》(Gemara犹太法典)和《犹太新约》(Halacha犹太法律)。犹太教相信,《律法书》是上帝创造宇宙万物的蓝图,是延续生命的前提与保证。

从一条丑陋、濒死的狗身上,他学到了痛苦和死亡。狗被车子碾过,躺在路边,胸骨被压断,鲜血泡沫从嘴里涌出。艾曼纽弯下腰。狗望着他,眼珠仿佛玻璃。这双眼睛已经看到了另一个世界。

为了听懂狗的话语,艾曼纽把手放在粗短的狗尾巴上。

"是谁裁定了你的死亡方式?"他问狗,"你做了什么坏事?"

"我什么都没做。"狗回答。

"可你死得很惨。"

"对,"狗回答,"可我是无辜的。"

"你杀过生吗?"

"啊,当然。我的下巴生来就为了杀戮。天生我就该杀死小生物。"

"你杀生,为了食物,还是取乐?"

"我杀生,因为我高兴。"狗回答,"这是游戏,这是我玩的游戏。"

艾曼纽说:"我没听说过这种游戏。为什么狗要杀生?为什么狗要死去?为什么会有这种游戏?"

"这些细节对我没有意义。"狗说,"我为了杀而杀;我死,因为我必须死。这是必须,是最高法则。你不也依照法则活着、杀戮和死去吗？这是理所当然的。你也是造物。"

"我想做什么，就做什么。"

"你对自己撒谎。"狗说，"只有上帝才能想做什么，就做什么。"

"那么，我肯定是上帝。"

"如果你是上帝，就让我痊愈。"

"可你受到法则的约束。"

"你不是上帝。"

"听着，狗，上帝的意旨，就是法则。"

"你已经说了答案。刚才这话，就是你自己问题的答案。现在，让我死吧。"

他对以利亚斯讲了死去的狗。以利亚斯说：

> 去吧，陌生人，去拉刻代蒙①，告诉人们，
>
> 在这儿，我们守着她的命令，倒下。

"这是唱给死在温泉关②的斯巴达人听的。"以利亚斯说。

"为什么给我讲这个？"艾曼纽问。

---

① 古希腊的斯巴达城邦。

② 希腊隘道。公元前480年，一支几千人的希腊部队（包括著名的300斯巴达壮士）在此迎战数量远大于他们的波斯人。希腊人坚持两天，封锁隘道，以防止波斯骑兵部队从小径迂回。此后，温泉关即成为"以少数的兵力英勇抵抗更强大的敌人"的代称。

以利亚斯又说:

去吧,过路人,去告诉斯巴达人,

在这儿,我们守着他们的法则,躺下。

"你指那条狗。"艾曼纽说。

"我指那条狗。"以利亚斯回答。

"一条死在阴沟里的狗,和死在温泉关的斯巴达人,没有区别。"艾曼纽懂了,"完全没有。我明白了。"

"只要你明白斯巴达人为什么会死,你就能弄懂一切。"以利亚斯说。

过路人哟,暂歇片刻;

在这儿,我们守着斯巴达的法则。

"没有唱给狗听的双行体诗歌吗?"艾曼纽问。

以利亚斯说:

过路人,记下这句话,

一条狗,跟斯巴达人没有分别。

"谢谢你。"艾曼纽说。

"狗最后说了什么?"以利亚斯问。

"狗说:'现在,让我死吧。'"

以利亚斯说:

Lasciatemi moriré!

神圣入侵

Echi volete voi che mi conforte

In cosidura sorte,

In cosigran martire?

"这是什么?"艾曼纽问。

"在巴赫之前,这是最美的音乐。"以利亚斯说,"蒙特威尔第①的牧歌《阿里阿德涅哀歌》②。歌中唱道:

让我死吧!

我的不幸深重,苦楚难当,

有谁能安慰我?

"这么说,狗的死是高雅艺术。"艾曼纽说,"世上最高雅的艺术。至少,高雅艺术庆贺这种死亡,记录这种死亡。一条丑陋、濒死、胸骨碎裂的老狗,我该从它身上看到高尚?"

"如果你相信蒙特威尔第,尊重蒙特威尔第,"以利亚斯说,"对,你应该从它身上看到高尚。"

"这首哀歌,还唱了别的吗?"

---

① 16世纪意大利作曲家,巴洛克音乐的早期代表。他的牧歌创作是文艺复兴这一时期音乐体裁的巅峰,而他的歌剧创作则是这种体裁的奠基之作。

② 希腊神话中,克里特岛的公主阿里阿德涅爱上了英雄忒修斯,给了他一个引路线团和一把斩杀怪物的利剑,帮助他杀死克里特岛迷宫中的怪物米诺陶。后来,阿里阿德涅被忒修斯抛弃。

"还有,不过跟死亡无关。忒修斯离弃了阿里阿德涅;阿里阿德涅的爱情是没有结果的单相思。"

"哪个更可畏?"艾曼纽问,"阴沟里濒死的狗,还是被抛弃的阿里阿德涅?"

以利亚斯说:"阿里阿德涅的苦楚是心理作用,狗的苦楚却是真真切切。"

"那么,狗的苦楚更痛苦。"艾曼纽说,"狗的死亡是更伟大的悲剧。"他懂了。而且,奇怪的是,他觉得心满意足。一条丑陋濒死的狗,比古希腊经典形象更有价值——这才是宇宙该有的样子。他感到倾斜的天平——称量一切的天秤——自我修正,重获平衡。他感受到宇宙的诚实不欺,心中不再困惑。更重要的是,那条狗理解自己的死亡。毕竟,狗从未听过蒙特威尔第的音乐,也没读过刻在温泉关石柱上的双行体诗歌。高雅艺术的受众是目睹过死亡的人,而不是经历过死亡的人。对濒死的生物来说,一杯水比什么都好。

"你妈妈讨厌某些艺术形式。"以利亚斯说,"特别憎恶琳达·福克斯。"

"放些琳达·福克斯的音乐给我听。"艾曼纽要求。

以利亚斯把磁带放进传音机中。两人倾听。

悲哀之泉,切莫喷涌,

……

"够了,"艾曼纽说,"关掉。"他用手捂住耳朵,"太可怕了。"他打了个哆嗦。

"怎么了?"以利亚斯用手臂搂住男孩子,抱了起来,紧紧地搂在胸前,"我从没见你这么紧张害怕。"

"妈妈快死了,他却还在听这首歌!"艾曼纽瞪大眼睛,盯着以利亚斯蓄满胡须的脸。

我记起来了,艾曼纽心里说,我开始记起我是谁了。

以利亚斯问:"怎么了?"他紧抱着孩子。

艾曼纽知道:开始了,终于开始了。这是第一个信号,说明我——我自己——已经准备好了。我知道,终有一天,信号会出现的。

两人面对面,你看着我,我看着你,都没有说话。艾曼纽全身颤抖,紧紧搂着满脸胡须的老人,免得自己掉下去。

"别害怕。"以利亚斯说。

"以利亚,"艾曼纽说,"你是以利亚。你先来,随后就是那大而可畏之日。"

以利亚搂着孩子,温柔地摇晃,说:"你不必害怕这个日子。"

"可是他害怕。"艾曼纽说,"我们憎恨的大敌害怕。他风光的时刻已经到来。我现在已经知道何种未来在等待着我,所以我害怕他。"

"听着。"以利亚轻声说道:

明亮晨星,你为何从天堂坠下,

落入凡尘,将绝望撒遍世间!

你用自己的头脑思考,

我来称量天堂;

我将王座高高置于上帝的星辰间,

我将坐在神山顶上,

看神祇在山北隐蔽处聚会。

我将高入云端,

如同至高之神,

你却要低入阴间①,

沉入深渊。

无论谁见到你,

都会惊异地瞪大眼睛,

看着你,思量……

"听见没?"以利亚斯说,"他就在这儿。这儿,这个小世界,是他的主场。他两千年前就造了堡垒,造了监狱,将人们关在里头,就像他在埃及所做的一样。两千年来,监狱里的人们一直哭

---

① Sheol,《希伯来圣经》中的黑暗之地,亡者之地。

号,却没有回应,无人救援。他把这些人都握在手心里,自以为很安全。"

艾曼纽紧紧抓着老人,开始哭泣。

"还是害怕?"以利亚斯问。

艾曼纽回答:"我跟他们一同哭泣。我跟妈妈一同哭泣。那条濒死的狗,自己流不出眼泪,我为它哭泣。我为所有人哭泣。我为明亮晨星——堕落天使彼勒①哭泣。他从天堂落下,成为一切的肇始。"

他在心里说:我还为我自己哭泣。我就是我妈妈,我就是濒死的狗,我就是受苦的人们。我,也是明亮晨星……我甚至也是堕落天使彼勒。我就是他,是他现在的模样。

老人紧紧地抱着他。

---

① 语出《希伯来圣经》,后在基督教与犹太教文本中人格化为恶魔。

7

富尔敦·斯塔特勒·哈姆斯红衣主教,基督教—伊斯兰教会这张巨大机构网的总教长,想破脑袋也不明白:为什么自己"主教特支基金"里的钱,不够应付他情妇的开销。理发师正慢慢地、小心翼翼地替他刮胡子。他继续琢磨:恐怕是因为,他大大低估了狄德丽的胃口。当初,面见他的时候,狄德丽代表WCLF(世界平民解放论坛)组织,手中握着几桩虐待案(这些虐待案当初他就没搞清楚,现在同样印象模糊)。要知道,想面见他可不是件容易的事,得在CIC组织阶梯上站稳脚跟,一级接一级,稳稳当当往上爬;特别是,没爬到顶的时候,千万别掉下来。总之,他们俩最后上了床。如今,狄德丽已经成了他官方的执行秘书。

狄德丽的付出,为她谋得了两份薪水:一份看得见,是秘书薪水;另一份看不见,是从供他自由支配、数目庞大的"主教特支基金"里拨出的款项。至于大笔款项到狄德丽手里以后,到底去了哪里,他一点儿也没数。记账向来不是他的强项。

"您的鬓胡,灰白里夹着黄色。你希望把黄色胡子漂成灰白,对吗?"理发师摇摇手中的瓶子。

"费心了。"哈姆斯点点头。

"您觉得,湖人能终止连败战绩吗?"理发师又问,"您看,他们不是新得了那个谁,两米八的大高个,要是这样还不能——"

哈姆斯轻轻地点了点耳朵,打断他的话,"我在听新闻呢,阿诺德。"

"嗯,哦,明白了,神父。"理发师阿诺德一边应着,一边往总教长灰白的胡子上喷漂白剂。"可是,我有件事想问,是关于同性恋牧师的。《圣经》不是禁止同性恋吗?所以我就不明白了,一个牧师,怎么能同时也是同性恋者。"

哈姆斯试着听清楚关于"科学使节党"最高总督尼可拉斯·布尔科斯基身体状况的最新进展。为了这位最高总督,已经举行过郑重的守夜祈祷会,但布尔科斯基的身体状况仍然日益恶化。哈姆斯秘密派自己的私人医生加入专家医疗队,共同会诊最高总督的重症。

哈姆斯以及整个元老院成员,都知道布尔科斯基是虔诚的基督教徒。他被福音派牧师、极富魅力的科林·帕西姆博士成功劝服，皈依基督教。帕西姆博士很喜欢戏剧化的场面，在复兴大会①上常常从空中飞身而下，以展示圣灵附体的力量。

当然，现在的帕西姆博士已经不比往昔——有一回，他不慎撞上一扇巨大的彩色玻璃窗，砸碎玻璃穿窗而过——从那以后，他就变了。从前，他只是偶尔用方言说话；现在，除了方言，他什么都不说。这事甚至衍生出了一档广受欢迎的搞笑电视节目。节目建议说，应该编纂一本"英文-胡说八道文"互译词典，以便民众能理解帕西姆博士的意思。同时，这档节目也激起了虔诚教徒的满腔义愤，民声高涨，弄得红衣主教哈姆斯的桌面台历上甚至记了一笔：等某天，找个可能的机会，宣布将这档节目革出教门。不过，跟平常一样，他自然没空去管这种鸡毛蒜皮的小事。

红衣主教的大部分时间都花在某样秘密的活动上：他把圣安瑟莫②的《上帝存在论》③输入巨型人工智能系统"大脑袋"里，希望以此复苏长久之前就遭遗弃的"上帝存在论"本体论证据。

他回溯到安瑟莫，回溯到安瑟莫论证的原话，希望能够避免

---

① 一系列基督教宗教仪式，旨在激励教会机构的积极成员获得新信徒。

② 也称为"坎特伯雷的安瑟莫"，中世纪意大利哲学家、神学家，1093年至1109年任坎特伯雷大主教，运用形式逻辑论证基督教正统教义，提出关于上帝存在的"本体论证"及救赎论的"补赎说"。

③ 圣安瑟莫的祷告或冥想集，思考了上帝的特性，并努力解释上帝如何具有常常看起来矛盾的品质，首次从本体论上论证了上帝的存在。

历史沉积下的改动痕迹：

但凡人类所能理解之物，必然存于智能之中。那么，高于人类设想能力之存在，必不可能仅仅存于智能之中。理由如下：若此高于人类设想能力之存在仅存于智能，人类也即能设想它存于现实。亦即：人类需设想出一个比"高于人类设想能力之存在"更高更大之存在。这样一来，若此高于人类设想能力之存在仅存于智能（不存于现实），则此物必须大于"比'高于人类设想能力之物'更高更大之存在（即同时存在于智能与现实之存在）"。于是，矛盾产生。所以，毫无疑问，高于人类设想能力之存在，必然同时存在于智能与现实之中。

可惜，"大脑袋"无所不知，它知道阿奎那、笛卡尔、康德和罗素，也知道他们对上面这番话的批评。而且，这个人工智能系统还拥有常识。所以，它告知哈姆斯，安瑟莫的论点站不住脚，还为哈姆斯呈上好几页详细分析，论证为何安瑟莫的论点站不住脚。对此，哈姆斯的反应是：把"大脑袋"的分析统统删掉，紧抓着哈肖恩[1]和马尔科姆[2]为安瑟莫的辩护，即："上帝存在"这个命题，要么是逻辑必然，要么是逻辑不可能。而尚未有人从逻辑上证明"上帝存在"不可能——也就是说，"上帝"这个概念尚未被证明自相

---

[1] 二十世纪美国哲学家，专注于宗教哲学与形而上学。

[2] 或指 Norman Malcolm，二十世纪美国哲学家。

矛盾——那么,我们必须得出结论:"上帝存在"是逻辑必然。

哈姆斯深受这个弯弯绕绕、令人生厌的论点吸引,还通过直通专线,寄了一份给身体日益衰弱的最高总督,希望能为这位共同执政者注入新的生机。

"现在说说巨人队[①]。"理发师一边勇气十足地挑战"漂白红衣主教黄色胡子"这一艰难任务,一边喋喋不休,"依我说,这支队伍也不可小看。去瞧瞧艾迪·塔博去年的防御率[②]就知道了。虽然他胳膊疼;投手的胳膊都会疼。"

就这样,总教长、红衣主教富尔敦·斯塔特勒·哈姆斯的一天开始了:屏蔽阿诺德在耳边聒噪棒球队数据,努力听清新闻内容,同时默默思索关于圣安瑟莫的大计——这便是主教大人在早晨与现实打照面的过程,已成日常惯例。如此这般的"一日之计始于晨",简直称得上柏拉图的理想原型——仅仅需要去除挥之不去但鸡毛蒜皮的一小点内容:如何限制狄德丽无底洞般的超额花费。

对此,他已有准备——宅邸侧楼中,有个新来的姑娘正等待着他。毫不知情的狄德丽马上就要走人了。

[①] 指旧金山巨人队,美国棒球队。

[②] 又称自责分率,棒球术语,指投手平均每场球所失的自责分。

黑海，专属度假城市。最高总督正慢慢地踱着步子，一圈又一圈，阅读狄德丽·康奈尔关于总教长情况的最新汇报。总督并未受到健康问题的侵扰。他之所以允许媒体泄露自己"身患重疾"的新闻，目的是将共同执政者——也就是总教长——诱入谎言大网，借此牟利。以"身患重疾"为由，他有了更多自由时间，可以仔细研究情报小组对狄德丽·康纳尔每日报告所做的评估。目前，总督的所有贴身侍应，都得出了一致的专业意见：红衣主教哈姆斯已经脱离现实，疯狂沉溺在神学试炼的历险中——这条历险之路带着他越走越远，远离现实，慢慢失去对其名下政治经济状况的控制。

虚假的诊断报告也让总督有了空闲，钓钓鱼，放放松，晒晒日光浴，琢磨琢磨废黜红衣主教的计划，以便塞个自己人，坐上CIC总教长的位子。元老院中有好几个布尔科斯基手下的"科学使节党"官员，全都训练有素、野心勃勃。只要狄德丽·康奈尔一直坐着红衣主教执行秘书兼情妇的位子，布尔科斯基就占着上风。他有理由相信，科学使节党的高层中，没有哈姆斯安插的眼线，也不会有人就布尔科斯基的日常活动，向哈姆斯做详尽的每日报告。布尔科斯基没有情妇。他是个顾家男人，有个身材丰满的中年太太，还有三个孩子。孩子们都在瑞士念私立学校。此外，他还装作被帕西姆博士热情洋溢的瞎话打动（帕西姆飞身而下的奇迹肯定是由现代科技完成的），皈依基督教，这也是战略计谋，目的是引诱红衣主教在自己的春秋大梦中陷得更深。

总督很清楚，红衣主教如何想方设法，企图引导"大脑袋"确认圣安瑟莫关于"上帝存在"的本体论证据。在科学使节党治下的地区，这命题就是个玩笑。狄德丽·康奈尔接到指示，怂恿上了年纪的情夫越来越沉迷于这项崇高的历险。

可是，就算是彻底扎根现实的布尔科斯基，也有没法解决的问题——当然，这些问题瞒得很好，他的共同执政者完全蒙在鼓里——这几个月来，在青年核心成员当中，决定加入科学使节党的人数有所下降。越来越多的大学生，甚至包括纯理科生，戴上了十字架，加入CIC。成员流失引起了维护"方舟"的工程师匮乏，致使科学使节党不得不放弃了三艘轨道方舟（包括方舟中的居民）。因为居民全部丧生，所以这条新闻尚未泄露给媒体。为了隐瞒这条悲惨的新闻，不让公众知晓，科学使节党重新安排了剩余轨道方舟的位置。这样，从计算机输出结果来看，仿佛一切正常，悲惨的故障从未发生。

布尔科斯基心想：至少，我们除掉了科林·帕西姆。这家伙现在说起话来仿佛鸭子叫，而且还是从后往前倒播的鸭子叫声录音带。他构不成威胁啦。这位福音派牧师丝毫没有起疑心，压根儿想不到，自己是受了科学使节党先进武器的攻击。除掉了他，世界力量的天平也跟着稍微倾斜了一小点。这样的小事,一件一件累积,就能改变全局。再比如,潜伏在红衣主教身边、伪装成秘书和情妇的科学使节党特工。要是没有她——

布尔科斯基信心十足。历史必然性的辩证力量,站在他这边。再过半小时,他就能舒舒服服地躺到漂浮床上,世界大势一手在握,心中踏实笃定。

"给我干邑,"他吩咐机器人侍者,"要拿破仑干邑①。"

他站在办公桌前,装干邑的酒杯拢在双掌之中,以此暖杯。这时,太太嘉丽娜走了进来。"把周四晚上空出来,"她说,"雅克将军打算为莫斯科部队举办独唱音乐会,唱歌的是美国女歌手琳达·福克斯。雅克希望我们也去。"

"没问题。"布尔科斯基回答,"再准备一束玫瑰花,音乐会结束时用。"他转头吩咐机器人家仆,"嘱咐我的贴身男仆,到时候提醒我。"

"听音乐会的时候,别打瞌睡。"嘉丽娜提醒,"雅克夫人会不高兴的。你还记得上一次吧?"

"那烦死人的潘德列茨基②。"布尔科斯基记得很清楚。当

---

① 世界顶级干邑品牌,传说1811年为拿破仑·波拿巴钦定。
② 波兰作曲家、指挥家,作品中的宗教意识十分浓重,情感亦相当强烈。

时,演到《尊主颂》①中"Quia Fecit"②这一唱段时,他睡着了,一直打呼噜,打到唱段结束。过了一个礼拜,他才从情报文件中读到自己的不雅行径。

"记住,在每一个只能看到新闻消息的大众眼里,你都是重生的基督徒。"嘉丽娜说,"你是怎么处理那些害我们丢掉三艘方舟的人的?"

"他们全死了。"布尔科斯基回答。他已经下令枪毙了这些人。

"你可以从英国招募替补。"

"我们自己的人很快就能顶上。我不信任英国派来的人。人都有价格,都能买通。比如,那位女歌手,让她加入科学使节党,需要多少钱?"

"情况很复杂。"嘉丽娜回答,"我看过情报,红衣主教答应,如果她加入CIC,就给她一大笔钱。我觉得,这个数目太大,我们不该再往上加。"

"可是,要是一个广受欢迎的当红艺人能在公众面前宣布:见到了白色光芒,美妙的耶稣从此走入她的生活——"

---

① 天主教称《玛利亚之歌》或《圣母颂主曲》,是基督教礼拜中常唱的颂歌。这是八首最古老基督教颂歌之一。

②《尊主颂》第五句。

"你就是这么干的。"

"我是,"布尔科斯基说,"但这是有理由的,你也清楚。"他确实公开郑重表示接纳耶稣,而且场面华丽隆重;但是,过一阵子,他也会同样公开宣称弃绝耶稣,重归科学使节党,弃暗投明。这样一来,元老院肯定会遭到沉重打击,甚至可能打击到红衣主教本人。根据科学使节党的心理学家分析,总教长的道德观世界观会分崩离析——此人居然当真相信,总有一天,科学使节党的所有成员,都会大步跨进CIC的各地分支办公室,从此皈依。

"他派来的医生,你是怎么处理的?"嘉丽娜问道,"有麻烦吗?"

"没。"他摇摇头,"他忙着分析伪造的医疗检验报告呢。"红衣主教派来的医生,会定期收到各种伪造的检验报告。严格来说,这些检验报告也不算伪造,只是不属于布尔科斯基。报告写的是某个确实得了大病的科学使节党小党员。哈姆斯的医生到来之时,布尔科斯基曾让他发誓保守秘密,遵守医生的职业道德。这位杜菲医生依照命令发了誓。不过,自然,他仍然偷偷写下详尽的总督健康报告,一有机会就秘密发送给总教长。通常,科学使节党的情报处都能拦截这些报告,检查其中的内容,确认报告描绘的病情足够严重。确认后,情报处将报告复制一份,然后继续发送。一般来说,这些报告都经由微波信号发送,发给某颗CIC的同步轨道通信卫星，然后转发给华盛顿特区的总教长。不过，有时候，杜菲医生也会灵光突现，不用微波，改用平邮寄送报告。平邮就比较麻烦。拦截普通邮件，比拦截微波困难得多。

总之，现在总教长认定，自己的共同执政者身患重病，而且虔诚皈依我主，因而放松了戒备，不再警惕科学使节党的高层动向。在总教长看来，总督已毫无康复的希望。

"既然琳达·福克斯不肯答应加入科学使节党，"嘉丽娜说，"你干吗不把她拉到一边，说些悄悄话？告诉她，要是她不答应，总有一天，当她坐上自己的私人火箭——就是那个载着她到处飞的花里胡哨的东西——赶赴某场演唱会的时候，一升空就会炸成一道烟花。"

布尔科斯基闷闷不乐地回答："因为，红衣主教先找了她。他已经叫人传了话：要是她不肯接受甜蜜的耶稣，那么，不管她愿不愿意，都得接受二氯化物。她逃也逃不掉。"

用小剂量水银，一点一点给琳达·福克斯下毒，真是巧妙的手法。一旦长期摄入水银，不等她死（她不一定会死），她早就跟疯帽匠一样疯狂了——这话丝毫没有夸张，因为她中的是水银之毒。十九世纪时，英国的帽匠常用水银处理毡帽；长期接触水银，使得英国帽匠成了著名的器质性精神疾病群体，也就是疯子。

我早想到这一招就好了，布尔科斯基心里想。情报处报告说，琳达·福克斯听到CIC特工传话，了解到红衣主教的打算，知道自己一旦拒绝耶稣会有何种结果后，陷入了歇斯底里的疯狂，还伴有暂时的低体温症。之后，在下一场演唱会中，尽管事先已列入歌单，她仍然拒绝演唱《时代之基》这首歌。

不过，布尔科斯基继续琢磨，转过头想想，要是下毒，镉比水银更好，因为镉中毒更难检测。一段时间以来，科学使节党的秘密警察，已经在"不存在的人"①身上用微量镉做过实验，效果良好。

"这么说来，给钱没用？"嘉丽娜问道。

"不一定。她一直都想买下大洛杉矶区。"

嘉丽娜又说："可是，一旦毁了她，外星球的殖民者就会崩溃。他们都依赖着琳达·福克斯。"

"琳达·福克斯不是一个人，而是一群人，一类人。她是电子设备——非常复杂的电子设备——创造的声音。除掉一个，还有另外的。琳达·福克斯永远不会死。只要像换轮胎似的把她换掉就行。"

"这么说来，可千万别给她太多钱。"嘉丽娜闻言大笑。

"我为她感到难过。"布尔科斯基说。不存在，他想，到底是什么感觉？这句话本身就是矛盾。能感觉，就是存在。嗯，那么，

---

① 指因不同政见而被政府故意隐瞒、移出公众视线和记忆的人。

福克斯恐怕是没有感觉的。因为,她其实并不存在,这是事实。我们本该清楚才是。当初,把她想象出来的人,就是我们。

不,应该说——当初把她想象出来的人,是"大脑袋"。发明她的是"大脑袋"这个人工智能系统。是人工智能系统告诉她该唱什么,该怎么唱,还巨细靡遗地包办了琳达·福克斯的一切,就连混音都安排好了。现在看来,这一整套安排极为成功。

"大脑袋"正确地分析了殖民者的情感需求,据此开发出针对性的解决办法,满足他们的需求。人工智能系统从没间断对殖民者的调查,从他们那儿获得反馈。一旦发现殖民者的需求改变,琳达·福克斯也会跟着改变。殖民者和琳达·福克斯之间的关系,仿佛一条闭合曲线。如果殖民者突然全部消失,琳达·福克斯也会跟着立即消失。"大脑袋"会把她删除,如同把纸张塞进碎纸机一样简单。

"总督。"一名机器服务员突然滑到布尔科斯基附近,唤道。

"怎么了?"他不耐烦地应道。他正跟妻子说话,不希望别人搅扰。

机器服务员回答:"鹰。"

闻言,他转向嘉丽娜:"'大脑袋'在叫我。事出紧急。请原谅。"说罢,他快步离开,进入自己的私人办公套间,来到被精心保护的人工智能系统终端旁。

终端果然不停地闪烁，正等着他。

"军队有异动?"布尔科斯基一边面对终端坐下，一边问。

"不。""大脑袋"用它特有的人工合成声回答，"发现阴谋。有人企图瞒过移民局，偷运怪物婴儿进入地球。有三名殖民者涉及此事。我已经监测到女人腹中的胎儿。详情稍后提供。"说罢，"大脑袋"切断了通话。

"稍后是什么时候?"布尔科斯基问道。但人工系统已经切断了通信，没有听见他的问话。该死，他在心中骂道，这东西对我一点礼貌也没有，肯定在忙着解构上帝存在的本体论证据。

富尔敦·斯塔特勒·哈姆斯红衣主教也从"大脑袋"那儿听到了消息，态度一如往常，泰然自若。人工智能系统切断通话时，主教应道："非常感谢。"接着，他对自己说：来了个外星怪物，一个上帝不允许存在的异变生物。这才是太空移民的真正可怕之处：一旦送出去，回来的可能就不再是从前的人类，而成了非自然的怪物。

嗯，他又想，我们该把这东西杀了。不过，杀之前，我想先看看这东西的脑图。不知道这东西的大脑会是什么样。一条蛇，一条体内带着蛋的蛇，一个腹中怀着胎儿的女人——圣经的原初故事重新上演，狡猾的生物卷土重来。

耶和华神所造的,唯有蛇比田野一切的活物更狡猾。

这句话摘自《圣经·创世纪》第三章第一节。但是,从前发生过的事,不会再次发生。这一次,我们要毁掉它,毁掉邪恶的怪物。不管它装成什么模样,都逃不过。

他想,我得为这事祈祷一番。

"抱歉。"他对来访的几位牧师说道,这些人正在外间宽敞休息室中等候。"我得暂时告退,去我的私人小教堂待一会儿。有件大事要处理。"

没多久,他就在小教堂中跪了下来。小教堂安静阴暗,只在远处角落亮着几支蜡烛。教堂里空空荡荡;他也同样撇开了所有思绪,脑中空空荡荡。

"父啊,"他祈祷,"教我们认清您的行事方法,以便照做。助我们保护自己,不受邪恶之物的侵犯。愿我们能预见并识破邪恶之物的诡计。因他诡计多端,甚是狡黠。赐予我们力量——凭借您的神圣之力——搜寻出邪恶之物,无论他在何处。"

他没有听见上帝的回应。这并不出奇。向上帝祈祷诉说的是虔诚教徒;自以为听到上帝开口回应的则是疯子。他提了问题,而上帝的回应只会来自他本身,来自他的内心。当然,圣灵会指引他。一贯如此。

在他心中,圣灵——装成他本人癖好的模样——认可了他最初的想法。"行邪术的女人,不可容她存活。"这话自然也包括被偷运进来的变种怪物。"行邪术的女人"等于"怪物"。他有了《圣经》原话的支持。

更何况,他是上帝在地球世间的代理人。

保险起见,他查阅了自己那本厚厚的大开本《圣经》,重读了《出埃及记》第二十二章十七节:

*行邪术的女人,不可容她存活。*①

接着,他又额外读了接下来的一节。

凡与兽淫合的,总要把他治死。

然后,他读了这一节的注疏:

"古巫术中充满了罪恶、放荡和欺诈,其丑恶的行为与迷信贬低了整个人类。这一节之前,是禁止滥交;这一节之后,是对非自然恶行和偶像崇拜的惩罚。"

嗯,用在外星外物这事上很合适。丑恶的行为与迷信。遥远的外星球,与非人类交媾,产出的怪物。不能让这些怪物入侵地球这神圣世界,他在心中说,我相信,我的同僚——最高总督——也会同意我的看法。

突然,他脑中灵光一现,福至心灵:我们遭到了入侵!两个

---

① 这句话在 King James Version(KLV)版本的《圣经》中,为《出埃及记》二十二章十八节,与作者所说似有出入。

世纪以来,我们一直在讨论的事,圣灵一直告诫我的事,终于发生了!

受诅咒的污秽后代。他一边在心中默念,一边快步走到主卧室。卧室中有部电话,是直通总督的专线——而且受到严密保护,防止窃听。

"是那孩子的事吧?"电话一接通——电话几乎瞬间就接通了——布尔科斯基就开口道,"我已经睡了。明天再说吧。"

"有个丑恶可憎之物逍遥在外,"红衣主教哈姆斯说,"《出埃及记》第二十二章十七节说,'你……'"

"'大脑袋'不会允许那东西进入地球。肯定刚到某个外太空移民圈,那东西就被拦截了。"

"上帝不希望自己创造的原初世界中出现怪物。你,作为新生的基督徒,应该知道这一点。"

"我当然知道。"布尔科斯基生气地回答。

"我该指示'大脑袋'怎么做?"

布尔科斯基回答:"应该说,'大脑袋'会指示我们该怎么做的。你不觉得吗?"

"我们遇到了危机,必须一路祈祷,以期顺利度过危机。"哈姆斯说,"跟我一起祈祷吧。低头。"

"我妻子在叫我。"布尔科斯基说,"我们明天再祈祷。晚安。"说罢,他挂了电话。

哈姆斯低着头,祈祷道:噢,以色列的上帝,保护我们,别让我们行动迟缓,别让我们因行动迟缓受到邪恶的侵扰。唤醒总督的灵魂,让他认识到事态紧急,认识到我们面临的严酷考验。我们面临精神上的考验,这一点我十分清楚。我们必须排除那撒旦般的存在,以此证明自己的价值。主啊,让我们证明自己的价值,借予我们力量之剑。给予我们公义的马鞍,借此跨上那骏马……

祈祷到这儿,他情绪激动得没法继续,便用"速来相助"结束了祈祷,抬起头。他胸中充满了胜利的昂扬。就好像,他在心中说,我们已经抓住了那东西,正要处死。我们已经逼得它无路可走。它必然死去。荣耀归于上帝!

8

高速轴向航班让瑞比斯·罗梅生不如死。联合太空高速公司替瑞比斯预备了五个连在一起的座位,好让她躺下舒展身体。即便如此,她仍然难受得连说话的力气都没有,只能侧躺在座位上,紧紧地裹着毯子,一直拉到下巴。

以利亚斯·泰特低头望着重病的女子,沉着脸说:"该死的法律程序。要不是因为走程序,我们就不会耽搁——"他皱了皱眉。

此时,瑞比斯腹中的胎儿已经六个月了。很长一段时间以来,胎儿一直沉默,没发出声响。太久了。要是胎儿已经死了,怎么办?赫伯·亚什自问。上帝死了……死因却没人预料到。而且,除了他、瑞比斯和以利亚斯·泰特,也不会再有人知晓。

上帝会死吗?他自问,我妻子会跟着一起死吗?

婚礼仪式简单明了，只有一份外太空当局的批准文件，没有附加任何宗教或道德暗示。当局要求他跟瑞比斯都接受细致的体格检查。自然，在体检中，医生发现了她怀孕之事。

"你是孩子的父亲？"医生问道。

"对。"赫伯·亚什回答。

医生咧嘴一笑，在表格里记了一笔。

"我们觉得应该结婚了。"赫伯说。

"这态度不错。"医生年纪挺大，仪表整洁，态度公事公办。"是个男孩子，你知道吗？"

"知道。"他回答。当然是男孩。

"有一件事，我不太明白。"医生说，"你们是自然受孕吗？有没有可能是人工授精？因为女方的处女膜仍然完整。"

"真的？"赫伯·亚什应道。

"这种情况很少见，但确实存在。所以，从医学意义上说，你妻子仍是个处女。"

"哦，是吗……"赫伯·亚什又应道。

医生说："你也知道，她得了多发性硬化症，病得很重。"

"我知道。"他隐忍地说道。

"你也知道，这种病，没法保证一定能治好。我觉得送她回地球这主意很明智。而且，我也真心赞成你陪同她一起返回。

但是,哪怕回地球治疗,也未必有效。多发性硬化症是种罕见的奇特疾病,神经纤维的髓磷脂鞘上慢慢出现硬化斑块,最终导致病人永久瘫痪。医学界用了几十年,花了很大力气,终于分离出两种致病因素。其中一种是某种微生物。另外,还有一个很重要的原因,就是某种过敏症。所以,针对多发性硬化症的治疗,很大程度上就是改造病人的免疫系统,以便……"医生喋喋不休,赫伯·亚什努力地理解医生的话。关于多发性硬化症,他已经有了不少了解。瑞比斯跟他解释过好几次,还给他看过从医疗处拿来的有关多发性硬化症的文章。所以,跟瑞比斯一样,他现在也成了这种疾病的专家。

"我想喝水。"瑞比斯抬起头,喃喃道。她脸上全是斑点,面孔浮肿。赫伯·亚什勉强才能听懂她的话。

乘务员替瑞比斯拿来了一纸杯的水。以利亚斯和赫伯扶着瑞比斯坐起来,把杯子放在她双手中。她的双臂和身体都在颤抖。

"很快就到了。"赫伯·亚什说。

"基督啊!"瑞比斯咕哝道,"我觉得我撑不下去了。告诉乘务员,我又想呕吐了。让她把刚才那只碗拿来。耶稣啊!"她坐直身体,满脸痛苦。

乘务员弯腰凑近瑞比斯说:"再过两个小时,我们就会打开减速喷气口。您只要再忍一忍……"

"忍一忍?"瑞比斯说,"我连喝点饮料都忍不住要吐。你给我的可乐,不会受过污染吧?我觉得喝了反而更难受。有没有姜汁啤酒?喝点姜汁啤酒,我说不定能忍——"说着,她满腹怨气,恶狠狠地骂了一句。"见鬼去吧!"她说,"这一切统统都见鬼去!我不该受这么多苦!"她瞪着赫伯·亚什和以利亚斯。

雅,赫伯·亚什在心里说,能不能想点办法?眼睁睁看着她受这么大罪,简直是虐待狂的行径。

他脑中响起了说话声。一开始,他没听懂。他听清楚了每个词,但这些词连起来似乎毫无意义。声音说:"带她去花园。"他想,什么花园?

"握住她的手。"

赫伯·亚什弯下腰,在毯子的褶皱里摸索一阵,握住了妻子的手。

"谢谢。"说着,瑞比斯也无力地回握了他的手。

此时,他弯着腰,俯身望着她。她的眼睛开始发光;在她眼中,他看到了延伸开去的空间。仿佛她的眼睛是某种空洞,包含着巨大的空间。你在哪儿?他无声地问。你的头颅里,包含着一整个宇宙。这个宇宙,跟我们的宇宙不同。那不是我们宇宙的镜像,而是另一片土地。他看到了星辰和星座。星云,还有大片气体组成的云团,闪着微光。尽管是微光,却不是暗红色,而是白色。他感觉到有风在周身翻腾,听到了沙沙声响。是树叶,他心道,我听到风吹树叶的声音。空气很温暖,像是新鲜空气,而不是宇宙飞船中循环使用的陈腐空气。他感到有些惊讶。

鸟叫声。他抬起头,看到了蓝天、竹林。刚才的沙沙声,便是风吹过一茎茎竹竿发出的声响。他看到了篱笆,还有孩子们。与此同时,他仍然握着妻子虚弱的手。他心想:真是古怪。空气很干燥,仿佛风刚从沙漠吹来。他看到一个男孩子,一头褐色的鬈发,就像瑞比斯从前一样。后来,瑞比斯做了化疗,头发一根根脱落,最后全没了。

他琢磨着,我在哪儿?在学校?

身边,吹毛求疵的普劳戴先生正跟他说些不着边际的故事,什么学校的经济困难,学校的问题等等——他对学校的问题不感兴趣,他只想知道儿子的事。儿子的大脑受了损伤,他想知道详情。

"我不明白,"普劳戴说,"他们为什么让你在低温冷冻下等了十年,就为了一只脾脏。老天在上,脾脏移植是种再普通不过的常规手术,而且供体脾脏也常有出现,可以……"

"他的大脑,受损的是哪半边?"赫伯·亚什打断了他的话。

"医学检测报告都在泰特先生手里。不过,我可以去电脑上查查,再打印一份。曼尼好像有点怕你。我想是他从没见过父亲的缘故。"

"你去打印报告,"赫伯说,"我就在这儿待着,跟他在一起。我想多了解他受伤的情况,越详细越好。"

"赫伯。"瑞比斯唤道。

赫伯一惊,回忆起自己身在何处。他正在联合太空高速公司的XR4轴向航班上,从北落师门飞往太阳系。两小时后,第一批移民局检查人员就会登船,进行初步查验。

"赫伯,"妻子低语,"我刚才看见了儿子。"

"在学校,"赫伯·亚什说,"他以后会上这所学校。"

"我想,我活不到他上学这一天。"瑞比斯说,"我有种感觉……学校里,他在,你也在,还有个老鼠似的碎烦男人,说个不停。可是,却没有我。我四处看了,一直在找,没看到我自己。这个病会害死我,却不会害死我的儿子。他跟我这么说过,还记得吗?雅说,我儿子会活下来,所以我也会活下来。我想,这话的意思是说,我会死掉——这具身体会死掉,但我的孩子会活下来。雅说这话的时候,你在不在?我不记得了。刚才我们去的地方,是个花园,对吗?有竹林。风在吹。风在对我说话。就像人说话的声音。"

"对。"他说。

"以利亚和耶稣,都在沙漠里待过,整整四十个白天,四十个晚上。以利亚斯?"她环顾着四周,"你那时候吃蝗虫和野蜜,大声召唤人们忏悔。你告诉亚伯王,好几年都不会有露水,也不会有雨水……这是主说的。我没用原话,只是转述。"说罢,她闭上双眼。

她病得很重,赫伯·亚什心想,可我看见了她的儿子。美丽、非凡,还有——还有别的什么——是胆怯。完完全全像个人类,他想,那是人类的孩子。说不定,上帝什么的,全是我们臆想出来的。老乡蒙蔽了我们的认知,让我们相信自己所见所闻是真实,其实全是虚幻。算了,我放弃。我实在搞不懂。

应该跟时间有关。他似乎能改造时间。同一时间,我既身在飞船,又身在孩子们的花园里。她的孩子也在,而且时间已是多年之后。到底哪个才是真实的时间?是我身在飞船之时?是我遇到瑞比斯之前、身在穹顶之时?或是她死后,艾曼纽入学之时?艾曼纽入学之前,我一直身处低温冷冻状态,至少好几年。我的脾脏出了问题(之前出了问题还是将会出问题?),是被人射杀了?之前,瑞比斯死于疾病,我呢?我怎么死的?还有以利亚斯,他之前怎么样了?或者说,将会怎么样?

以利亚斯俯身过来,说道:"我要跟你谈谈。"他示意赫伯·亚什跟上,来到远离瑞比斯和其他乘客的地方。

"从现在开始,我们不能再提雅的名字。我们改用'耶和华'。这个词是1530年生造出的,说出来没关系。我们目前的状况,你也明白。移民局会让我们大脑连上电子心理侦测仪器。不过,耶和华会遮蔽我们的思想,尽可能不让移民局检测出来。不过,这一点没法保证。因为从现在开始,耶和华的力量会慢慢减弱。我们快到恶魔地带了。"

"好。"赫伯点点头。

"这些你已经知道了?"

"我知道的不只这些。"赫伯回答。以利亚斯给他讲过一些,瑞比斯给他讲过一些;在他睡着的时候,他还会做栩栩如生的梦。梦里,耶和华对他讲了很多。

以利亚斯说:"他与我们同在,会从她子宫里对我们说话。但是,也不能排除这种可能性:某种极为先进的电子侦测仪器,或监听仪器,能听到他对我们说的话。所以,他会小心谨慎,尽可能少说话。"顿了顿,以利亚斯补充道,"或许一句话也不说。"

"难以想象。"赫伯·亚什说,"我真想知道,要是他们的情报收集线路侦测到上帝的思维,当局会有什么反应。"

"这个嘛,"以利亚斯说,"他们绝不会认为听到的是上帝的声音。我了解地球政府。我跟他们打了四千年的交道,经历过种种形势变幻,各国政权更迭,战争此起彼伏。荷兰独立战争

"——也就是三十年战争时,我跟埃格蒙特伯爵①同在。他被处决这天,我也在场。我还认识贝多芬……'认识'一词可能并不准确。"

"你曾是贝多芬。"赫伯·亚什说。

"我的灵,有一部分回到地球,到了贝多芬身上。"以利亚斯说。

世俗、狂野、暴躁的贝多芬,赫伯心想,激情万丈地投身于人类解放事业。他曾跟友人歌德携手前行,两人掀起了德国启蒙运动的新篇章。

"你还曾是哪些人?"赫伯问道。

"很多历史人物。"

"汤姆·潘恩②?"

"我们几个人策划了美国革命。"以利亚斯说道,"我们曾是上帝之友③,是1615年的玫瑰十字兄弟会④……我曾是雅各·波

---

① Lamoraal I van Gavere(1522—1568),16世纪西班牙属荷兰政治家、军事家。他被西班牙处决,引发了荷兰对抗西班牙的独立战争,即八十年战争(与作者所说三十年似有出入)。

② Thomas Paine(1937—1809),美国独立战争领导人物,美国开国元勋。他撰写的《常识》与《美国危机》两本宣传小册子对殖民地各州宣布独立起了重要的鼓舞作用。

③ 14世纪神秘主义团体,为当时德国神秘主义中心。

④ 17世纪早期欧洲兴起的精神和文化运动,其学说综合了赫耳墨斯主义、炼金术、神秘主义等。该组织至今尚存。

墨①,不过你肯定没听说过他。这不是转世投胎,我的灵并非居住在某一个人的身体里。我的灵,有一部分回到地球,跟某个上帝选中之人相结合。总会有这样的人出现;我也总会跟他们在一起。马丁·布伯②便是这样的人——愿他高贵的灵魂安息——他真是良善温和,就连阿拉伯人也在他墓前献花。连阿拉伯人也爱他。"以利亚斯沉默片刻,"有些跟我的灵结合之人,比我本人更出色。但只有我能回归地球。上帝将这种能力赐予我——自然,这是为了以色列之故——让人类中最善良的那一群,看到永生的希望。赫伯,你知道,据说古时候上帝曾把《律法书》送给世上所有的民族,最后才给犹太人。每一个民族,出于这样或那样的理由,都拒绝了《律法书》。因为《律法书》里规定:'汝不可杀生。'很多民族都没法接受这一条。他们都希望宗教跟道德分开,不愿意让宗教阻碍自己满足欲望。最后,上帝把《律法书》给了犹太民族,犹太民族接受了。"

"《律法书》就是律法?"赫伯问。

---

① Jakob Boehme(1575—1624),也作雅各布·伯麦,16世纪德国哲学家,基督教神秘主义者,新教路德宗神学家。

② Martin Buber(1878—1965),20世纪奥地利-以色列犹太哲学家,哲学思想集中于存在主义,"我-你"和"我-他"的关系,活跃于德国和以色列的犹太人团体和教育团体,影响遍及整个人文学科,特别是在社会心理学、社会哲学和宗教存在主义领域。

"不只是律法。'律法'一词含义太过狭窄。即便是基督徒的《新约》,也用'律法'一词来称呼《律法书》。《律法书》是上帝向人类透露的全部神圣秘密,它是活着的,早在创世前就存在。它是神秘的、几乎如宇宙般的存在。《律法书》是创世神的工具。创世神利用《律法书》创造了宇宙;之所以创造宇宙,正是为了《律法书》。《律法书》是至高理念,是世界活着的灵魂。没有了《律法书》,世界便不能存在,也失去了存在的正当性。我刚才说的话,都是希伯来诗人海姆·纳曼·比尔利克①的诗句。他生活在十九世纪后半叶至二十世纪中叶。你该找个机会读一读。"

"你能多跟我讲讲《律法书》吗?"

"拉·拉克什②说:'对动机纯洁的人,《律法书》是救命良药,净化后给予生命;对动机不纯的人,《律法书》则会变成致命毒药,净化后给予死亡。'"

两人沉默。

"我再告诉你一些事。"以利亚斯说,"有个人,找到伟大的拉比希勒尔③——拉比希勒尔是公元一世纪的人——对他说:'我现在单脚站立。如果你能在我单脚站立的时间内,把整本《律法

---

① 犹太诗人,现代希伯来诗歌先驱。
② 三世纪著名的犹太口传律法学者。
③ 公元前一世纪犹太宗教领袖,是犹太历史上最重要的人物之一。作为圣人和学者,他在犹太教内享有盛誉。

书》都教给我,我就皈依犹太教。'希勒尔回答:'自己憎恶之事,勿施于邻人。这就是整本《律法书》的内容。其余不过是评论而已。去好好学习吧。'"说罢,以利亚斯对赫伯·亚什微微一笑。

"《圣经》的前五书,也就是禁令,真的包含在《律法书》里吗?"赫伯·亚什问道。

"对。《利未记》第十八章和第十九章,上帝说:'你们应当爱你们的邻人,如同爱自己。'你从前一直不知道,对吗?《律法书》成书约在耶稣降生两千年前。"

"这么说,'金律'①确实来源于犹太教。"赫伯说。

"对,来自早期犹太教。'金律'是上帝本人交给人类的。"

"我要学的东西太多了。"赫伯说。

"多读,"以利亚斯说,"奥古斯丁听到的也是这两个词:'Cape, lege'。这是拉丁文,意思是'拿去,阅读'。你也照做吧,赫伯。把书拿去,好好读。这本书一直在等你。它是活着的。"

宇宙飞船继续前行。以利亚斯向赫伯透露了更多《律法书》的奥妙。这些奥妙鲜为人知。

"我对你讲这些事,"以利亚斯说,"因为我信任你。你要小心,不可擅对人言。"

读《律法书》,有四种办法。第四种是研究《律法书》隐藏于

---

① 即上文提到的"自己憎恶之事,勿施于邻人"。

最深处的含义。上帝说:"要有光。"其实指的是在《律法书》中闪亮的秘密——那是隐藏其中的、属于创世神本人的原初光亮。这种光亮极为高贵,哪怕被凡人所用,也毫无损伤。因此,上帝将这种光亮包裹在《律法书》最深处。那光亮永不枯竭,与诺斯替教所说的神圣火花相似。诺斯替教徒相信,神性的碎片散落在神创之物中,被不幸封闭于物质躯壳——也就是凡俗躯体中。

最有意思的是某些中世纪犹太神话。神话里说:出埃及的共有六十万犹太人,他们都在西奈山接受了《律法书》。一世接一世,这六十万人的灵魂不断转世投胎,一直活了下来。每个灵魂——或者说,每个火花——都代表了理解《律法书》的不同方法。于是,《律法书》便有了六十万种各自独立、独一无二的含义。具体情形如下:这六十万人,每个人的《律法书》都不一样,每个人在《律法书》中都有着只属于自己的字母,此人的灵魂便系于这个字母上。所以,从这种意义上说,共有六十万种不同的《律法书》存在。

还有,人类的时间可分为三个"万古"或纪元。第一纪是恩典的纪元;第二纪,也就是目前的纪元,是严厉公正与限制的纪元;第三纪,也就是尚未到来的纪元,是慈悲的纪元。每个纪元都有与之相应的不同《律法书》。但是,《律法书》其实只有一本——一本原初《律法书》,或称母版《律法书》。原初《律法书》没有标点符号,字与字之间也没有空格。确切地说,连字母与字母之间都没有空格,所有的字母都挤在一起。在人类的三个纪元中,每当事件发生,纪元变化,这些字母就会自动组合成不同的词语。

以利亚斯解释道:目前的纪元,也就是严厉公正与限制的纪元,是有缺陷的。对应这个纪元的《律法书》中,有一个字母——辅音shin——是残缺的。这个字母在《律法书》中出现时,只有三叉;而它本该有四叉。所以,为这个纪元而生的《律法书》也是残缺的。中世纪犹太神话还说:我们所用的字母表中,其实少了一个字母。因为字母缺失,我们的《律法书》中除了正面的律法,也包含了负面的律法。等到第三纪元,这个缺失或说是隐身的字母就会重新出现,在书中复原。这样一来,《律法书》中所有负面的禁令就会消失——于是,下一个纪元(或者,用希伯来文,下一个Shemittah)中,加诸于人类的种种限制就会消失,自由将取代严厉公正和限制。

以这种理解为基础,衍生出另一个观念(以利亚斯继续说道),《律法书》中含有看不见的部分。这个部分,我们现在的纪元看不到;等到下一个纪元——"救世主时代"来临,这个隐藏的部分就会现身。依据宇宙轮回,下一个纪元必将到来。这下一个Shemittah,跟第一个纪元十分相似;《律法书》那挤成一团的母版也会重新组合。

赫伯·亚什想,听着就像电脑。宇宙是被人编制的程序——接下来,还会被人更为精准地重新编程。

真有意思。

两小时后,一艘政府飞船对接上了他们的飞船。过了一阵,移民局的官员开始在人群中走动,挨个审查,挨个审问。

赫伯·亚什十分害怕。他抱着瑞比斯,紧紧靠着以利亚斯,从老人那儿汲取力量。"以利亚斯,跟我说说,"赫伯轻声道,"在你的了解当中,关于上帝,哪件事最美丽。"赫伯的心脏在胸口急剧跳动,他几乎透不过气来。

以利亚斯说:"好。'犹大拉比引用导师的话说:一天有十二个小时。最开始的三个小时,神圣(上帝)——荣耀归于他!——研习《律法书》。第二个三小时,他坐着,审判他的整个世界。他发现,这个世界该被毁灭。他从审判高座上起身,坐到慈悲高座上。第三个三小时中,他为整个世界提供养料,无论巨大的野兽,或者细小的虱子。第四个三小时中,他与海中巨兽利维坦搏斗。正如书中所写:"利维坦,你曾与之搏斗"(《圣经·旧约·诗篇》一百零四章二节六)……在第四个三小时中(另一些人说)他给学校的孩子们上课。'"

"谢谢。"赫伯·亚什说。三个移民局官员正朝他们走来。他们身穿闪亮的制服,佩带武器。

以利亚斯说:"就连上帝也会参阅《律法书》,把它当作宇宙的蓝图和规则。"一个移民官伸出手,索要以利亚斯的证件。老人将一整套文件递给他,"就连上帝也没法违抗《律法书》。"

"你是以利亚斯·泰特。"高级移民官查验文件,说道,"你回太阳系的目的是什么?"

"这个女人病得很重,"以利亚斯说,"她该入住海军医院,就在……"

"我问的是你的目的,不是她的。"接着,移民官盯着赫伯·亚什,"你是谁?"

"我是她丈夫。"赫伯说。他递上自己的身份证件、许可证及各种文件。

"她有非传染性的证明吗?"高级移民官问。

"她得的是多发性硬化症。"赫伯说,"是不会——"

"我没问你她得了什么病。我问的是这病是否传染。"

"我说了,"赫伯回答,"我是在回答你的问题。"

"站起来。"

他站了起来。

"跟我来。"高级移民官示意赫伯跟上,沿着通道走去。以利亚斯想跟着去,被移民官当胸一把推了回去。"没说你。"

赫伯·亚什跟着移民官,一步接一步,沿着通道来到飞船后部。这儿没有其他乘客,只有他。移民官单单找上了他。

两人进入一个小隔间,门上标注着"非工作人员勿入"。进去后,两人面对面,高级移民官眼睛凸出,瞪着赫伯·亚什,一言不发,仿佛无法开口,又仿佛想说的话无法说出口。时间一分一秒过去。赫伯·亚什自问:他到底在干什么?沉默。移民官愤怒地死死瞪着赫伯。

"好吧,"移民官终于开口道,"我放弃。你回地球的目的到底是什么?"

"我跟你说了。"

"她真病了?"

"病得很重。她快死了。"

"既然她病得这么重,那么应该根本没法旅行。这说不通。"

"只有地球上,才有足够的设备……"

"你现在就受到地球法律的管辖。"移民官说,"你向联邦官员提供假信息,是想受处罚吗?我要把你送回北落师门,你们三个都回去。我不想再浪费时间。回你的座位上去,待着别动,等通知。"

一个毫无起伏的中性声音在赫伯·亚什脑中响起。这声音既不是男人,也不是女人,倒像是某种完美的智能。"贝塞斯达的研究人员,想研究她的疾病。"他嚅动嘴唇,跟着开口。移民官盯着他。

"贝塞斯达的研究人员,"他说,"想研究她的疾病。"

"研究?"

"病原是种微生物。"

中性声音说道:"在这个阶段,没有传染性。"赫伯跟着大声说:"在这个阶段,没有传染性。"

"他们担心会是瘟疫?"移民官急忙问。

赫伯·亚什点点头。

"回你的座位上去。"移民官不耐烦地挥挥手,示意他走开。"这事已经超出了我的职权范围,我没法做决定。你们有粉色表格368吗?有没有填写完整并有医生的签名?"

"有。"这是实话。

"你,还有跟你一起的老人,有没有被染上?"

他脑中的声音说:"唯有贝塞斯达的研究人员能确认。"突然间,赫伯脑中闪现出中性声音说话者的面容,清晰可辨。那是一张女性的面庞,安详而坚强。她戴着一张金属面具,面具推到了头顶上,露出无波无澜的双眼,充满了智慧。那张面孔拥有古典的美丽,宛如雅典娜。惊讶之下,赫伯一个踉跄。这不可能是雅威。这是个女子。但他从没见过这样的女人,与她并不相识。他不知道她是谁。她的声音,和雅说话的声音不同;这不可能是雅的脸。赫伯不知所措,迷惑得无以复加。在他脑中、给他建议的人,到底是谁?

"唯有贝塞斯达的研究人员能确认。"赫伯好不容易重复了这句话。

移民官犹豫地停住了脚步,严肃的表情彻底消失。

那女子的声音再次轻轻响起。这回,赫伯在脑中看到了她嚅动嘴唇。"时间至关紧要。"

"时间至关紧要。"赫伯·亚什说道。他听到自己的声音,十分刺耳。

"你们几个是不是该被隔离?你们恐怕不该跟其他人在一起。其他乘客……你们应该单独乘坐一艘飞船。这事可以安排。这样更好……她可以早点到。"

"好。"赫伯回答。有道理。

"我打个电话。"移民官说,"那种微生物叫什么名字?是病毒吗?"

"神经鞘……"

"算了。回座位去。听着。"移民官跟在他身后,"不知是哪个人的主意,居然让你们乘坐商业航班。我马上送你们下去。这种事有严格的条例规定,那人竟然没遵守。贝塞斯达在等你们?

要我先给他们打个电话吗？还是都安排好了？"

"都联系好了，她登记注册过。"的确如此。该安排的都安排好了。

"真是疯了，"移民官说，"居然让你们乘坐公共航班。北落师门那些人，真不知是干什么吃的。"

"是CY30-CY30B那些人。"赫伯·亚什纠正道。

"无所谓。反正我不掺和。一旦犯下这种错误……"移民官骂了一句，"北落师门的某个笨瓜大概以为，让你们坐商业航班能给纳税人省几块钱……回去坐下。等你们的飞船预备好，我会通知你们。本来早该——基督啊！"

赫伯·亚什浑身颤抖，回到座位上。

以利亚斯细细打量着赫伯。瑞比斯躺在座位上，闭着眼睛，对发生的事一无所知。

"我问你。"赫伯对以利亚斯说，"你有没有品尝过拉弗格苏格兰威士忌？"

"没有。"以利亚斯感到莫名其妙。

"这是世上最好的威士忌。"赫伯接着说，"十年陈，极为昂贵。酿酒厂的历史可以追溯到1815年。到现在，他们还在用传统的黄铜蒸馏器。一共要经过两次蒸馏……"

"刚才，到底怎么样？"

"听我说完。拉弗格(Laphroaig)是盖尔语,意思是'宽阔海湾旁的美丽山谷'。那家酿酒厂位于苏格兰西部群岛的艾拉岛上。至于大麦的麦芽处理——他们把大麦放在窑炉里,用泥炭火烤——真正的泥炭火。所有的苏格兰威士忌酒厂中,只有这一家,还用这种办法酿酒。只有在艾拉岛上,才找得到泥炭。熟酒过程则在橡木桶里完成。那可真是了不起的苏格兰威士忌,是这世上最好的烈酒。它……"他突然住了口。

一名移民官走了过来,"亚什先生,你们的飞船已经预备好。跟我来。您妻子能走路吗?是否需要帮助?"

"这么快?"赫伯愕然。接着,他明白过来:飞船其实早就预备下了。移民局常常需要应对紧急状况,所以早有准备,尤其是这一类——或者说,在移民局的理解中,他们便属于这一类。

"谁会戴金属面具?"赫伯一边掀起瑞比斯身上的毯子,一边向以利亚斯问道,"面具推到头顶上,还有挺拔的鼻梁,非常坚毅——咳,算了。帮我一把。"他和以利亚斯,两人一起扶着瑞比斯站起来。移民官同情地望着他们。

"我不知道。"以利亚斯回答。

"除了雅,还有别人。"赫伯说。两人一步一步,扶着瑞比斯走过通道。

"我要吐了。"瑞比斯虚弱地说。

"坚持一下,"赫伯·亚什说,"我们就快到了。"

"大脑袋"将消息通知红衣主教富尔敦·斯塔特勒·哈姆斯以及最高总督后,当着世界所有首脑的面,打印出一张纸,上面印着神秘难解的段落:

他们当写于五十标准之上:借由神之伟力,在后的受护者与五十及十的命令者一同毁灭。他们上战场,当在wpsox上书写,以成完整前方。线由一千人人人人人组成,每条线有七七七深。一人站于其余人身后停止重复所有人均手持擦亮的黄铜盾牌重复黄铜像镜子这些盾牌。

段落到此结束。几分钟内,众多技术员便蜂拥到人工智能系统身边。

稍后,技术员们得出结论:系统出了根本性的问题,需要关闭一段时间。系统最后处理出来的信息是:怀孕的女子瑞比斯·罗梅-亚什、她丈夫赫伯特·亚什以及他们的伙伴以利亚斯·泰特,已经通过了圈Ⅲ的移民局审查,从商业轴飞船转移到另一艘政府快速飞船里,正朝华盛顿特区开去。

红衣主教站在不再闪烁的电脑前,思忖道:我们犯了错误。圈Ⅲ的移民局本该拦下他们,却加快了他们的行程。完全说不通。现在,我们还失去了最主要的数据处理系统。我们可是彻底依赖着这个系统啊。

他打电话给最高总督。接电话的是总督的某个下级,说总督已经睡了。

狗娘养的,哈姆斯心里怒道,这笨蛋。我们只剩下最后一个拦截他们的站点:华盛顿特区移民局。他们居然畅通无阻,一路到了华盛顿——我的上帝,那怪物肯定使用了超自然的力量。

他又给总督打了一次电话。"嘉丽娜能接电话吗?"他问道。虽然口里这么问,可他心里知道,嘉丽娜不可能接电话。布尔科斯基已经放弃了。这么早就上床睡觉,等于放弃。

"布尔科斯基夫人?"接电话的科学使节党官员吃惊不小,"当然不能。"

"那你们的总长呢?有没有哪个统领在?"

"总督会给您回电话的。"科学使节党官员说。显然,他们接到布尔科斯基的命令,不得打扰。

基督!哈姆斯重重地挂断电话。通话屏幕暗了下来。

哈姆斯明白,事情不对。那几个人不该深入地球,"大脑袋"知道这一点。人工智能系统确确实实疯了。那不是技术故障,而是人工智能系统在逃避。"大脑袋"知道某件事,却没法传达。或者……难道说,已经传达出来了?那一段不知所云的句子,到底是什么意思?

他联络上目前等级最高的电脑,名为卡尔技术。他把那段看不懂的话传给电脑,下达指令,要求识别这段话。

五分钟后,卡尔技术得出了结果:

出自库姆兰①经卷,"光明之子与黑暗之子的战争"。来源:犹太禁欲主义艾赛尼②教派。

真奇怪,哈姆斯心想。他知道艾赛尼派。很多神学家都推测,耶稣属于艾赛尼派。还有确切证据表明,施洗者约翰也是艾赛尼派。这个教派认为,现世将早早结束,在公元一世纪就会出现世界末日善恶大战。很明显,这个教派深受琐罗亚斯德教③的影响。

主教思索着:施洗者约翰,由基督本人确认为回归的以利亚,是耶和华在《玛拉基书》中允诺过的先知:

看哪,耶和华大而可畏之日未到以前,我必差遣先知以利亚到你们那里去④。

这是《圣经·旧约》的最后一段,是《旧约》的结束,《新约》的

---

① 在以色列境内,为死海古卷(早期基督教手抄经卷)发现地。
② 公元前2世纪至公元1世纪的犹太教分支,为当时三大分支之一,苦修禁欲。有学者认为,死海古卷即艾赛尼派的经集,也有学者持反对意见。
③ 世界上最古老的宗教之一,在中国也被称为"拜火教"或"祆教",相信光明与黑暗并存的二元论以及光明一方阿胡拉·玛兹达(Ahura Mazda)为唯一真神的一神论,创始人即为琐罗亚斯德。
④ 出自《圣经·旧约·玛拉基书》第四章第五节。

开始。

末日善恶大战,黑暗之子和光明之子的最后决战。一方是耶和华,另一方是——艾赛尼派管邪恶力量叫什么来着?对了,彼勒。这是他们对撒旦的称呼。彼勒率领黑暗之子,耶和华率领光明之子。这将是第七战。

第七战之前,将还有六战。光明之子赢得其中三战,黑暗之子赢得另外三战。黑暗之子胜利时,恶魔彼勒就会统治世界。到了最后一次,耶和华将会亲自统率,打破僵局。

红衣主教哈姆斯明白,那女子子宫里的怪物就是彼勒。恶魔彼勒回来了,要推翻我们,推翻我们侍奉的耶和华。

主教断定,此刻,神圣力量自身陷入了危机。他感到义愤填膺。

红衣主教觉得,此刻正需要冥想与祈祷,还得想个办法,如何毁灭到达华盛顿特区的入侵者。

要是"大脑袋"没坏,该多好!

他闷闷不乐地走向私人小教堂。

9

总督说:"我们可以弄掉他们的飞船,这不成问题。只要出个事故就行。他们三人——是四人,要是把胎儿算上——都会死。"对他来说,这事儿易如反掌。

电话另一头,红衣主教哈姆斯说:"他们能避开的。别问我他们怎么做到的。"他心中的沉闷情绪还在。

"华盛顿特区归你管辖,"总督说,"命令他们毁掉飞船。**现在就下令。**"

"现在"已经是八小时以后了。整整八个珍贵的小时,在总督香甜的睡眠中白白逝去。红衣主教对共同执政者怒目而视。忽然,他念头一转:说不定,布尔科斯基根本没睡,而是在努力想办法呢?刚才他说的主意,听着像是嘉丽娜的点子。他们俩肯定商讨过。他们俩是一伙的。

"真是老掉牙的办法。"主教回答,"完全是你的风格。一颗导弹就行。"

"布尔科斯基夫人喜欢。"总督说。

"可不是嘛。你们俩熬了一整夜,就想出**这么个办法**?"

"我们没熬夜。我睡得很好,嘉丽娜倒是做了怪梦。她跟我讲了——我觉得这梦值得一说。你想不想听听?这梦有宗教暗示,所以我想听听你的看法。"

"说吧。"

"一条白色的大鱼躺在海洋中,靠近水面,就像鲸鱼一样。这条鱼很友好,朝我们——我是说,朝嘉丽娜——游来。海洋中有条条沟渠,还带着闸门。大白鱼在沟渠纵横中努力前行,异常艰难。最后,大鱼被捉住了,拉出了海洋,来到围观者旁边。大鱼是故意被人捉住的;它打算献出自己,给人当食物。这时,出现了一把金属锯子,就是伐木工用来锯倒大树的锯子,要两个人才能操作。嘉丽娜说,锯齿可怕极了。人们拿着锯子,从大鱼身上一块块锯下肉来。大鱼还活着。他们就这样,从如此友好的大鱼身上,活生生锯下一块又一块的肉来。梦中,嘉丽娜心想:这么做不对。我们把大鱼伤害得太深了。"说罢,布尔科斯基问道,"就这样。你怎么看?"

"这条鱼是基督。"红衣主教哈姆斯说,"他为人类献上肉体,让人类永生。"

"这当然好,可对大鱼不公平。嘉丽娜说,这是不对的。哪怕鱼自愿献身,也不该这么做。鱼受的苦太大了。对了,在梦里她还想:我们必须另找食物,别让大鱼这么痛苦。接着下来是模模糊糊的几个片段,嘉丽娜梦见自己拉开冰箱,看到一罐水;水罐被稻草、芦苇之类的裹了起来……还有粉红色的块状食物,就像黄油的形状。块状食物的包装纸上有字,但她看不懂。这台冰箱像是某个偏远地带小聚落成员的共同财产。他们的做法是:这罐水和粉红块状食物,属于全体成员共有。唯有意识到自己濒临死亡的成员,才能喝罐子里的水,吃块状食物。"

"喝水到底会——"

"吃喝完,你死后就能回归。重生。"

哈姆斯说:"那实际上就是象征着圣餐酒和圣餐饼,我主的血和肉。永恒生命的食物。'这是我的身体,拿去——'"

"那个小聚落,像是存在于完全不同的另一个时间。很久之前,几千年前。"

"有意思。"哈姆斯说,"可我们还有个问题要面对。怎么处理那怪物婴儿。"

"我说了,"总督说,"我们就安排一次事故。让他们的飞船到不了华盛顿特区。飞船什么时候降落?我们还有多少时间?"

"稍等。"哈姆斯在一架小电脑终端键盘上按了几下。"基督啊!"他说。

"怎么了?发射一颗小导弹只需要几秒钟。那个地区有你部署的装置。"

哈姆斯回答:"你睡觉的时候,飞船已经降落了。他们正在接受华盛顿移民局的审查。"

"需要睡觉不是一件很正常的事吗?"总督回答。

"是怪物让你犯困想睡的。"

"我从生下来开始一直都得睡觉啊!"总督恼火地加了一句,"我可是来这儿度假的,我身体不好。"

"谁知道是真是假呢。"

"马上通知移民局,拖住他们。现在就通知。"

哈姆斯挂了电话,联络移民局。我会捉住那女人,瑞比斯·罗梅-亚什,扭断她的脖子,他心里说,我要把她切成碎块,把她肚子里的胎儿也切成碎块。我要把他们都切碎,喂给动物园的动物。

想到这儿,他一惊,自问:这真是我的念头?这念头如此残暴,让他甚是惊讶。他想,我确确实实憎恨他们,我气坏了。我还气布尔科斯基,气他在危急关头还拖延了整整八小时。要是我有这权力,我还想把布尔科斯基也切成碎块。

接通华盛顿特区移民局主任后,他询问名为瑞比斯·罗梅-亚什的女人、她丈夫以及以利亚斯·泰特是否还在。

"我去查一查,主教阁下。"主任回答。电话那头沉默了许久。哈姆斯数着秒,一会儿咒骂,一会儿祈祷。主任终于回来了,"我们还在审查他们。"

"拖住他们。不管什么理由,都别放走他们。那女人怀孕了。通知她——你知道我指的是谁吧?瑞比斯·罗梅-亚什——通知她,必须强制引产。至于理由,随便你们怎么编。"

"您确实希望对她进行引产手术吗?还是说,这只是一个借口——"

"我要求引产手术在一小时之内进行。"哈姆斯说,"用生理盐水引产。我要你们杀了胎儿。我现在对你说的话,全是机密。我已经跟最高总督商讨过,这是全球性的政策。那胎儿是个怪物,是辐射的产物,甚至有可能是不同物种共生的怪物后代。你明白吗?"

"噢,"移民局主任说,"不同物种共生体。好的。我们会用局部加热杀死胎儿。把放射性染料从腹部直接注射入体内。我会告诉医生——"

"告诉医生,要么引产后杀掉胎儿,要么在那女人体内杀掉胎儿。"哈姆斯说,"总之,杀了它,现在就杀。"

"我需要您签名。"移民局主任说,"没有授权,我做不了。"

"把表格传过来。"他叹了口气。

纸张从终端徐徐吐出。主教拿过表格,找到需要签名的横线,签好名,将表格塞回电话终端①。

赫伯·亚什和瑞比斯一同坐在移民局的休息室里。不知道以利亚斯·泰特去哪儿了。之前,以利亚斯说要去洗手间,走开了,一直没回来。

"我什么时候能躺下来?"瑞比斯喃喃道。

"快了。"他说,"他们马上就会放我们走。"他没多说。毫无疑问,休息室里肯定有窃听器。

"以利亚斯在哪儿?"她问。

"他会回来的。"

一名移民官,没穿制服,只戴了徽章,来到他们面前。"你们一行有三个人。还有一个去哪儿了?"他看了看手中的夹纸板,补充道,"以利亚斯·泰特。"

"去洗手间了。"赫伯·亚什说,"您能不能尽快审核这位女人?你也看得出,她病得很重。"

---

① 在菲利普·迪克所著的小说中,通常电话都兼具视频通话和传真机等功能。——编者注

"我们要对她进行身体检查。"移民官用公事公办的腔调说,"放行之前,我们得誊写一份医疗鉴定结果。"

"医疗鉴定早就做了!先是她自己的医生,然后是——"

"这是规定的程序。"官员说。

"不管是不是程序,"赫伯·亚什说,"这么做很残忍,也毫无意义。"

"医生一会儿就到。"官员说,"她接受体检时,你将接受盘问。同时进行,好节省时间。我们不会盘问她,至少不会问得太多。我看得出她病得很重。"

"哦呀,上帝!"赫伯说,"您竟然看得出!"

移民官转身离开,没一会儿又回来了,阴沉着脸,"泰特不在洗手间里。"

"那我就不知道他去哪儿了。"

"说不定他已经通过了审查,被放走了。"移民官快步离开,边走边用手提通信器说话。

我猜以利亚斯逃走了,赫伯·亚什心想。

"到这儿来。"一个声音说道。说话的是个女医生。她穿着白大褂,年纪挺轻,戴着眼镜,头发在脑后束成发髻。她步伐轻快,带着赫伯·亚什和他妻子,走过一条充满消毒水味的空荡荡通道,进入一间检查室。"躺下来,亚什夫人。"医生把瑞比斯扶坐到检查台上。

"是罗梅-亚什夫人。"瑞比斯纠正道,痛苦地爬上检查台,"能给我来一针静脉滴注止吐剂吗?请尽快。我是说,尽快,现在。"

"鉴于您妻子的病情,"医生坐到办公桌后,对赫伯·亚什说,"应该终止怀孕。"

"这事我们已经讨论过,不必再提。"

"我们恐怕还是得要求她引产。我们不希望生出畸形儿。这有违公共政策。"

赫伯瞪大眼睛,恐惧地盯着医生,"可她已经怀孕六个月了!"

"文件上写着五个月,"医生说,"符合法律要求。"

"没经过她同意,你们不能引产!"赫伯感到越来越恐惧。

"既然你们已经回到地球,"医生回答,"就不由你们说了算。这是医疗组会研究决定的。"

赫伯·亚什很清楚,他们打算强制引产。他知道医疗组会有什么决定——或者说,已经做了什么决定。

房间角落某个扬声器里,传来讨厌的背景音乐,是甜腻腻的弦乐,跟他在穿顶那时候听到的一样。忽然,音乐变了,变成了一首广受欢迎的福克斯歌曲。看着医生坐着填写医疗信息表,隐隐约约地听着福克斯的歌声,这让他感到安慰。

神圣入侵

> 再来一回！
>
> 甜蜜的爱情，
>
> 需要您的恩典，
>
> 赐予我双倍的喜悦。

女医生的嘴唇，合着福克斯耳熟能详的道兰德歌曲旋律，条件反射地开合。

突然，赫伯·亚什听出，扬声器中的声音只是像福克斯。那声音不再歌唱，却说起话来。

微弱的声音清晰说道：**不会引产。只会诞生。**

桌子旁边的女医生丝毫没有听出声音有异。赫伯·亚什明白，是雅扭曲了音频信号。亚什盯着女医生，眼见她停了下来，提起了手中的笔。

看到医生犹豫，赫伯·亚什下意识地告诉自己：这女人还以为自己听到的是熟悉的歌曲，熟悉的歌词。她中了魔咒，就像被催眠一样。

歌曲继续。

"要是她怀孕六个月，我们就不能合法引产。"医生犹豫地说道，"亚什先生，肯定有什么地方弄错了。我们这儿的文件写着她怀孕五个月。可要是你说六个月，那就……"

"你可以检查，"赫伯·亚什说，"她至少怀孕六个月了。你自己看。"

"我——"医生揉揉前额,皱起眉头,闭上眼睛,脸部抽搐,仿佛十分疼痛。"我觉得没有理由——"她停了下来,仿佛想不起究竟要说什么。"我觉得没有理由,"片刻后,她继续道,"反对你的话。"她按下桌上的呼叫按钮。

门开了,一名身穿制服的移民官站在门口。稍后,又来了一名穿制服的海关官员。

"医疗鉴定有了。"医生对移民官说,"我们不能强迫她引产,胎儿的月份太大了。"移民官怔怔地盯着她。

"这是法律。"医生说。

"亚什先生,"海关官员说,"我来问你几个问题。你妻子的海关申报单上,列出了两个经文护符匣。什么是经文护符匣?"

"我不知道。"赫伯·亚什说。

"你不是犹太人?"海关官员追问道,"但凡犹太人,都知道什么是经文护符匣。你妻子是犹太人,你却不是?"

"嗯,"赫伯·亚什说,"她属于CIC,但——"他住了口。他感觉到,自己正一步一步走进陷阱里。身为丈夫,居然不知道妻子的宗教信仰,这是无论如何说不过去的。他们打算把我引诱到不愿意讨论的领域中去。"我是基督徒,"他开口道,"不过我在科学使节党家庭长大,参加过党的青年组织。但现在——"

"可亚什夫人是犹太教徒,才会有经文护符匣。你从没见她戴过?一片戴在头上,一片戴在左臂上。所谓经文护符匣,就是方形的皮革小盒,装着希伯来圣经的片段。你居然对此一无所知,我觉得十分奇怪。你们俩认识多久了?"

"很久了。"赫伯·亚什回答。

"她真是你妻子吗?"移民官问道,"要是她怀孕六个月——"他看了看医生桌上的文件,"那么,你们结婚时,她已经怀孕了。你是孩子的父亲吗?"

"当然。"他回答。

"你是什么血型?不用了,我这儿有。"移民官开始翻检一张张填写完整的法律和医疗表格,"应该就在这儿……"

桌上的电话响了。女医生接起来表明身份,接着她把听筒递给移民官员,"找你的。"

移民官接过听筒,全神贯注、一声不响地听着。接着,他用手遮住话筒,不耐烦地说:"血型通过。你们俩可以走了。但我们想跟泰特谈一谈,那个老人……"他住了口,继续听电话。

"你们可以去休息室用公共电话叫一辆出租。"海关官员说。

"我们可以走了?"赫伯·亚什问。

海关官员点点头。

"不太对劲。"医生开口道。她又摘下眼镜,坐着揉眼睛。

"还有一件事。"说着,海关官员弯下腰,把一叠文件递给她。

赫伯·亚什和瑞比斯一步步走出检查室。"你知道泰特在哪儿吗?"移民官追着他们问道。

"不,不知道。"赫伯回答。他们已经回到了走廊,赫伯扶着瑞比斯,一步一步沿着走廊回到休息室。"坐这儿。"他把瑞比斯放在沙发上,瑞比斯无力地缩成一团。几个等候审查的人漠然地望着他们。"我去打电话,马上回来。你有零钱吗?我需要一张五美元的钞票。"

"基督,"瑞比斯咕哝,"没,我没有。"

"我们通过啦。"他小声地说。

"知道了!"她不耐烦地回答。

"我去打电话叫出租。"他在口袋里摸来摸去,找五美元的钞票,兴高采烈的。雅插手干预了,虽然虚弱而遥远,但足够保护他们通过。

十分钟后,他们带着行李,登上黄色的出租飞车,从华盛顿特区太空港起飞,朝切维－切斯的贝塞斯达飞去。

"以利亚斯到底在哪儿?"瑞比斯好不容易开了口。

"他吸引了他们的注意力。"赫伯说,"引开了他们,他们这才放了我们。"

"好哇,"她说,"这下,他在哪儿都不知道了。"

突然,一架大型商用飞车冒冒失失,朝他们高速猛冲过来。

出租飞车的机器驾驶员绝望地大叫一声。一瞬间,大型商用飞车从侧面扫过他们,猛烈的撞击气浪把出租飞车掀翻。出租飞车打着旋儿,朝下落去。赫伯·亚什紧紧地抱着妻子,望着脚下的建筑迅速变大。他很清楚(一清二楚,毫不怀疑)发生了什么事。那些混蛋,他痛苦地想。他受了伤,感觉恢复时尤其疼痛。出租飞车内的警报器大声响起——

飞车旋转着,越落越低,仿佛一片落下的树叶。雅的保护还不够,他心想。

太弱了。在这儿,太弱了。

飞车撞上一幢高楼的边角。黑暗降临,赫伯·亚什失去了知觉。

"亚什先生?"一个男性的声音叫道,"亚什先生,你能听到我说话吗?"

他想点头,却没有力气。

"你受了严重的内伤,"男性声音说,"我是波普医生。你昏迷了五天,做了手术。你的脾脏破裂,不得不摘除。除了这个,你还受了别的伤。所以,我们得让你进入低温冷冻状态,等待可供移植的器官——你能听到吗?"

"能。"他回答。

"——一直得等到捐献者出现,有合适的器官可供移植为止。等待名单不算长,你大概只需要低温冷冻几周即可。不过,到底多久就——"

"我妻子。"

"你妻子死了。她大脑停止活动的时间太长,哪怕低温冷冻也没用了。"

"孩子。"

"胎儿还活着。"波普医生说,"你妻子的叔叔,泰特先生,已经来了,会负起法定的监护责任。我们已经从她子宫中取出胎儿,放入人工子宫中。根据我们的测试,这次事故并未对胎儿造成损伤。真是奇迹。"

赫伯·亚什阴沉地想:可不是吗?

"你妻子说,给孩子取名叫艾曼纽。"波普医生说。

"我知道。"

快失去知觉时,赫伯·亚什对自己说:雅的计划并没有完全失败。雅没被彻底打倒,还有希望。

可希望不大。

"彼勒。"他轻声地说。

"你说什么?"波普医生凑近他,"彼勒?你想让我们联系此人吗?告诉他这次事故?"

赫伯·亚什说:"他知道。"

基督教—伊斯兰教会总教长对科学使节党最高总督说:"出岔子了。他们通过了移民局审查这关。"

"他们去哪儿了?总得去个地方吧。"

"以利亚斯·泰特在海关检查之前就消失了。我们对他的行踪一无所知。至于亚什夫妇——"红衣主教犹豫片刻,"他们最后一次被人看到,是坐上了一辆出租飞车。对不起。"

布尔科斯基说:"我们会找到他们的。"

"只要有上帝的帮助。"红衣主教在胸口画了个十字。布尔科斯基见他画十字,也跟着在胸口画了一个。

"邪恶力量。"布尔科斯基说。

"对。"红衣主教应道,"我们对抗的正是这种力量。"

"到了最后,邪恶终会失败。"

"毫无疑问。我现在要去小教堂,去祈祷。我建议你也同样祈祷。"

布尔科斯基挑起一边眉毛,注视着主教。主教的表情十分复杂,无法解读。

10

赫伯·亚什醒来,听到了几件令人困惑的事实。首先,他以低温冷冻状态保持了——不是几周——而是好多年。医生们也没法解释,为什么找个替换器官花了这么久。他们说,事态超出了自己的控制范围,程序问题。

赫伯问道:"艾曼纽怎么样了?"

如今的波普医生,人老了,头发花白了,更像是一位位高权重的人物了。他回答道:"有人闯进医院,从人工子宫中带走了你儿子。"

"什么时候?"

"差不多一放进去就被带走了。我们的记录显示,胎儿在人工子宫中只待了一天。"

"是谁干的,你知道吗?"

"我们每时每刻都监控着人工子宫的状况。根据监控录像,偷走胎儿的是个大胡子老人。"顿了顿,波普先生补充道,"这人看起来不正常。你得面对一个现实:你儿子死了。应该说,已经死了十年。这种可能性很高。可能死于自然原因——从人工子宫当中被人带走,也可能死于人为——也就是大胡子老人,不论他是存心,还是无意。警察既没有找到老人,也没有找到胎儿。对不起。"

赫伯心道:是以利亚斯·泰特,偷走了艾曼纽,护他周全。他闭上双眼,心中充满感激。

"你感觉如何?"波普医生问道。

"我做了许多梦。我本以为在低温冷冻状态下的人不会做梦。"

"确实不会。你没做梦。"

"我总是梦见我妻子,一次又一次。"苦涩的悲伤在他胸口上方盘旋,随后降落下来,充斥他全身。悲伤太强烈,几乎无法忍受。"我总是梦见从前跟她在一起的时光。遇见她之前,遇见她之时,来地球的旅途……还有些琐碎的小事,像没洗的碗碟,里面的东西都腐烂发臭了……她真够邋遢的。"

"可你还有儿子呀!"

"对。"赫伯应道。他琢磨,该怎么找到以利亚斯和艾曼纽。最后,他决定:该由他们来找我。

他在医院里住了一个月,接受肌肉力量恢复的康复性治疗。随后,三月中旬,在一个凉爽的早晨,他出院了。他拎着手提包,迈步走下医院前门的台阶。虽然步子还不稳,心里也有些害怕,但终究是自由了。他很高兴。在接受治疗期间,每一天,他都等着当局前来抓捕他。但没有人来。他心中甚是奇怪。

医院门口站着一群人,都在挥手招呼黄色出租飞车。赫伯也混在其中。这时,他偶然注意到,远离人群之处,站着一个白头发的瞎眼老乞丐,块头很大,穿着脏污的衣服,手里举着杯子。

"以利亚斯。"赫伯·亚什唤道。

他来到老朋友身旁,细细打量。一时间,两人都没有说话。接着,以利亚斯·泰特说:"你好,赫伯特。"

"瑞比斯说过,你常常以乞丐的形象出现。"赫伯·亚什说。他伸出双臂,想拥抱老人。可以利亚斯摇摇头。

"今天是逾越节①,"以利亚斯说,"我以真身出现。此刻,我的灵全部都在,力量太强,你还是别碰我的好。"

"你不是人。"赫伯·亚什深觉敬畏。

---

① 根据《圣经·旧约·出埃及记》,为了让埃及法老释放希伯来人,上帝曾在埃及降下十次灾难,最后一次杀死了埃及所有家庭的长子以及头生的牲畜,唯有门框门楣涂了羊羔血的希伯来人例外。这便是逾越节的来历。

"我是很多人。"以利亚斯回答,"又见到你真好。艾曼纽说你今天会出院。"

"孩子还好吗?"

"他生得很美。"

"我见过他。"赫伯·亚什说,"就一次。离现在有一阵子了。那时候我看到了幻觉——"他顿了顿,"是耶和华给我看的幻觉,为了帮助我。"

"你有没有做梦?"以利亚斯问道。

"我梦见了瑞比斯,还有你。我梦见了那个殖民行星上发生的一切。我好像总是活在那些事里面,一次又一次地重复。"

"现在你可真的活过来了。"以利亚斯说,"欢迎回来,赫伯特·亚什。我们要干的活儿多着呢!"

"我们能获胜吗?真有机会吗?"

"孩子已经十岁了。"以利亚斯说,"他已经能迷惑他们的头脑,搅乱他们的思维。他还能抹去他们的记忆。但是——"以利亚斯停了片刻,又说,"他自己的记忆也有缺陷。你看到他就知道了。几年前,他的记忆才开始慢慢恢复;他听了一支歌,某些记忆就回来了。也许这些记忆已经足够,也许还不够。也许你能让他再想起更多。在事故之前,他给自己设定了程序。"

赫伯·亚什艰难地开口道:"在那次……事故中……他也受

伤了？"

以利亚斯沉重地点头。

赫伯·亚什看到朋友脸上的表情，自行补充道："大脑受损。"

老人，举着杯子的老乞丐，又点点头。永生的以利亚，逾越节的真身以利亚。人类永生的朋友，一直都在，总是施以援手。衣衫破烂，邋邋遢遢，但却智慧惊人。

芝娜说："你爸爸要回来了，对不对？"

两人一同坐在岩溪公园的长椅上，靠近结冰的溪水。光秃笔直的树枝横斜在两人头顶。空气已经转冷，两个孩子都穿上了厚厚的冬装。天空倒是十分清澈，艾曼纽抬头凝视了一阵。

"你的信息板是怎么说的？"

"不用问信息板。"

"他不是你爸爸。"

艾曼纽说："他是个好人。妈妈的死不是他的错。能再见到他，我很高兴。我一直想念着他。"艾曼纽心想，他躺了好多年。用这儿——用下层王国的尺度来衡量，真是过了很久。

下层王国是悲剧的王国，艾曼纽继续思索，这儿每个人都是囚犯，而且他们对自己的囚犯身份一无所知——这才是终极悲剧。他们自以为自由，全因他们从没获得过自由，根本不知自由为何物。这儿就是一所监狱。这一点,极少有人能猜到。但我知道,他对自己说,我就是为这个而来的。我来,就是为了炸掉高墙,拉倒铁门,斩断锁链。他记得《律法书》里说:耕完田的公牛,汝不可牵制。你不能监禁自由的生物,不可用绳索缚住。上帝,你们的主——也就是我——是这么说的。

下层王国的人,不知道自己侍奉的是谁。这是他们不幸的核心。错误的侍奉方式,错误的侍奉对象。他们仿佛带着铁枷锁,他想,铁枷锁限制着他们,连血液中都有铁元素。这是个铁的世界。这个世界由齿轮驱动,是一架机器,一路碾磨,最后只剩痛苦和死亡……这里的人对死亡司空见惯,仿佛死亡也是自然的一部分。多少年了,他们早就遗忘了花园——那栖息着动物和花朵的地方。我什么时候才能帮他们再找回来?

有两个现实,他在心中说,一个是黑铁监狱,也称珍宝洞,是人类现在生活的地方。另一个现实则是棕榈树花园,无垠的空间,阳光灿烂,是人类从前生活的地方。现在,人类的眼睛瞎了。这话丝毫不夸张。他们确确实实只能看到没多远的地方。更远地方的物体,他们是看不见的。每隔一阵子,就会有人猜到:人类从前的能力远大于现在,但这种能力已经丧失。每隔一阵,同样会有人发觉真相:从前的人类跟现在不同,从前人类居住的地方,也跟现在不同。但没多久,他们就把这些全部遗忘,就像我失去记忆一样。直到现在,我也没把记忆全部找回来。所以,我也只恢复了部分视力。我也被关了起来。

但关不了多久了。

"要喝百事可乐吗?"芝娜问。

"太冷了。我只想坐坐。"

"别难过,"她戴着手套的手放在他的手臂上,"高兴起来。"

艾曼纽回答:"我累了。我会好的。要做的事情太多。对不起。我觉得压力太大,心烦。"

"你不害怕吧?"

"现在已经不怕了。"艾曼纽回答。

"你觉得悲伤。"

他点点头。

芝娜说:"等见到亚什先生,你会好些。"

"我现在就能见到他。"艾曼纽说。

"很好,"芝娜挺开心,"你连信息板也不用问,就能知道。"

"我越来越不需要信息板了。"他说,"因为我脑中的知识已越积越多。这你知道。而且,你也知道为什么。"

芝娜没吭声。

"你和我,我们俩很亲密。"艾曼纽说,"我一直最爱你。将来也会一直最爱你。你会待在我身旁,为我建言献策,对吗?"他心中清楚答案。他知道她会的。从原初时刻开始,她就跟他在一起,就像她说的——是他的爱人和欢乐。而她的欢乐,就像《圣经》里说的,是人类。于是,通过她,他自己也爱着人类,人类也成了他的欢乐。

"我们去弄点热饮喝。"芝娜说。

他喃喃道:"我只想坐坐。"我就坐在这儿,等待跟赫伯·亚什见面的时刻,他想,赫伯·亚什会给我讲瑞比斯。赫伯对瑞比斯的回忆能带给我快乐。此时此刻,我急需快乐。

我爱他,他想,我爱我母亲的丈夫,我法律上的父亲。跟其他人类一样,他也是个好人,是值得称道、应受珍视的人。

只有一点跟其他人类不同——赫伯·亚什知道我是谁。所以,跟以利亚斯和芝娜一样,同他说话时,我不必遮遮掩掩,想说什么就说什么。这样挺好,能减轻我的疲惫。现在,我心中的忧虑太重,压力太大,深觉困顿。赫伯回来以后,我身上的担子能稍稍减轻——因为有人分担。

还有,他想,我还有很多事记不起来。现在的我,跟从前的我不同,更像他们——人类。我也堕落了。明亮晨星堕落的时候,扯落了身边的一切,包括我。我的一部分也随之堕落。现在的我,就是随之堕落的那一部分。

时日接近春分,天气寒冷。公园里,他和芝娜一同坐在长椅上,继续思考。可是,换个角度想,多年前,我母亲挣扎求生之时,赫伯特·亚什却无动于衷,只顾躺在铺位上,做着跟琳达·福克斯一同生活的白日梦。他从没想过帮助我母亲——一次都没有,从来没过问她的病情,也没有帮她求过医药。直到被我强迫,他才采取行动。所以,我不爱这个人。我清楚他的底细。他已经放弃了被我所爱的权利——既然他对同伴的生死漠然,也就失去了我的爱。

所以,我也将对他漠然。

我为什么要帮助人类?他自问,他们只有受到强迫、别无选择之时,才会去做正确的事。当初他们堕落,是出于自愿;现在,他们仍然堕落,也是出于自愿,而且是咎由自取。都是因为他们,我母亲才会死。他们谋杀了她。他们还想杀我,只可惜找不到我的下落。他们放过我,全因为我迷惑了他们的头脑。他们上天入地,只想取我的命,就像亚哈王想取以利亚的命一样。人类乃是毫无价值的种族,随他们堕落去,我不在乎。根本不在乎!要救他们,我就得跟他们的本性做斗争,而我向来如此。

"你看起来一点儿精神也没有。"芝娜说。

"我做的一切,到底有什么意义?"他说,"人类本性难改。我想起来的越多,就越疲惫,越冷漠。我在这个世界里住了十年,他们追杀了我十年。随他们去死吧。我不是跟他们讲过有仇必报吗?'以眼还眼,以牙还牙'。这句话不是写在《律法书》里面吗?两千年前,他们把我赶出了这个世界;现在,我回来了,他们还想要我死。根据有仇必报的原则,我也该让他们死。这是以色列的神圣律法,我的律法,我的言语。"

芝娜不吭声。

"为我献计。"艾曼纽说,"你的建议,我向来都听。"

芝娜说:"有一天,先知以利亚出现在拉派特市场里,巴鲁卡拉比面前。巴鲁卡拉比问道:'市场中这些人里,有没有哪一个注定能分享即将到来的新世界?'……两个人出现在他面前。以利亚说:'这两个人,能分享即将到来的新世界。'巴鲁卡拉比问那两人:'你们以什么为生?'两人回答:'我们是欢乐制造者。若看到有人垂头丧气,我们就逗他开心。若看到有人争吵,我们就尽力让他们和好。'"

艾曼纽说:"你减轻了我的悲伤,也减轻了我的疲惫。向来如此。《圣经》里说你:'每一天,我都在他身边。我是他的爱人,他的欢乐,一直在他跟前玩耍。我的欢乐是人类;所以,他终结地球后,我仍在地球上玩耍。'①

---

① 《圣经·旧约·箴言》第八章第三十至三十一节原文为:"那时,我在他那里为工师,日日为他所喜爱,常常在他面前踊跃,踊跃在他为人预备可住之地,也喜悦住在世人之间。"作者所写与原文略有出入。

"《圣经》还说:'我爱智慧;年轻时我寻找智慧,渴望获得她的青睐,让她做我的新娘。我爱上了她的美貌。'

"不过,这话说的是所罗门,不是我。

"于是,我决定把她带回家,和她同住。我清楚,万事顺遂时,她会向我进谏;焦虑悲伤时,她会是我的安慰。①

"所罗门这么爱你,真是个聪明人。"

他身边的女孩微微笑了。虽然她什么都没说,但黑眼睛闪烁着光芒。

"你为什么笑?"他问。

"因为你在《圣经》里说出了真相。《圣经》里说:'我必聘你永远归我为妻,以仁义、公平、慈爱、怜悯聘你归我,也以诚实聘你归我,你就必认识我耶和华。'②

"记住,你跟人类定了约。你按自己的形象造了人。你不能毁约。你对人类做过承诺,绝不能违背。"

艾曼纽说:"是这样没错。你说得好。"他心中想:你还让我开心。你在万物之上,你生于创世之前。如同以利亚说的那两个欢乐制造者,将得到拯救。你的舞蹈,你的歌声,还有铃声。"我知

---

① 这段话出自希腊文七十士译本(Septuagint)《所罗门智训》(Wisdom of Solomon)。

② 出自《圣经·旧约·何西阿书》第二章十九至二十节。

道,"他说,"我知道你名字的含义。"

"芝娜吗?"她说,"只是个名字而已,没别的含义。"

"芝娜(Zina)是罗马尼亚语,意思是——"他停了下来,看到女孩浑身剧烈颤抖,眼睛瞪大。

"你知道多久了?"她问。

"很多年了。听着:

> 我知道一处茴香盛开的水滩,
> 长满着樱草和盈盈的紫罗丝,
> 馥郁的金银花,芗泽的野蔷薇,
> 漫天张起了一幅芬芳的锦帷。
> 有时提泰妮娅在群花中酣醉,
> 柔舞清歌低低地抚着她安睡;
> 小花蛇在那里丢下发亮的皮……

"我要把这段话说完。听着:

> 小仙子拿来当作合身的外衣。①"

"这些年,"他说,"我一直都知道。"

芝娜瞪着他,说:"对,芝娜的意思是'仙子'。"

"你不是圣智慧。"他说,"你是狄安娜,是仙后。"

冷风从树枝中嗖嗖穿过。冰冻的溪流对岸,几片干叶子被

---

① 这段话引自莎士比亚《仲夏夜之梦》第二幕第一场。

风裹挟而去。

"原来如此。"芝娜说。

两人头顶,风声飒飒,仿佛开口说话。他能听懂风的言语。

风说:要小心!

他想,不知她听到了没有。

此后,两人仍是朋友。芝娜告诉艾曼纽,早前,自己曾有过另一个身份。几千年前,她说,她曾是玛亚特,埃及的女神,代表宇宙秩序与公正。人死后,心脏会放上天平的一端,另一端是一根从玛亚特身上拔下的大羽毛。天平会决定此人生前的罪恶多少。

裁决罪恶多少的准则,只看此人有多诚实。人有多诚实,裁决就有多宽大。审判由奥西里斯主持。不过,因为玛亚特是诚实之神,所以裁决由她来做出。

"此后,"芝娜说,"人类死后接受灵魂审判的观念,慢慢传入了波斯。"在古代波斯宗教——琐罗亚斯德教中称,人死后,首先要穿过一座筛选桥。如果此人生性邪恶,桥就会越缩越窄,直到此人站立不稳,一头栽进滚烫的地狱深坑。后期犹太教和基督教中的'末日审判'说,便是由此而来。

"顺利通过筛选桥的好人,过桥后,会有自己的宗教之灵前来迎接。一般是美貌的年轻妇人,乳房完美丰满。不过,要是此人仍有邪恶之心,他的宗教之灵便会化为枯瘦丑陋的老太婆,干瘪的双乳垂在胸口。只需一眼,你就知道自己属于哪类人。"

"你是不是好人的宗教之灵?"艾曼纽问道。

芝娜没回答。她重启了另一个急需跟他交流的话题。

在起源于埃及和波斯的死者审判教义中,审查毫不留情,罪恶的灵魂必下地狱。人一死,记载善恶的簿子就会自动合上,表格内容再也不能更改,哪怕神祇也无能为力。所以,在某种意义上,审判只是一种十分机械的形式。基本上就是一张详情单,列出各项于你不利的事件(这些事都是你在一生中慢慢累积的)。然后,详情单放进惩罚机器中。一旦机器接受单子,你就彻底完蛋了。机器会把你切成碎片,神祇则袖手旁观。

可是,有一天(芝娜说),一个新形象出现了。这个形象神秘莫测,有着多种角色,轮番出现。有时候,他的角色被称为安慰者,有时候是代言人,有时是协助者,有时是支援者,有时是谏者。没有人知道他从哪儿来。之前几千年,他从没出现过;某一天,他突然就出现了。他站在死者络绎不绝的繁忙路径尽头,趁死者尚未踏上筛选桥时,这复杂难解的形象(通常是男人,偶尔也会是女人)会招呼每一个死者,吸引他们的注意力。协助者一定要在死者踏上筛选桥之前拦住他们,否则就太迟了。这很重要。

"什么太迟了?"艾曼纽问道。

芝娜回答:"协助者会拦住某个接近筛选桥的死者,询问是否愿意接受代理人,代表他去接受即将到来的审验。"

"代理人就是协助者?"

芝娜解释道:"协助者会成为代言人,主动请求替死者说话。还不止这些。协助者还会为死者提供自己的详情单,替换死者的那一份,将自己的详情单放入惩罚机器中。如果这名死者是无罪的,那么无论替换与否,结果都一样;但是,假如死者是有罪的,那么详情单替换后,死者得到的裁决就会从有罪变为无罪。"

"这不公正,"艾曼纽说,"罪人应该受到惩罚。"

"为什么?"芝娜问。

"因为律法如此。"艾曼纽回答。

"那么,罪人就没有希望了。"

艾曼纽说:"他们不配得到希望。"

"假如人人都有罪,怎么办?"

这一点,他倒没想过。"协助者的详情单上写着什么?"他问。

"空白。"芝娜回答,"一张纯粹的白纸,上面什么都没有。"

"惩罚机器没法处理白纸吧。"

芝娜回答:"能处理。惩罚机器会以为,收到的是某个毫无污点之人的单子。"

"可是,没有数据输入机器就不会启动啊!"

"就是不想让它启动呀。"

"这样做,是欺骗负责公正裁定的机器。"

"欺骗它一次,就能拯救一名受害者。"芝娜说,"这代价难道不值得?难道不该拯救受害者吗?让受害者无穷无尽地出现,有什么好处?难道能弥补这些人犯下的过错吗?"

"不能。"艾曼纽回答。

"这个新形象,"芝娜继续,"其实就是在审判过程中引入了慈悲。协助者是审判法庭的朋友,是法庭的临时法律顾问。他向法庭谏言并得到准许,准许接受审判的案子当中有例外出现。对于这些例外,通常的惩罚规则可以不适用。"

"协助者会招呼并为每个死者代言吗?每个罪人?"

"他会为每一个接受帮助的罪人代言。"

"可是,这么一来,例外就无穷无尽了。因为,但凡头脑正常的罪人,都不会拒绝这样的帮助。每个罪人都希望法庭裁定自己为'例外',就好像被告都希望自己的案子有减轻罪行的可能。"

芝娜说:"但是,接受帮助,就意味着死者必须接受一个事实,即自己本身是有罪的。他当然会把赌注压在自己会是无罪的这一头。如果他本身是无罪的,就不需要协助者的代言了。"

艾曼纽思索了一会儿,说:"下这种赌注是愚蠢的。他有可能赌错。而且,接受协助者的帮助,对他没有任何损失。"

"可是,实际上,"芝娜说,"绝大多数即将接受审判的灵魂,都拒绝了协助者的提议。"

"理由呢?"他想不通这些死者的逻辑。

芝娜说:"理由是,他们坚信自己是无罪的。接受帮助,就必须接受一个悲观的假设,即自己有罪。哪怕他觉得自己无罪,也必须接受这一前提。真正的无罪者不需要协助者,就像身体健康的人不需要医生一样。在这种情形下,乐观的假设是危险的。小动物们建造自己的穴窝时,也会运用类似的'脱身法则'。只要它们足够聪明,肯定会给穴窝修建第二个出口。这种做法同样基于悲观的假设,即第一个出口会被捕食者找到。凡是不遵守这种法则的生物,都已经不在地球上了。"

艾曼纽说:"一个人,要他承认自己有罪,感觉很耻辱。"

芝娜说:"一只地鼠,要它承认自己的穴窝建造得并不完美,会被捕食者找到,也很耻辱。"

"你说的,是一种控辩双方对立的情况。神圣审判也有控辩对立吗?也有控方?"

"对,神圣法庭中,有针对人类的控方,即撒旦。代言人为受审的人类辩护;撒旦对受审者发出非难。代言人站在受审者身边,为他辩护,替他说话;撒旦则质问他,指控他。你难道希望人类孤身面对指控者,却没有辩护人?这样公平吗?"

"在证明有罪之前,受审人必须被假定是无罪的啊。"

小姑娘的眼睛闪着光。"一点儿没错,代言人在每个审判案中,都强调了这一点。所以,他才用自己毫无瑕疵的记录单,替换客户的记录单,以此为人类辩护。"

"你是协助者吗?"艾曼纽问。

"不。"她回答,"协助者这个形象,比我复杂多了。要是你连认清我都有困难,就没法决定……"

"我确实有困难。"艾曼纽说。

"在这个世界上,协助者是后来者。"芝娜说,"早期的纪元中没有他的存在。他的出现,代表了神圣策略的进化,代表了对原初缺损的修复。修复不止这一处,但这一处是最主要的。"

"我会见到他吗?"

"你不会被审判的。"芝娜说,"所以,大概不会。不过,凡是人类,都会在那条川流不息的路径尽头看到时刻准备提供帮助的他。他的帮助会及时出现——在死者踏上筛选桥、接受审判之前。协助者总会及时插手干预。他必然会及时赶到,这是他的天性。"

艾曼纽说:"我想见见他。"

"你可以沿着人类一生所走的路,"芝娜说,"一路走下去,就能到达人类遇见他的那个地方。我也是用这种方法认识他的。因为我本人,也不会被审判。"她指指他手里的信息板,这块板子是她给他的。"想知道协助者的其他细节,你就问它。"

信息板显示:

呼唤

"你能告诉我的只有这一点?"艾曼纽问。

板子上出现了一个新词,是希腊语:

PARAKALEIN

他细细琢磨这个新近才来到世界中的形象……那些需要他的人,那些身陷危机、可能受到不利审判结果的人,只要呼唤,他定会伸手救援。这是芝娜为他呈现的又一个谜团。芝娜给他的谜团很多,他虽然喜欢,却也有些迷惑。

PARAKALEIN,呼唤,协助。他想,真怪。世界一边越来越堕落,一边却也在进化。两种截然不同的运动:一边是下落、破损,同时却也在向上、修复。世间万物和其背后隐藏的主宰力量以辩证法的形式,进行着对立运动。

芝娜会不会在招引堕落的那一方?招引,诱惑,让他们越落越深。这个问题的答案,他暂时还不知晓。

11

赫伯·亚什伸出双臂,把孩子搂在怀中,紧紧拥抱。

"这是芝娜,"以利亚斯·泰特说,"艾曼纽的朋友。"他拉着小姑娘的手,将她引到赫伯·亚什的身边,"她比曼尼稍微大一点儿。"

"你好。"赫伯·亚什招呼道。虽然打了招呼,赫伯丝毫没有注意小姑娘。他的注意力全放在瑞比斯的孩子身上

十年了,他想,孩子长到了十岁,我却一直在做梦,一个接一个,梦见我还活着,其实我早已死了。

以利亚斯说:"她会帮助曼尼,教导曼尼,比学校教的还多,比我教的还多。"

此时,赫伯·亚什才朝小姑娘看去,只见她有一张美丽苍白的瓜子脸,眼中光芒闪烁。真是个漂亮孩子,他心道,随即又转

向瑞比斯的儿子。忽然,他猛地想起了什么,又朝小姑娘看去。

小姑娘的脸上,尤其是眼睛里,写着顽皮和恶作剧。对了,赫伯想,她眼睛里有东西,某种知识。

"他们在一起四年了。"以利亚斯说,"她给了他一块高科技信息板,像是某种先进的计算机终端。这块板子会向他提问——提出问题,给出线索。对吗,曼尼?"

艾曼纽说:"你好,赫伯·亚什。"孩子既严肃又压抑,跟小姑娘正好相反。

"你好。"赫伯应道,"你真像你妈妈。"

"我们生长在那口坩埚里。"艾曼纽说了一句含义隐晦的话,没多做解释。

"你们——"赫伯不知该说什么,"你一切都好吗?"

"都好。"孩子点头。

"你肩上的担子很重。"赫伯说。

"信息板会耍花招。"艾曼纽说。

没人回应。

"到底怎么了?"赫伯问以利亚斯。

以利亚斯问曼尼:"怎么了?有什么不对?"

"我母亲快死了,"艾曼纽定定地注视赫伯·亚什,"你却在听一个幻影唱歌。那个形象,她并不存在。你的福克斯只是个幽灵,仅此而已。"

"那是很久之前的事了。"

"这个幽灵就在这个世界里,生活在我们周围。"艾曼纽说。

"这跟我无关。"赫伯说。

艾曼纽说:"这跟我有关。我得解决这事。现在不行,得等合适的时机。从前你昏沉沉地睡过去了,赫伯·亚什,因为有个声音叫你入睡。这儿的世界,这个地球,每个角落,每个人——所有的一切,都昏沉沉地睡着。我在这个世界待了十年,看了十年;这世界毫无优点。你从前做的事,现在的人仍然在做;你从前沉沉入睡,现在的人仍然沉沉入睡。说不定你也没醒。你会睡觉吗,赫伯·亚什?你被低温冷冻的时候,梦见了我母亲——我也观看了你的梦境。从你的梦中,我了解到很多妈妈的事。我既是我自己,我也是她。我对她说过,通过我——作为我,她会一直活下去。我已经让她永生。你妻子就在这儿,不在那个肮脏的穹顶里。你明白吗?看着我的脸,你就能看见被你忽略的瑞比斯。"

赫伯·亚什说:"我——"

"你什么都不用讲。"艾曼纽说,"我不必听你的言辞,我会读你的心。过去,我了解你;现在,我也了解你。我曾经呼唤你的名字'赫伯特,赫伯特……'将你唤醒,让你睁眼关注真正的生活。这是为你,也是为她。为她,也就是为我自己。帮了她,你就是帮了我。忽略她,你就是忽略了我。这是你的上帝对你说的话。"以利亚斯伸出双臂,抱住赫伯·亚什,安慰他。

"我将永远对你说实话,赫伯·亚什。"男孩继续说道,"上帝诚实无欺。我要你活下去。当你身体死亡,以低温冷冻的状态躺着,是我让你复活。上帝不希望任何活物死亡。上帝并不喜悦'非存在'。赫伯·亚什,你知道什么是上帝吗?上帝就是让一切存在的原因。换句话说,所有的一切之下,都能找到上帝。上帝是一切之基。从现象宇宙能倒推至上帝;从造物主也能推导至现象宇宙。上帝和宇宙,两者互为前提。没有宇宙,造物主就不是造物主;没有造物主的支撑,宇宙也将停止存在。造物主并非早于宇宙存在;造物主根本不存在于时间中。上帝时时刻刻都在创造宇宙,他与宇宙同在,既不高于宇宙,也不在宇宙背后。这些话你肯定没法理解。因为你只是一个存在于时间当中的造物。不过,你终将回到造物主身边。那时,你将再次脱离时间存在。你是造物主的呼吸。造物主一呼一吸,你就活着。记住这句话。这句话概括了你应当记住的关于上帝的全部内容。首先是呼气——上帝呼气,万物生;接着,到了某一点,呼出的气调转方向,沿来路返回,成了吸气。这一呼一吸的循环永不停息。你离开我,慢慢走远;到某一点,你折返回头,重回我身边。不只是你,万物皆然。这是过程,是事件,是活动——我的活动。这是我自身生命的节奏,这节奏支撑着你们,支撑着万物。"

了不起,赫伯·亚什心想,十岁的孩子,他的儿子,居然说出这些话来。

"艾曼纽,"名叫芝娜的小姑娘提醒道,"你说的话太沉闷啦!"

男孩子对她微笑,"那就玩个游戏,如何?游戏比说话好吧?有些事情必将到来,我必做好安排。我必引出大火,燃烧炙烤。《圣经》上写道:'因为他如炼金之人的火。'①《圣经》还说:'他来的日子,谁能当得起呢?'但是,我要说,还不止这些。我要说,那日临近,势如烧着的火炉,凡狂傲的和行恶的必如碎秸,在那日必被烧尽,根本枝条一无存留。②"

芝娜开口道:"但向你们敬畏我名的人,必有公义的日头出现,其光线有医治之能③。"

"这话没错。"艾曼纽说。

以利亚斯也低声道:"你们必出来跳跃如圈里的肥犊。"

"对。"艾曼纽点点头。

---

① 引自《圣经·旧约·玛拉基书》第三章第二节。

② 引自《圣经·旧约·玛拉基书》第四章第一节。

③ 引自《圣经·旧约·玛拉基书》第四章第二节,"光线"一词《圣经》原文为"翅膀"。

"你觉得怎么样,赫伯·亚什?"艾曼纽紧紧盯着他,等待回答。

赫伯·亚什也凝视着男孩的双眼,说:"我害怕。真的害怕。"他庆幸有以利亚斯的双臂环抱,给他安慰。

芝娜用温和且理智的口吻说道:"他刚才说的那些可怕言语,不会成真。都是用来吓人的。"

"芝娜!"以利亚斯恼道。

芝娜哈哈大笑,说:"我说的是真的。你自己问他。"

"你不可试探上帝,你的主。"艾曼纽说。

"我不怕。"芝娜静静地开口。

艾曼纽对她说:"我必用铁杖打破你,我必将你如同窑匠的瓦器摔碎。①"

"你不会。"芝娜回答。接着,她转向赫伯·亚什:"不必害怕。这只是比喻言辞,没别的。如果恐惧,你就到我这儿来。我会与你交谈。"

"这话没错。"艾曼纽说,"如果你被捕入狱,她会与你同去。她永远不会离开你。"忽然,艾曼纽脸上露出不开心的表情,又成了十岁的孩子,"不过——"

"怎么了?"以利亚斯问。

---

① 引自《圣经·旧约·诗篇》第二章第九节,略有改动。

"我现在不说。"艾曼纽艰难开口,"也许永远不会说。她知道我的意思。"赫伯·亚什发现,男孩子眼中竟有泪水,他感到难以置信。

"对,我知道。"芝娜微笑。赫伯·亚什觉得她的笑容促狭,心中疑惑。方才,瑞比斯的儿子和这小姑娘之间进行了看不见的交流,他弄不懂。因为不懂,他心中更为忐忑,恐惧愈盛,深觉不安。

当夜,四人共进晚餐。

"你住哪儿?"赫伯·亚什问道,"你有家吗?有父母吗?"

"我在政府开办的学校上学。理论上说,学校就是我的监护人。"芝娜回答,"不过,就事实来说,我现在处于以利亚斯的监护之下。他正在申请成为我的监护人。"

以利亚斯埋头吃着,注意力集中在面前的食物上,随口说:"我们三个是一家人。现在你也是我们的家人啦,赫伯。"

"我可以回穹顶,"赫伯说,"回CY30-CY30B星系。"

闻言,以利亚斯忽然停下动作,举着一叉子食物问道:"为什么?"

"在这儿,我觉得不安心。"赫伯说。自己的感觉尚不清晰,要描述出来甚是困难。但是,这种感觉很强烈。"在这儿,我觉得受到的压迫太大,还是去殖民星球更自由。"

"自由地躺在铺位上听琳达·福克斯?"以利亚斯问。

"不是。"他摇摇头。

芝娜说:"艾曼纽,你说的那些用火把地球烤焦什么的把他吓坏啦!他还记得《圣经》里提到的多次瘟疫,还有埃及那事[①]。"

"我想回家。"赫伯只说了几个字。

艾曼纽说:"你想念瑞比斯。"

"对。"这是实话。

"她不在殖民星球上,"艾曼纽提醒道。艾曼纽进食很慢,很严肃,一口吃完再吃一口。赫伯觉得,对他来说,进食仿佛是庄重的仪式,是摄入某样牺牲品的过程。

"你能不能让她复活?"赫伯问艾曼纽。

男孩子没回答,只顾吃饭。

"不肯回答?"赫伯讽刺道。

"我来这儿不为这个。"艾曼纽说,"这一点她懂。你懂不懂不要紧,只要她懂就好。是我让她懂的。你还记得吧,那天,我告诉她未来将要发生之事。当时你也在场。"

---

① 根据《圣经·旧约·出埃及记》,为了让埃及法老释放希伯来人,上帝曾在埃及降下十次灾难,除上文提到的"长子灾"(逾越节)外,还有血灾、疱疹灾、蝗灾、黑暗灾等。

"嗯。"赫伯说。

"她现在活在别处。"艾曼纽说,"你——"

"行了。"赫伯又说,心中万分恼火。

面对赫伯,艾曼纽脸色平静,和缓道:"赫伯特,你没看到全局。我现在为之努力的,不是美好的宇宙、公正的宇宙或漂亮的宇宙,而是宇宙的存在本身。如今,是宇宙的存在本身受到了威胁。如果彼勒取得了最终胜利,人类的命运不是被囚禁或继续被奴役,而是彻底不存在。没有我,一切都将不复存在,包括彼勒。彼勒也是我的造物。"

"别说了,好好吃饭。"芝娜柔声道。

"邪恶的力量,"艾曼纽没听,继续道,"便是现实的终结,存在本身的终结。这个过程很缓慢,一切存在都会慢慢消解,最后都会跟琳达·福克斯一样,变成幽灵。自从原初堕落,这个过程就已经开始了。一部分宇宙慢慢消失。神性本身遇到了危机。你能估量吗,赫伯·亚什?存在之基遇到了危机?你明白没有?神性可能会消失——你有没有想到这一点?神性可是唯一保护——"艾曼纽忽然住了口,"你没法想象。任何造物都没法想象非存在,尤其是自身的非存在。我必须确保存在本身—— 一切的存在,包括你的存在。"

赫伯·亚什什么都没说。

"大战将临，"艾曼纽说，"我们都得选择立场。交战双方是我和彼勒，坐在桌前，玩游戏。游戏的赌注就是整个宇宙，整个宇宙的存在。这是一场持久战争的最后阶段，这次是我先挑起的。我闯入了彼勒的领地，他的家。我先行动，前来会他，而不是他来会我。这一手争先到底是不是好棋，只有时间能判定。"

"难道你没法预见结局？"赫伯说。

艾曼纽静静地凝视着他。

"你能。"赫伯明白了。他心里说：你知道会有怎样的结局，现在知道，进入瑞比斯的子宫时也知道，从创世之初就知道——应该说，早在创世之前，宇宙存在之前，你就知道。

"他们会遵守规则，"芝娜说，"共同制定的规则。"

"看来，"赫伯说，"就是因为这个，彼勒才没有攻击你，你才能在这儿成长，活了十年。他知道你来了——"

"他真的知道？"艾曼纽反问。

没人回答。

"我没告诉他我来了。"艾曼纽说，"这不是我的任务。他得自己发现。我指的不是政府。我指的是真正的统治力量。跟这种力量相比，政府，所有的政府，都是影子。"

"等到做好准备，一切就绪，他就会通知彼勒。"芝娜补充道。

赫伯问："现在一切就绪了吗，艾曼纽？"

孩子微笑。那是属于孩子的笑容,方才那严厉的神色缓和下来。他没回答。赫伯·亚什明白了,他在玩游戏。这居然是孩子的游戏!

想到这儿,他浑身颤抖。

芝娜说:"时间是个玩西洋跳棋的孩子;孩子手中的便是王国。①"

"这句话哪儿来的?"以利亚斯问道。

"是犹太教的教义。"芝娜含糊回答,没有多说。

赫伯·亚什想:从母亲那儿继承来的部分,只有十岁。而属于雅的那一部分,没有年龄。那部分本身就是无限。幼年与无限的混合。刚才芝娜说的神秘引语,非常贴切。

或许这种混合并非头一次出现。之前,也有人发现过。那人发现了这一点,还用文字清楚地写了下来。

"你冒险进了彼勒的王国。"芝娜一边吃,一边对艾曼纽说,"那么,你有没有勇气,冒险进入我的王国呢?"

"什么王国?"艾曼纽问道。以利亚斯·泰特惊讶地瞪大眼睛,望着小姑娘。赫伯·亚什同样困惑,也望着她。只有艾曼纽似乎心领神会,毫不惊奇。尽管口中提问,赫伯·亚什却觉得艾曼纽早就知道了答案。

---

① 引自古希腊哲学家赫拉克利特的名言。

芝娜回答:"会改变我目前形象的王国。"

一时间,众人沉默。艾曼纽细细思索,没有回答。他冥思静坐,仿佛早已神游天外。赫伯·亚什觉得,他仿佛在浏览数不胜数的世界。实在古怪。他们俩到底在说什么?

艾曼纽字斟句酌,缓缓地开口:"我有一片糟糕透顶的土地要处理,芝娜,我没有时间。"

"我觉得你有些不安。"芝娜轻巧地回答,动手开始享用自己那份苹果派和冰激凌。

"我没有。"艾曼纽回答。

"那就跟我来。"她说。突然,她的黑眼睛中闪现出光彩、欲望、促狭和愉悦。"就看你敢不敢。"她说,"来。"她将手伸向男孩子。

"我的psychopomp。"艾曼纽沉着脸说道。

"没错,我来做你的向导。"

"你想引导你的主,你的上帝?"

"我想让你看看,铃声从哪儿来。我想让你看看发出铃声的土地。怎么样?"

男孩子回答:"我去。"

"你们俩到底在说什么?"以利亚斯忧心忡忡,"曼尼,怎么回事? 她的话是什么意思? 我不准她带你去陌生地方。"艾曼纽看了他一眼。

"你要做的事情还很多。"以利亚斯说。

"所有的王国,但凡属于真实而非幻象,"艾曼纽说,"都有我存在。芝娜,你的王国是幻象吗?"

"不是,"她回答,"是真实的。"

"你的王国在哪儿?"以利亚斯问。

芝娜回答:"就在这儿。"

"这儿?"以利亚斯问道,"什么意思?这儿我看得清楚;这就是这儿,没别的。"

"她说得没错。"艾曼纽转向芝娜,"上帝的灵魂,跟随你。"

"而且相信我?"

"这是游戏,"艾曼纽说,"对你来说,一切都是游戏。我来跟你玩。我也能玩。我跟你玩耍之后,还能回来,回到这个王国。"

芝娜问:"这个王国对你有这么重要?"

"这地方糟透了,"艾曼纽说,"但那大而可畏之日到来时,我必须在这儿。"

"把那日子延后,"芝娜说,"我会把它延后。你听过铃声,我会让你看到这些铃铛。于是,那个日子就会——"她没往下说。

"就会到来。"艾曼纽替她补充道,"这事早已定好,不可更改。"

"那么,我们现在就玩。"芝娜说。这话意义含混,赫伯和以利亚斯都感到莫名其妙。赫伯·亚什想,他们俩对彼此的言语含义一清二楚,可我却不懂。既然就在这儿,那她要带他去哪儿?我们就在此处啊!

艾曼纽说:"秘密联邦①。"

"该死的,不!"以利亚斯大喊,拎起茶杯,狠狠扔到房间另一头。杯子撞上墙壁,碎成许多块。"曼尼——那地方我听说过!"

"那是什么地方?"赫伯·亚什见老人勃然大怒,十分震惊,问道。

芝娜平静地开口:"正确的说法是'介于人与天使之间的自然界'。"

"你要被吹笛手迷住骗走了②!"以利亚斯怒道,附身向前,两只大手紧紧抓住男孩子。

"是这样没错。"艾曼纽回答。

"你知道她要带你去哪儿?"以利亚斯说,"你确实知道。你

---

① 典出17世纪罗伯特·柯克(Robert Kirk)记录苏格兰高地超自然现象的书籍《精灵、农牧神和仙子的秘密联邦》(*The Secret Commonwealth of Elves, Fauns and Fairies*)。

② 典出《哈默林的花衣吹笛手》,著名格林童话。哈默林村遭遇鼠患,允诺除鼠者重酬。有花衣吹笛手用笛声将鼠群引至河中淹死,村民却食言不予酬谢。吹笛手一怒之下,用笛声将村中孩童悉数骗走。

心无恐惧,曼尼,这是错误。你该害怕。"他转向芝娜,"滚出去!我现在才知道你的真面目。"他气得要命,又无可奈何,盯着小姑娘,嘴唇颤动,"我一直被蒙在鼓里,一直都没看出来。"

"他看出来了,"芝娜说,"艾曼纽早就知道。是信息板告诉他的。"

"我们先把饭吃完,"艾曼纽说,"之后,我会跟你去。"他继续一板一眼地进食,面无表情。"我给你准备了惊喜,芝娜。"他说。

"哦?"芝娜说,"什么东西?"

"你不知道的东西。"艾曼纽暂停手上的动作,"这也是从一开始便已经定好的。在宇宙存在之前,我就预见到,要进入你的领地。"

"那么,你也知道会有什么样的结局。"芝娜第一次犹豫动摇了,支吾道,"有时候,我忘了你什么都知道。"

"并不是什么都知道。我出了事故,大脑受了伤。受伤这事成了变量,引入了概率。"

"上帝也掷骰子了?"芝娜挑起一边眉毛。

"只要有必要,"艾曼纽说,"只要无路可走。"

"这都是你计划好的,"芝娜说,"对不对?我猜不透。你受了伤,不可能知道……你对我使了计谋,艾曼纽。"她大笑,"你做得很好,我没有十足把握了。太棒了。祝贺你。"

艾曼纽说:"现在,你只能在不确定的状态中跟我玩这个游戏了。你没法确定,这到底是不是我事先安排好的。所以,优势在我这儿了。"

她耸耸肩,不置可否。不过,在赫伯·亚什看来,她方才的自信消失了。艾曼纽动摇了她的心,他想,这是好事。

"主啊,别离弃我,"以利亚斯用颤抖的声音说,"带我一起去吧。"

"行。"孩子点点头。

"我呢,我怎么办?"赫伯·亚什问道。

"你也来。"芝娜说。

"秘密联邦,"以利亚斯说,"我向来以为这地方不存在。"他狠狠瞪着小姑娘,有些困惑,"对,这地方并不存在。这才是重点!"

"这地方存在。"她回答,"就在这儿。跟我们一起来吧,亚什先生。欢迎你。不过,到了那儿,我就不是现在这个样子了。我们的外貌都会改变——除了你,艾曼纽。"

以利亚斯对孩子说:"主啊——"

"有一扇门,"艾曼纽打断他的话,"通向她的领地。只要有黄金分割的地方,就有这扇门。对不对,芝娜?"

"对。"她回答。

"黄金分割基于斐波那契数列,"艾曼纽说,"是个比率。"他转向赫伯·亚什,解释道,"1∶618034。古希腊人已经知道了这个比率,称之为黄金分割或黄金矩形。古希腊的建筑就用上了这一比例……比如雅典帕台农神庙。对古希腊人来说,这是个几何模型。到了中世纪,比萨的斐波那契发展了这一模型,将它用纯数字表达出来。"

"光是这个房间,"芝娜说,"我就能数出好几扇门。"她转向赫伯·亚什,"这个比率,还用在扑克牌游戏里:三比五。从蜗牛壳到银河系外星云,从人的头发生长排列方式,到……"

"这个比例在宇宙中无处不在。"艾曼纽说,"微观有,宏观也有。所以,人们用上帝的名称之一来称呼这个比例。"

当晚,在以利亚斯家一间小小的空房间里,赫伯·亚什准备上床睡觉。

以利亚斯站在他房门口,身穿皱巴巴的厚睡袍,脚上趿着一双巨大的拖鞋,问道:"我能跟你聊聊吗?"赫伯点点头。

"她打算把他带走。"以利亚斯说。他走进房间坐了下来,"你明白吗?敌人来了,可没从我们预期的方向来,没从我预期的方向来。"他更正道,黑着脸,双手合拢分开,又合拢,"敌人使用了奇怪的形体。"

赫伯一阵冷战,"是彼勒吗?"

"我不知道,赫伯。我认识那姑娘四年了,对她很有好感。一定程度上可以说我爱她,甚至像爱曼尼一样多。她一直都是曼尼的好朋友。显然,他清楚她真正的身份。也许一开始不知道……可是,不知什么时候开始,他已经明白了。我也查了资料。我用电脑查了'芝娜'这个词。'芝娜'是罗马尼亚语,意思是仙女。另一个世界发现了艾曼纽。曼尼第一天上学,她就来找他了。我现在明白为什么了。她一直等着他,知道他会来。明白吗?"

"难怪我在她眼睛里看到了恶作剧的意味。"赫伯·亚什感到十分疲惫,今天这一天真够受的。

以利亚斯说:"她会在前面带路,一直引着他往前走,他也会紧紧跟上。我想,他很清楚前面有什么,但仍然跟着。他确实有预见能力。这种能力,也就是关于宇宙的先验知识。曾经他能预见一切,现在却失去了这种能力。也就是说,从前,他还能预见到自己将会失去预见能力,预见到自己的失忆。想来真怪。我必须相信他,赫伯,没别的办法——"他一摊手,"你懂的。"

"没人能对他下命令。"

"赫伯,我不想失去他。"

"他不可能被谁失去。怎么可能?"

"神性是分裂的,这是原初的分裂。这种分裂,是一切之基。所有的麻烦,这儿的情况,彼勒和其他一切——都是分裂的结果。原初出现危机,导致神性的一部分堕落下来。神性分裂,一部分仍然属超验,另一部分却……坠落了。这部分一路下落,连带所有的造物,整个世界,一起下落。神性失去了跟一部分自身的联系。"

"神性还会进一步分裂吗?"

"会。"以利亚斯说,"仍有可能出现另一次危机。现在,说不定就是这个'另一次危机'。我不清楚。我甚至不知道他清不清楚。他身上人类的那部分,从瑞比斯那儿继承来的部分,懂得恐惧;可另一部分——出于显而易见的原因,并不知恐惧为何物。这或许不是好事。"

当夜,睡着后,赫伯·亚什做了个梦。他梦见一个女人,对他唱歌。这女人长得像琳达·福克斯,却不是琳达·福克斯。他看见她,她美得惊人、非同凡响、耀人眼目。她有一张甜美的红润面庞,眼中闪烁着对他的爱意。他跟这女人一同坐在汽车里,女人开车;他就这么看着她,惊讶于她的美貌。她唱道:

想要走向黎明,

就得把拖鞋穿上。

可是,他并不需要行走,因为这位叮爱的女子会把他带到要去之处。她身穿白袍,在她乱糟糟的头发间,他看到了一顶王冠。她很年轻。尽管年轻,却是个成年女子——不像芝娜,还是个孩子。

第二天早晨他醒来,女子的美貌和歌声仍在他脑中萦绕,难以忘记。他觉得她比福克斯更吸引人。他想,福克斯和她之间,我会选她——我竟然更喜欢她,连我自己都没法相信。她是谁?

"早上好。"芝娜从房间出来,去洗手间刷牙,向他招呼道。他注意到,芝娜穿着拖鞋。可是,以利亚斯也出现了,也穿着拖鞋。这到底是什么意思?赫伯自问。

他没法回答。

12

"你整晚都在唱歌跳舞。"艾曼纽说。他在心里补充道,而且唱得很美,跳得很美。

他说:"带我去吧。"

"那么,我们开始吧。"芝娜说。

他坐在棕榈树下,明白已经进入了花园。不过,这座花园是他自己在创世之初建造的,不是她的王国。她还没有带他进入她的王国。这座花园是他的王国,他重获新生的王国。

这儿有大楼,车辆、人们来来往往,却丝毫不急躁。人们三三两两地坐在阳光下,悠闲地享受日光。一个年轻女子解开了衬衣纽扣,裸露胸部。胸部的汗水在阳光下闪闪发亮。日光照耀大地,灼热明亮。

"不,"他说,"这儿不是秘密联邦。"

"我带错路了。"芝娜说,"不过不要紧。这地方没什么缺陷,对不对?你能找到缺点吗?你明白的,这地方完美无瑕。这儿是天堂。"

"把这儿造成天堂的,就是我。"

"好吧,"芝娜说,"这儿是你造的天堂,我要带你看比这儿更好的地方。来。"她拉住他的手,"那幢储贷大楼的大门是黄金矩形。我们从那儿走。那个入口就挺好。"她拉着他的手,引他走到街角,等待红灯变绿。绿灯亮后,两人一同沿着人行道朝前走,越过悠闲的人们,朝借贷办公室走去。

艾曼纽在大楼台阶上停了下来,"我——"

"这儿就是大门。"说着,她带他走上台阶,"再往前走,你的王国就结束,而我的王国则会开始。从现在起,所有的规则都由我来定。"她的手抓得越来越紧。

"就这么办吧。"他答道,继续前进。

机器人出纳说:"帕拉斯女士,您带存折了吗?"

"在包里。"艾曼纽身边的年轻女子打开皮革邮差包,在一堆钥匙、化妆品、信件和各种小物件当中翻找,手指动作利索,最后终于找出了存折,"我想取——对了,我账户里有多少钱?"

"您存折上显示了余额。"机器出纳用毫无感情的声音说道。

"哦,对。"她应道,翻开存折,仔细看了看上面的数字,然后拿了张取款单填好。

女子递过存折和取款单。机器出纳看了看取款单,问道。"您想销户?"

"没错。"

"难道是我们的服务——"

"我就是要销户,关你们屁事。"女子回答。她瘦削的手肘靠在柜台上,前后晃动身体。艾曼纽发觉,她穿了高跟鞋。芝娜的年龄增加了,身穿棉布印花上衣,配牛仔裤,头发用发梳束在脑后。她还戴着墨镜。见他看着自己,女子微微一笑。

他对自己说:她已经变了。

没多久,两人就来到储贷大楼楼顶的停车场。芝娜又在包里摸索一阵,寻找飞车钥匙。

"今天是个好天气,"她说,"进车里去。我帮你开门。"她拉开车门,坐到飞车驾驶位上,伸手拉开另一侧车门。

"车不错。"艾曼纽说。他在心里琢磨:她这么做,是想要一点一点地为我展示自己的王国。首先,她带我去了我自己的花园;现在,她又带着我更进一步,来到她自己的王国。她的王国是个阶梯,会一级级上升。她带着我每上一步,每深入一点,这世界的外壳就会剥落一层。现在,我们身处的位置,只不过是表层而已。

他想,这,就叫作令人着魔。要小心!

"你喜欢我的车?这车能让我——"

他粗暴地打断了她的话,"你撒谎,芝娜!"

"什么意思?"飞车升了起来,驶入温暖的正午天空,汇入空中正常的车流。尽管嘴里反问,她嘴边的微笑却暴露了真实想法。"这只是开头,"她说,"我怕吓着你。"

"在这儿,"他说,"在这个世界,你不再是孩子。这只是你众多外形中的一个,是你的伪装。"

"说真的,这是我真正的外貌。"

"芝娜,你没有真正的外貌。我了解你。你可以变作任何形体,只看你当时当地的心情,喜欢哪个就变哪个。你的外貌,此一时,彼一时,哪个都长不了,就像肥皂泡泡。"

芝娜一边留心开车的方向,一边把转脸向他,说道:"你现在在我的世界里,雅。你最好小心说话。"

"我能把你的世界击溃。"

"就算被击溃,这个世界也会再次复原。它无时无刻,无处不在。你看我们方才所在之处——就在附近。往回走几英里,就是你我上学的学校。在那边的房子里,以利亚斯和赫伯·亚什正在讨论该怎么办。从空间上说,这儿并非另一个世界。这你知道。"

"但是,"他回答,"这儿的规则由你制定。"

"彼勒不在这儿。"她说。

闻言,他有些惊讶。这一点,他没有预见到。而一想到自己没能预见这事,他立刻明白,自己没能真正地预见全局。一点小事失算,就等于全局失算。

"他一直没法渗透我的王国。"芝娜在华盛顿特区上空的车流中左拐右避,一边说:"他甚至不知道我的王国的存在。我们到潮汐湖①去看日本樱花吧,现在正是樱花开放时节。"

"真的?"他觉得现在还太早,没到樱花盛开的季节。

"已经开花了。"芝娜答道,随即调转方向,驶向闹市区。

"在你的世界,"他明白了,"现在已经是春天了。"从飞车上朝下看,他能看到脚下的树长出了新叶,开出了花朵。一片鲜绿色的海洋。

"把车窗摇下来,"她说,"天气不冷。"

他说:"棕榈树花园的温暖——"

"热浪滚滚,枯焦,干燥。"她替他说完,"炙烤整个世界,把

---

① 华盛顿特区的人造水库,以每年春天的樱花节著名。

它一点点变成沙漠。你总是偏爱不毛之地。听我说,雅威。我要带你看的东西,你一无所知。你从荒原流放到冻土——那地方只有甲烷结晶,零零落落散布着几个穹顶,此外就只有愚蠢的原住民。你什么都不懂!"她眼中火焰熊熊,"你在不毛之地苟且偷生,还应许你的人民某个永远都找不到的避难处。你允诺的一切都没有实现——这倒是好事,因为你的允诺大部分都是对你的人民的诅咒、折磨和毁灭。你闭嘴吧。现在是我的时刻,我的王国,我的世界。眼下正是春天,天气温暖,既不会烤焦植物,也不会烤焦你。在我的王国,你谁都伤不了。听明白了吗?"

他问:"你是谁?"

她哈哈大笑,"我名叫芝娜。意思是仙女。"

"我想——"他有点吃不准,"你是——"

"雅威,"女子说,"你不知道我是谁,也不知道你在哪儿。这儿究竟是不是秘密联邦?你到底有没有上当受骗?"

"你耍了我。"他说。

"我是你的向导。"她说,"就像《创造之书》[①]里说的,'领会这伟大智慧,理解这知识,探寻,思索,令它成真,引领造物主重上宝座。'"

[①] Sepher Yezirah,意为《构造之书》(Book of Formation)或《创造之书》(Book of Creation),为犹太教神秘主义现存最早的经典。

"我要做的就是这个,"她继续道,"但是,要实现这个目的,我得走一条你不相信的路。那条路对你是陌生的。你必须信任我。信任我,如同但丁信任他的向导一般,跟着我在王国中一步一步往上走。"

他说:"你是我的对手。"

"对,"芝娜说,"我是。"

不对,他心里说,这还不是全部。你没这么简单。你,正在开车的你,是个复杂的人物。你身上有悖论,有矛盾;最重要的是,你热爱游戏。你渴望玩耍。我必须用玩耍的方式思考,他想,我得把这事看成游戏。

"我跟你玩,"他说,"我心甘情愿。"

"好。"她点头,"能帮我从包里拿支烟吗?车流量越来越大啦,想找个停车位难喽。"

他在她包里翻找,没找到。

"没找到?继续找,就在包里。"

"你包里放的东西也太多了。"他终于找到了一包"萨勒姆"牌卷烟,递给她。

"上帝居然不帮女士点烟?"她接过烟,按在仪表盘点烟器上。

"一个十岁孩子,怎么会懂点烟呢。"他回答。

"真怪,"她说,"我老得足够当你妈了。可是,实际上,你却比我年纪更大。真是悖论。你也清楚,这儿会有很多悖论。你刚才想的没错,我的王国充斥着悖论。你想回头吗,雅威?你想回棕榈树花园去吗?那地方并非现实,你也知道。除非你能给对手致命一击,否则那儿永远都是非现实的。棕榈树花园已经消失了,现在留存的不过是记忆而已。"

"你是我的对手,"他摸不着头脑,"你却不是彼勒。"

"在我的王国里,彼勒在华盛顿特区的动物园,被关在笼子里。"芝娜说,"作为地外生命的样板——可悲的样板,展示给人看。这东西来自天狼星系中第四颗行星。游客围着他看,个个惊讶得张大了嘴巴。"

他哈哈大笑。

"你以为我在开玩笑?我带你去动物园,指给你看。"

"我觉得你是认真的。"他再次笑出声来,这事让他十分开心,"邪恶之物被关在动物园笼子里——哎呀,是不是还会调节出适合他的温度、重力和空气?连食物都是进口?作为异族生命展示?"

"他在笼子里气得七窍生烟。"芝娜说。

"那还用说。那么,芝娜,对我,你有什么打算呢?"

她严肃地回答:"真相,雅威。你离开之前,我会让你看到真相。我不会把上帝我主关进笼子。你可以在我的王国中自由来去。在这儿,雅威,你有完全的自由。我保证。"

"幻想,"他说,"仙女手中的束缚带。"

她费了一番功夫,总算找到了空位,停好了飞车。"行了,"她说,"咱们四处走走,看看樱花。雅威,樱花的颜色就是我的颜色。樱花的粉红色,是我的标志。只要出现这种颜色,我就在附近。"

"这种颜色我知道。"他说,"当人类面对全光谱白色——也就是纯粹的阳光时,就会出现这种颜色的眼内闪光。"

她一边锁车,一边说:"看看周围的人群。"

他四下张望,一个人都没看见。繁花重重的樱花树,沿着潮汐湖,围成大大的半圆。可是,尽管车辆停得满满当当,四周却一个人都不见。

"看来,这儿还是骗局。"他说。

芝娜说:"你来这儿,雅威,是因为我要让你推迟那大而可畏之日。我不愿意见到世界烧成焦炭。你看不到的东西,我想让你看到。这儿只有我们俩;只有孤零零的两个人。我会慢慢把王国展示给你看。等你看完,就会收回你对世界的诅咒。我已经观察了你好些年;我知道你不喜欢人类,觉得他们一文不值。

我来告诉你：人类并非一文不值，他们不该死，不该死于你用华丽花哨的词汇描绘出的景象。世界很美，我很美，樱花树很美，就连借贷大楼的机器人出纳也很美。彼勒只有闭塞的力量，只能把真实世界隐藏起来。可一旦你攻击真实世界，实现你来地球的目的，那么，你也会毁掉美，毁掉善，毁掉魅力。你还记得在街边阴沟里濒死的狗吗？别忘了它在你心中唤起了什么情感，别忘了你认清过它的伟大，别忘了以利亚斯为这条狗和它的死所作的铭文，别忘了这条狗的尊严。还有，别忘了这条狗的无辜。它的死，不过是残酷的必然所决定的。这是错误的、残酷的必然。这条狗——"

"我知道。"他说。

"你知道什么？知道这条狗不该遭此大罪？还是知道它生来就注定要受不该受的苦？杀它的不是彼勒，是你，雅威，万军之耶和华。将死亡带到这世界的不是彼勒；死亡一直都在，在这颗星球上存在了十亿年。那条狗的命运，就是你所创造的每一样生物的命运。你为那条狗哭泣了，是不是？我觉得那时候你是明白的，可是，现在你却忘记了。在所有的事情当中，我最该提醒你的，就是记住那条狗，记住你对它的感情。我要你记住：那条狗为你展示了正道，即慈悲之道——最高贵之道。在我看来，你心中其实没有慈悲，真的没有。你来这儿，只为毁掉你的对手彼勒,而不是为了解放人类。你来这儿是要挑起战争。你真的应该这么做吗?我表示怀疑。你允诺人类的和平在哪里?你来了,带着剑,数百万人将因你而死。那条濒死的狗,它的痛苦将被放大几百万倍。你为那条狗哭泣,为你母亲哭泣,甚至为彼勒哭泣;但我要说:如果真像《圣经》里说的,你想擦去所有人的眼泪,那你不如早点走,早点离开这个世界。因为,这世界的邪恶,被你称为'彼勒'和'对手'的东西,不过是幻影。这世界的人类,不是坏人。这个世界,不是糟糕的世界。别给这世界带来战争,给这儿带来鲜花吧。"她伸出手,折了一枝樱花,递给他。他无意识地接了过来。

"你的话很有说服力。"他说。

"我就是干这个的。"她说,"我说这些,因为我知道这是事实。你我都诚实无欺,但就像你爱诅咒一般,我爱玩。我们两个,究竟谁找到了正道?两千年了,你一直咬牙忍耐,只等着机会来临,好溜回彼勒的堡垒,推翻他。我建议你找点其他事做做。来跟我一起走走,看看花儿,这比战争好得多。现在正是春天,花儿会生长开放,这个世界会欣欣向荣,千百万年来一直如此。跟我在一起,还能看到舞蹈,听到铃声。你听过铃声。你知道铃声的美比邪恶的力量更胜一筹。从某种角度说,它们的美甚至超过你本人的力量,雅威,万军之耶和华。难道不是吗?"

"魔法,"他说,"魔咒。"

"美是魔咒,"她说,"战争是现实。你想要战争的素净,还是目前所见的、我的世界的令人陶醉?此时,我们只有两人;稍后,人们会一点一点地出现,我会让王国重新填满人口。不过,现在,我只想单独跟你谈谈,坦白地谈谈。你知道我是谁吗?你不知道我是谁,但到了最终,我定会一步一步引领你这位造物主重归宝座。到那时候,你就知道我的身份了。关于我,你做了许多猜测,可惜都没猜对。你可以猜到的身份还有很多——反正你什么都知道。我不是圣智慧,不是狄安娜,不是莉娜,不是帕拉斯·雅典娜。我另有身份。我是春之女王,却又不是;就像你说的,这些不过是幻象。我的身份,我真正的身份,你必须自己琢磨出来。好了,我们走走吧。"两人沿着小河,顺着樱花树小径,一路前行。

"你和我,我们俩是朋友。"艾曼纽说,"我会听你的。"

"那么,就延后你那大而可畏之日。死于火焰,是最可怕的死法,没有丝毫益处。你是太阳的热量,会摧毁庄稼。你和我,我们在一起四年了,我看着你的记忆一点点恢复。我很后悔,宁可你失去记忆。你折磨了自己的母亲,那个可怜的女人;你让自己的母亲得了重病,还宣称爱她。你本该发动对邪恶的战争,治好阴沟里濒死的狗,擦干你自己的眼泪。我不愿见到你哭。你哭,是因为你重新找回了自己的天性,重新理解了自己的天性。你哭,是因为明白了自己是谁。"他什么都没说。

"空气真香。"芝娜说。

"嗯。"他回答。

"我会让人们一个接一个回来,"她说,"直到我们身边围满人群为止。你看着这些人,如果发现想杀的,就告诉我,我会让他再次消失。但是,你必须看着这个你想杀的人——从他身上看到那条被轧碎的、濒死的狗。只有这样,你才有权力杀掉这个人。只有哭过,才有权力摧毁。明白吗?"

"够了。"他说。

"那条狗没被车子轧过之前,你为什么不哭?为什么要等到为时已晚,你才哭?那条狗接受了自己的命运,我可不接受。我给你谏言,我是你的向导。我说:你做的事是错的。听我的话。住手!"

他说:"我是来为他们解除压迫的。"

"你有缺陷,我知道。我知道原初的危机,知道神性的分裂。这对我不是秘密。有缺陷的你,想通过大而可畏之口,解除他们的压迫。这合理吗?你就这么解放囚犯?"

"我必须打破邪恶——"

"邪恶力量在哪儿?政府吗?布尔科斯基和哈姆斯?他们

都是傻瓜，是可笑的小丑。你想杀了他们？你自己规定了同态复仇法则；但我说：'你知道那条律法：以眼还眼，以牙还牙。'但我要对你说：'对邪恶之人，不要抗争。'"

"你自己说过的话，必须遵守。面对你的对手彼勒，你不能抗争。在我的王国，他没有力量；他根本不在这儿。这儿只有公共动物园笼子里的消遣物。我们给它喂食，给它喂水，给它合适的空气和温度，想方设法让它舒服。在我的王国里没有杀戮。这儿没有大而可畏之日，永远都不会有。你可以留在我的王国，把我的王国变成你的；放过彼勒，放过所有的人类。这样，你就不会再哭了。所有的眼泪，就像你允诺过的，都将被擦干。"

艾曼纽说："你是基督。"

芝娜哈哈大笑，"不，我不是基督。"

"你刚刚引用了他的话。"

"就算魔鬼也能引用《圣经》。"

四周，身着轻便夏装的人们渐渐出现。男人穿衬衣，女人穿连衣裙。他还看见了孩子们。

"仙后，"他说，"你诱骗了我。你引我偏离了正途，用闪烁的光点，用舞蹈，用歌声，用铃声，总是铃声。"

"铃声是风吹来的。"芝娜说，"而风，沙漠的风，只说实话。向来如此。你也知道。我见过你倾听风之言语。铃声是风的音乐。倾听铃声。"

于是,他听到了仙女的铃声。铃声在遥远处响着;是许多小铃铛,魔法铃铛,而不是教堂的大钟。

那是他听过的最美的声音之一。

"连我,我自己,都没法造出这种声音。"他对芝娜说,"这是怎么做到的?"

"通过这些铃声,"芝娜回答,"会让你醒来,把你从睡梦中唤醒。你唤醒睡梦中的赫伯·亚什,用的是粗暴地干涉他的内心;我唤醒你,用的却是美。"

温和的春风,她的王国的幻象,在两人身边盘旋。

13

艾曼纽对自己说:我被下毒了。她王国的幻象毒害了我,削弱了我的意志。

"你错了。"芝娜说。

"我的意志比之前软弱。"

"比之前软弱的,只有你的怒火。我们去接赫伯·亚什吧,我希望他跟我们一起来。我要把咱俩的游戏场地缩小:变成专为赫伯·亚什设计的游戏。"

"怎么个玩法?"

"我们俩,看谁能争取到他。"芝娜说,"来吧。"她朝男孩子招招手,示意他跟上。

鸡尾酒吧里,赫伯·亚什坐着,面前摆着一杯苏格兰威士忌,一杯水。他已经等了一个钟头,可是夜晚的娱乐节目还没开始。鸡尾酒吧里人满为患,噪音不断侵袭他的耳朵。可是,对他来说,尽管酒吧费用不菲,这一切都是值得的。

瑞比斯坐在他对面,开口道:"我实在不明白,她有什么好,你这么喜欢。"

"她前途远大。"赫伯说,"只要抓住机会,她将大放异彩。"不知道会不会有哪家唱片公司的星探会来"金鹿"酒吧听歌?但愿会有,他心里想道。

"我想离开这儿,我不舒服。我们能走吗?"

"还是别走的好。"

瑞比斯时不时啜一口面前的大杯混合饮品。"这儿太吵了。"她说。混在噪音里,她的话音几乎听不清。

他看了看表,"快九点了,她第一次登台就定在九点。"

"她到底是谁?"瑞比斯问。

"她是个年轻歌手,新人。"赫伯·亚什时候,"她改编了约翰·道兰德的鲁特琴歌曲集……"

"约翰·道兰德又是谁?我从没听过。"

"是十六世纪后期的英格兰人。琳达·福克斯把他的鲁特琴歌曲改编成现代风格。道兰德是第一位编写独唱歌曲的作曲家。道兰德之前,歌曲都是由四人或四人以上的小组演唱……就是古老的意大利牧歌形式。我没法解释,你得自己听。"

"要是她这么厉害,怎么没上电视?"瑞比斯问。

赫伯说:"她会的。"

舞台上的灯光开始闪烁。三个乐手跳上舞台,捣鼓音响设备。每个乐手都带着颤音琴。

突然,一只手搭在赫伯·亚什的肩膀上。"嗨,你好。"

他抬起头,发现是个陌生的年轻女子,那女子却仿佛认识他。"抱歉——"他开口。

"我们能坐这儿吗?"女子挺漂亮,穿着印花上衣和牛仔裤,肩上搭着一只邮差包。她拉了把椅子,在赫伯·亚什身边坐下。

"坐吧,曼尼。"女子又说。桌边有个小男孩,羞涩地站在女子身旁。真是个美丽的孩子,赫伯·亚什心想。他怎么进这儿?这儿明明不允许未成年人进入呀。

"这两位是你的朋友?"瑞比斯问道。

漂亮的黑发年轻女子答道:"自从大学毕业,赫伯就没见过我。你好吗,赫伯?还认识我吗?"她伸出手,赫伯条件反射地握住。一握手,他忽然想了起来——这女子是他的同学,两人一同上过综合科学课。

"芝娜,"他高兴地唤道,"芝娜·帕拉斯。"

"这是我弟弟曼尼,"芝娜一挥手,示意男孩子坐下。"曼尼·

帕拉斯。"她转向瑞比斯,说,"赫伯一点都没变,一看到他,我就认了出来。你们来这儿是听琳达·福克斯唱歌?我没听过她的歌;只听人家说,她唱得很好。"

"非常好。"听到芝娜也夸奖琳达·福克斯,赫伯很高兴。

"你好,亚什先生。"男孩子问候道。

"很高兴见到你,曼尼。"他跟男孩子握了握手,"这是我妻子,瑞比斯。"

"啊,原来你们已经结婚了。"芝娜说,"我能抽烟吗?"她点了一支烟,"我一直想戒,可一戒烟,我就食量大增,吃得太多,胖得像头猪。"

"你的包是真皮吗?"瑞比斯甚有兴趣。

"对。"芝娜把包递给她。

"我还从没见过真皮包呢。"瑞比斯说。

"她上台了。"赫伯·亚什说。琳达·福克斯出现在舞台上,观众纷纷鼓掌。

"她那模样,像是比萨店的服务员。"瑞比斯评论道。

芝娜拿回自己的包,说:"她要是想红,就得减点肥。我是说,她的模样还行,不过……"

"你干吗跟人家的体重过不去?"赫伯·亚什恼火地打断她的话。

男孩子曼尼大声唤道:"赫伯特,赫伯特。"

"怎么了?"他俯身倾听。

"快想起来。"男孩子说。

赫伯感到莫名其妙,刚想问"想起什么"?就在这时,琳达·福克斯拿起了话筒,半闭双眼,开始唱歌。她有张圆脸,脸上肉挺多,快叠成双下巴了。不过,她的皮肤光润细腻,睫毛也很长——赫伯最喜欢她的睫毛。唱歌的时候,她的睫毛还会微微颤动,让赫伯看得入迷,仿佛着了魔。琳达身着长裙,领口低得不能再低。哪怕从赫伯座位所在之处看去,都能看到长裙下乳头的轮廓。她没穿胸罩。

我该追求爱人吗?我该追寻恩宠吗?

我该祈祷吗?我该证明吗?

我该从人间的爱情里,

孜孜寻求天堂的极乐吗?

瑞比斯大声说:"我讨厌这首歌。我从前听过。"

周围几个人同时朝她"嘘",示意噤声。

"不过不是她唱的,"瑞比斯自顾自地继续,"她连原创都不是。这首歌——"她没说下去,但明显心情不佳。

一首歌结束后,观众开始鼓掌。赫伯·亚什对妻子说:"你不可能听过《我该追求吗》这首歌,她之前从没人唱过。她是第一个。"

"你只喜欢盯着人家的奶头,张大嘴巴流口水吧。"瑞比斯呛道。

小男孩对赫伯·亚什说:"亚什先生,您能不能带我去男厕所?"

"现在吗?"他有些扫兴,"你能不能等到她这一轮唱完?"

男孩子坚持:"现在就得去,亚什先生。"

赫伯不情不愿地牵着曼尼的手,在迷宫般的桌子间穿来绕去,走向酒吧后部的男厕所。没等他们进门,曼尼就拉住了赫伯。

"从这儿看,能看得更清楚。"曼尼说。

曼尼说得对。在这儿,离舞台更近了。他和男孩子并肩立着,默默观赏琳达·福克斯演唱《悲哀之泉莫再哭泣》。

一曲终了,曼尼说:"你不记得了,是不是?她对你下了魔咒。醒醒,赫伯特·亚什。你了解我,我也了解你。琳达·福克斯不可能在好莱坞某个无名鸡尾酒吧唱歌,她是闻名整个银河系的大歌星。她是这个时代最重要的艺人。总教长和最高总督邀请她……"

"她要唱下一首歌了。"赫伯·亚什打断男孩子的话。男孩子刚才说的那些,赫伯没听见多少;就算听到了也不懂。这孩子真吵,他想,我都听不清琳达·福克斯唱歌了,我想听的可是这个。

又一首结束后,曼尼说:"赫伯特,赫伯特,你想跟她会面吗?这是你想要的吗?"

"什么?"赫伯喃喃应道,眼睛(以及注意力)全都盯在琳达·福克斯身上。上帝呀,他想,她那身材真够味,把裙子撑得满满的,都快爆开了。我真希望我老婆也有这样的身材。

"等她唱完,"曼尼说,"她会走这边。赫伯·亚什,你就站在这儿别动,她就能直接从你面前走过。"

"你说笑话吧。"他应道。

"不是笑话。"曼尼说,"你马上就能得到这世界上你最想到的东西……当初你躺在穹顶里、自己的铺位上,整天做的就是这种梦。"

"什么穹顶?"他问。

曼尼说:"明亮晨星,你如何从天堂坠落,落入——"

"你是指那些殖民行星的穹顶?"赫伯·亚什问道。

"我的话你就是听不进去,是不是?"曼尼说,"要是我能对你说——"

"她真往这儿来了。"赫伯·亚什说,"你怎么知道的?"他朝琳达走了几步。琳达·福克斯迈着小碎步，走得很快，面部表情温和。

"谢谢。"她对身旁打招呼的观众应道。一时间，她停了下来，给一个穿着整洁的黑衣年轻人签名。

这时，有人敲了敲赫伯·亚什的肩膀。是女服务生。"你得把这孩子带出去，先生。我们这儿禁止未成年人进入。"

"对不起。"赫伯·亚什说。

"现在就走。"女服务生强调。

"好吧。"赫伯应着，扶着曼尼的肩膀，情绪低落，勉勉强强带着他走回自己的桌子。走了几步，他回过头，眼角瞟到福克斯，她正从刚才他们俩站立的地方走过。曼尼说得对。只要再待几秒钟，他就能跟福克斯说上几句话；说不定，福克斯还会回答。

曼尼说："她喜欢耍你，赫伯·亚什。她让你看到最想要的东西近在眼前，接着又马上夺走。既然你想跟琳达·福克斯会面，那么，我就一定让你见到。我保证。记住我的话，因为我的话会成真。我不会让你受骗。"

"我听不懂你在说什么，"赫伯说，"不过，要是我真能跟她会面……"

"你能。"曼尼说。

"你可真是个奇怪的孩子。"赫伯·亚什说。这时，两人正好走到酒吧照明设备底下。借着灯光,赫伯看向曼尼,悚然一惊,停下脚步,握着曼尼的肩膀,把他带到照明灯正下方。你长得像瑞比斯,他想。一瞬间,一束记忆刺激了他的大脑,他的大脑仿佛打开了,涌进了无垠的、敞开的空间,还有全宇宙的星辰。

"赫伯特,"男孩子说,"她不是真人。琳达·福克斯,只是幽灵。但我可以把她变成真人。我可以赋予生命,将非真实之物变为真实的——那就是我。为了你,我可以把她变成真人。"

两人回到桌前。"怎么了?"瑞比斯问道。

"曼尼得离开这儿,"赫伯对芝娜·帕拉斯说,"女服务生说的。我猜你也得走了。抱歉。"

芝娜拿起包和香烟,站起身,"抱歉。我大概妨碍你观看福克斯演唱了。"

"我们也走吧,"瑞比斯也站起身,"我头疼,赫伯,我想走了。"

他无奈地回答:"好吧。"我受骗了,他想,就跟曼尼说的一样。我不会让你受骗。可我偏偏就受骗了,观赏琳达演唱的美妙夜晚被骗走了。哎,另外找时间吧。能跟琳达说几句话肯定会有意思,说不定还能拿到她的签名。他在心里琢磨:刚才,凑近了看,琳达的眼睫毛是假的。基督啊,真没劲。说不定她的胸也是假的。现在连胸也能垫高。想到这儿,他既失望又沮丧,只想起身离开。

他护送瑞比斯、芝娜和曼尼走出俱乐部,回到好莱坞黑漆漆的街道上。他想,今晚真没劲,亏我还抱着这么高的期待……接着,他记起男孩子说过的话,他在孩子身上发现的古怪,还有记忆苏醒的那一纳秒脑中出现的各种场景——如此短暂,又如此真实。这孩子不平常,他想,而且长得这么像我妻子——他们现在走在一块儿,相似之处就更明显了。说他是她儿子都行,怪得瘆人。空气温暖,他却打了个哆嗦。

芝娜说:"我实现了他的愿望,给了他梦想的东西。当初那些年月,他躺在铺位上,看着琳达的3D海报,听着录音带,梦想的就是这个。"

"你什么都没给他。"艾曼纽说,"相反,你还抢劫了他,夺走了他身上的某样东西。"

"她只是媒体产品。"芝娜说。此时,两人沿着夜晚的好莱坞人行道,慢慢走回芝娜的飞车。"这不是我的错。琳达·福克斯不是真人,可不能怪我。"

"在你的王国里,真实与非真实,两者之间的区别毫无意义。"

"那你又能给他什么?"芝娜问,"你能给的只有疾病——他妻子的疾病。到头来,他妻子还为你而死。你的礼物难道比我的更好?"

艾曼纽说:"我应许了他某样东西,我不会撒谎。"我说到就要做到,他在心里说,不论在这个王国,还是我自己的王国。地点无关紧要,我一定会让琳达变成真人。我拥有这样的力量。我的力量不是施魔咒,我的力量是最珍贵的礼物——真实。

"你在想什么?"芝娜问。

"一条活狗,好过一个死王子。"曼尼回答。

"这话是谁说的?"

"这是普通常识。"

"你什么意思?"

"意思就是,你对他施法,其实什么都没给,真实世界……"

"真实世界,"芝娜说,"让他在低温冷冻状态过了十年。难道美梦不比残酷现实更好?难道你宁愿选择受苦的真实,不愿享乐的……"她犹豫了。

"迷醉,"他替她说完,"你的王国只有迷醉。这儿是醉鬼的世界,人人迷醉于舞蹈与欢愉。我要说,真实性,比其他任何特性都要重要。因为,缺少了真实,其余都是空。梦也是空。我跟你的想法不同。我认为,你骗了赫伯特·亚什。你对他做了残酷的事。我看到了他的反应,我也估量了他的沮丧程度。我会补偿他的。"

"你要把福克斯变成真人。"

"你想打赌,赌我做不到?"

"我打赌,"芝娜说,"这些都不重要。不论真实与否,她都一文不值。你将白白费力。"

"我接受这个赌局。"

"来握个手,表示你接受。"她伸出手。

好莱坞人行道上,晃眼的人造灯光下,两人站着握手。

驱车飞回华盛顿特区的路上,芝娜说:"在我的王国,很多东西都变了。你想不想见见党主席尼可拉斯·布尔科斯基?"

艾曼纽说:"他不再是最高总督了?"

"跟你熟悉的世界不同,在这儿,科学党没能取得世界统治权。'科学使节党'一词闻所未闻。富尔敦·斯塔特勒·哈姆斯也不是CIC的总教长。说起来,连CIC——基督教－伊斯兰教教会——也并不存在。哈姆斯只是罗马天主教会的红衣主教,手中并没有数百万人的生杀大权。"

"这是好事。"艾曼纽说。

"所以,我在自己的领地中干得不坏,"芝娜说,"对不对?你同意吗?要是你同意——"

"刚才这些是好的一面。"艾曼纽说。

"你还有不满意?"

"这些都是幻象。在真实世界,这两个人都统治着世界。两人联手控制着地球。"

芝娜说:"我来告诉你一些你不懂的事。我们改变了过去。我们想了办法,让CIC和科学使节党都没能成形。你看到的世界,我的世界,是另一个世界,另一个同样真实的世界。"

"我不信。"艾曼纽说。

"有许多世界存在。"

他说:"我,唯有我,才是世界的创造者。除了我,没人能创造世界。万物因我而生,而不是你。"

"但是——"

"你不懂。"艾曼纽说,"在真实存在前,有着许多潜在的可能性。我从这些可能性中挑选我喜欢的,赋予它真实性。"

"你做的选择真糟。要是CIC和科学使节党从没存在过,这世界要好得多。"

"那么,你承认你的世界并非真实,而是仿造?"

芝娜犹豫片刻,"在过去某些关键时刻,由于我们的插手干预,我的世界跟你的世界分离,走了另一条路。你可以叫它魔法,或者技术,随你喜欢。总之,我们能够回溯过去,改写历史错误。我们已经这样做了。在我们这个另外的世界中,布尔科斯基和哈姆斯都只是小人物——他们仍然存在,但失去了在你的世界中的重要性。我们做了不同的选择,得到了不同的世界。这个世界同样真实。"

"而彼勒,"他说,"在你的世界中,彼勒则坐进了动物园的笼子,任由一批批游客,大群大群的游客,瞪大眼睛观赏。"

"不错。"

"谎言。"他说,"你的世界并不真实,只是实现了愿望。没人能基于愿望建造一个世界。真实之基是阴暗无望,因为迎合愿望的虚假愿景无法建造世界。你只能坚守有可能之物:坚守必然法则。支撑真实的是必然性。万物之所以存在,皆因别无选择,皆因其必然存在。万物之所以存在,不是因为有人希望它存在,而是因为它不得不存在——说到底,这才是万物存在的最重要理由。这道理我清楚,因为造物是我的工作。你有你的工作,我有我的工作。我了解我的工作,我了解必然法则。"

沉默片刻,芝娜说道:

"阿卡迪之林已死,

古雅之趣已亡;

世界依靠古老的梦想过活;

如今灰色真相是她涂彩的玩具;

但她仍然转动不安的头颅。"

"这是叶芝写的第一首诗。"她补充道。

"我听过这首诗。"艾曼纽说,"这首诗的结尾是'可是,唉!她现在已经不做梦了;快做梦吧!悬崖边的罂粟花才是美丽。做梦吧,做梦吧,梦同样也是真相(sooth)。'"

"'sooth'在这儿的意思是'真相'。"他解释道。

"不必解释。"芝娜说,"而且你并不同意诗里所说。"

"灰色真相比梦好。"他说,"这一点,也是真实,而且是最终的真实。真相比谎言好。哪怕是最有福的谎言,也比不上真相。我不信任这个世界,因为这世界太美妙了。你的世界太好了,好得不像真实。你的世界只是心中所愿,心血来潮。赫伯·亚什看到福克斯时,也看到了欺骗。而欺骗,正是你的世界的核心。"

他在心中说:欺骗正是我要打消之物。

我要用真话取代谎言,他想,这一点,你不会明白。

比起幻梦,不论这幻梦多美,赫伯·亚什都更愿意接受作为真人的福克斯。这我清楚。我把一切都赌在这一判断上。赢了,我就胜利;输了,我就倒下。

"这话没错。"芝娜说。

"任何实现愿望的现实,"艾曼纽说,"都值得怀疑。欺诈的标志就是：心想事成。我在你的世界里就看到了心想事成。你希望尼可拉斯·布尔科斯基不要大权在握；你希望富尔敦·哈姆斯变成小人物，别影响历史；而你的世界恰恰迎合了你的愿望。这就暴露了你的世界的本质。我的世界顽固得很，不会随我的意愿而改变。顽抗的、执拗的世界，才是真实的世界。"

"这个世界只会谋杀被迫住在里头的人。"

"这话片面。我的世界没那么糟；除了死亡和痛苦，还有别的。在地球上，真正的地球上，有美，有愉悦，还有……"他住了口。他明白自己上了钩，她又赢了。

"地球没那么糟。"她说，"不该被火烤焦。尽管彼勒统治地球，地球上仍有美，有愉悦，有爱，有好人。我们俩在日本樱花树下散步的时候，我就跟你说过，可你持有异议。现在你怎么说，万军之耶和华，亚伯拉罕的上帝？难道不正是你自己证明，我说得没错？"

他承认："你很聪明，芝娜。"

她的眼睛闪闪发亮，微笑起来，"那么，你在《圣经》里提到的那大而可畏之日，就把它延后吧。我请求你。"

他第一次体会到了失败。他明白，她设下圈套，引他说出了愚蠢的话。她真聪敏，真精明。

"就像《圣经》里说的，"芝娜说，"我智慧以灵明为居所，又寻得知识和谋略。"①

"可是,"他说,"你说过,你不是圣智慧。你只是装成圣智慧的模样。"

"我到底是谁,该由你来辨别。你必须自己来解答我的身份之谜,我不会帮你。"

"不但不会帮,还要——设套。"

"对,"芝娜说,"因为,设套上钩,你才能学乖成长。"

他盯着她,"你给我设套,目的是让我苏醒!就像我叫醒赫伯·亚什一样!"

"可能吧。"

"你是不是我的解禁刺激物?"他定定地盯着她,用低沉严厉的声音说,"我想,我创造了你,以便重拾记忆,重获自我。"

"引领你重归宝座。"芝娜说。

"我已经重归宝座了吗?"

芝娜只管开飞车,没回答。

"回答我。"他又说。

"也许。"

"如果是我创造了你,我能——"

---

① 《圣经·旧约·箴言》第八章第十二节。

"你创造了一切。"芝娜说。

"我弄不懂你,我跟不上你。你跳着舞,向我而来,接着又掉头走开。"

"可是,在这个过程中,你也苏醒了。"芝娜说。

"对。"他说,"从这一点倒推,我推断你是我长久以前设下的解禁刺激物。当初,我预见到我的大脑将会受损,会遗忘,才创造了你。芝娜,你按照步骤,一点接一点地让我重获身份。所以——我想我知道你是谁了。"

她转过脸,"谁?"

"我不会说。你也没法读我的心,因为我已经把这念头压了下去。我一想到,就把它压了下去。"因为这念头太离奇,就算是我,也没法接受,不敢相信。

两人朝着大西洋,朝着华盛顿特区,飞车前进。

14

赫伯·亚什从心底觉得,他从前就认识曼尼·帕拉斯那孩子——或许在另一段时间里,或许在另一世生命里。他被这个念头牢牢吸引,摆脱不掉。我们到底有多少世生命?他自问,我们难道是录在磁带里的内容,每一世生命都是重播?

他对瑞比斯说:"那孩子长得像你。"

"真的?我没注意。"瑞比斯正照着模板,自己裁剪裙子。一如往常,她把裁缝活儿弄得一团糟,布料碎片四处散落,铺满了客厅。散落在客厅里的还有脏盘子、塞爆的垃圾桶,以及揉成一团、沾满污渍的杂志。

赫伯决定跟自己的生意伙伴聊聊。他的生意伙伴是个中年黑人,名为以利亚斯·泰特。两人一同开了一家零售音响店,经营了几年。不过,对泰特来说,他们的店——电子音响店,只是个副业；泰特的生活重心是传教。他在一所偏僻的小教堂里布道，听众大部分都是黑人。他的布道内容始终如一：

忏悔吧！上帝的王国就要来临！

赫伯·亚什觉得，泰特这么个聪明人，居然全神贯注于传教，实在难以理解。不过，说到底，这是泰特的生活，赫伯没必要管闲事。两人很少讨论泰特的传教事业。

此时，两人坐在音响店的视听室里。

赫伯对合伙人说："昨晚，我在好莱坞的鸡尾酒吧，碰到个很惊人、很特别的孩子。"

泰特忙着组装新款激光追踪光子元件，嘴里嘟哝："你去好莱坞干吗？想演电影？"

"去听个新歌手唱歌，名叫琳达·福克斯。"

"从没听过。"

赫伯说："她惹火得很，唱得也好。她——"

"你是已婚男人。"

"已婚男人也可以做做梦。"赫伯说。

"没准你能邀请她来店里，开个签名派对。"

"我们这家店，跟她的风格不合。"

"这儿是音响店，她是歌手。歌就是响声。难道她唱不响？"

"据我所知，她从来没录过磁带或唱片，也没上过电视。我上个月去安纳海姆贸易中心①音响展,才碰巧听说了她。你也该去,我早跟你说了。"

"性欲是这世界的毒瘤。"泰特说,"这颗星球欲望横流,精神错乱。"

"我们将直奔地狱。"

泰特说:"正如我愿。"

"你真是个老古董,一点儿不假。你的道德标准简直可以追溯到中世纪黑暗时代。"

"哎呀,中世纪算什么,我的道德标准比这个早多了。"泰特回答。他把唱片放到转盘上,启动了元件。他在放大镜下观察。设备运行还凑合,但不完美。泰特皱了皱眉。

"我差点儿跟她碰面。只差一点点,几秒钟。从近处看,她比我见过的任何人都好看。你真该见见她。我知道——我有种直觉——她会一飞冲天,红得发紫。"

"嗯。"泰特冷静道,"我倒没意见。你给她写封歌迷信,去告诉她。"

"以利亚斯,"赫伯说,"我昨晚碰上的男孩子——他长得像瑞比斯。"

黑人抬起头来,"真的?"

---

① 位于美国加州橘子郡。

"该死的,要是瑞比斯能把她散乱的心神收拢,哪怕只收拢一秒,她就能发觉。她他妈的就是没法集中注意力。她一眼都没看那孩子。那孩子简直像她儿子。"

"说不定她还真有个儿子,只是你不晓得。"

"得了吧。"赫伯恼火地说道。

以利亚斯说:"我想见见那孩子。"

"我总觉得从前认识他,说不定是上辈子认识他。一瞬间,从前的记忆朝我涌来,可没多久——"他一摊手,"我就忘了,记不清楚。还不止从前……我记起来的,仿佛是一整个世界,另外的世界,另外一世生命。"

以利亚斯停下手中的活计,"说说看。"

"我看到,你比现在更老,也不是黑人。你年纪很大,穿着长袍。我呢,我也不在地球上。我瞥到了一眼冰冻的自然风景,那不是地球。以利亚斯——我会不会来自另一颗行星,会不会有某个技术高明的特工,把虚假的记忆植入了我的脑海,盖住了真实记忆?还有那孩子——我一旦看到那孩子,真实记忆就开始恢复?那时候,我还有种知觉,瑞比斯病得很重,确切地说是快死了。还有带着枪的移民局官员。"

"移民局官员不带枪。"

"还有飞船,高速长途旅行,紧急事件,特别是还有——某个存在,离奇的非人类存在。也许它是某个外星生命,而我也是其中一员。我见到的地方就是我的母星。"

"赫伯,"以利亚斯说,"你脑子进水了。"

"我知道。可是,一瞬间,我真的经历了这些。你听着,还有——"他激动地一挥手,"一次事故,我们的飞车跟另一艘飞车相撞。我的身体记得这事,记得撞击事故,记得受过的创伤。"

"你得去看个催眠治疗师。"以利亚斯说,"他会让你进入催眠状态,想起被压抑的记忆。你肯定是个外星怪胎,预设了程序,要炸掉世界。你体内说不定有个炸弹呢。"

赫伯说:"这话一点儿也不好笑。"

"好吧。你来自某个高度发达、情操高尚的智慧种族,你是来这儿启蒙人类的。你是来救我们的。"

突然,在赫伯·亚什脑中,记忆又苏醒了,但立即熄灭。苏醒与熄灭只在一眨眼间。

"怎么了?"以利亚斯紧紧地盯着他,问道。

"你刚才说话的时候,记忆又苏醒了。"

以利亚斯沉默片刻,说:"我希望你有空读读《圣经》。"

"我的任务,跟《圣经》有关。"赫伯说。

"也许你是个信使。"以利亚斯说,"要向世界传达某条口谕,上帝的口谕。"

"别拿我取笑了。"

以利亚斯说:"这回我没开玩笑,我是认真的。"一点儿没错,他的黑脸盘神情严肃。

"怎么了?"赫伯问。

"有时候我觉得,我们这颗星球被人施了魔法。"以利亚斯说,"我们都沉沉睡着,或者受到了催眠。有什么东西控制着我们,它想让我们看什么,我们就看到什么;它想让我们记住什么,思考什么,我们就会记住什么,思考什么。也就是说,我们并非真实存在;我们的命运全掌握在某人的一念之间。"

"这想法真怪。"赫伯·亚什说。

他的生意伙伴回答:"没错,太怪了。"

这天工作结束后,赫伯·亚什跟搭档准备关店收工。这时,有个年轻女子进了店里。她身穿山羊皮夹克和牛仔裤,脚蹬鹿皮靴,头发上扎着红色丝巾。"嗨,"她双手插在衣袋里,招呼赫伯,"你好吗?"

"芝娜。"他应道,很高兴见到她。他脑中有个疑惑的声音:她是怎么找到我的? 这儿离好莱坞三千公里远。大概是查询了地址检索电脑。有可能。可是……他仍然觉得有什么不对劲。尽管如此,拒绝某个漂亮姑娘来访,不在他天性之内。

"有时间喝杯咖啡吗?"她问。

"当然。"

没多久,两人进了附近的餐馆,面对面坐下。

芝娜一边搅拌着咖啡里的糖和奶,一边说:"我想跟你谈谈曼尼的事。"

"他为什么长得像我妻子?"他问。

"是吗?我没注意到。总之,曼尼一直很难过。因为他,你才没能跟琳达·福克斯见上面。"

"我觉得不能这么说。"

"她当时正朝你这儿走来。"

"她是朝我们这个方向走,可这并不代表我一定能跟她碰面啊。"

"他很希望你能跟她会面。赫伯,他难过极了,整夜睡不着。"

他弄不懂她想说什么,问道:"曼尼有什么办法,能让我跟福克斯会面?"

"他希望你写一封歌迷信,寄给福克斯。在信里,你仔细说说自己的情况。曼尼认定,她一定会给你回信的。"

"不太可能。"

芝娜轻声说:"就当是帮曼尼一个忙。她不回信也没关系。"

忽然,赫伯字斟句酌地开口,一字一句都经过仔细思虑,"要是能早点碰见你就好了。"

"是吗?"她抬起头。她那双黑眼睛,迷人得无法描述。

"早点碰到你们俩,"他说,"你跟你弟弟。"

"曼尼的大脑受过损伤。他妈妈怀他的时候,出了一次飞行事故,受了伤。他在人工子宫里待了几个月。可惜,转移到人工子宫的时候,动作不够快,所以……"她用手指笃笃桌子,"他的大脑有缺陷。他一直在念一间特殊学校。因为神经缺损,他常常会有疯狂的念头,比如——"她犹豫片刻,下了决心,"咳,管他的。他说,他是上帝。"

"我的搭档真该见见他。"赫伯·亚什说。

"哎呀,别,"她猛地摇头,"我不想让他见到以利亚斯。"

"你怎么会知道以利亚斯?"那奇特的警觉心理又慢慢占满他的心中。

"来你店里之前,我去过你家,跟瑞比斯聊过。我们聊了好几个小时。她向我提起这家店,还有以利亚斯。你以为我是怎么找到你的店面的?这家店又没登记在你名下。"

"以利亚斯是个虔诚的教徒。"赫伯说。

"瑞比斯也这么说。所以我才不愿意让曼尼跟他见面。他们俩在一起,只会一句接一句,越说越玄,越说越离谱。"

他答道:"我觉得以利亚斯挺冷静挺明智的。"

"对,曼尼在很多方面也称得上冷静明智。但是,一旦把两个虔诚教徒扯到一块,就会——你懂的,聊耶稣,聊世界末日,聊个没完。世界末日大战,火焰吞噬大地什么的。"她打了个哆嗦,"这些话,我听了就起鸡皮疙瘩。什么地狱之火,什么罚入地狱。"

"确实,以利亚斯也喜欢这一套。"赫伯说。听起来,她好像连以利亚斯的喜好也知道。说不定是瑞比斯告诉她的。错不了。

"赫伯,"芝娜说,"你能不能帮个忙,按照曼尼说的做?你能不能写封信给那只狐狸——"

"'独一无二的福克斯'①,"他接着说道,"这个词简直可以拿来当宣传口号,浑然天成。"

芝娜继续道:"你能不能写封信给琳达·福克斯,说你想见她?问她接下来会去哪家俱乐部。她的日程提前很久就安排好了。跟她说,你开了一家音响店。她还不出名,不像某些全国知名的大明星,不会被歌迷的来信淹没。曼尼说她肯定会回信。"

"当然可以,我写。"他回答。

---

① 琳达·福克斯的姓氏(Fox),意为狐狸。人名前不加定冠词,可芝娜却有意无意地在这儿加了个"the",变成"the Fox",根据不同说话人,可以理解为"那只狐狸"或"独一无二的福克斯"。

她微微笑了，黑眼睛里光芒闪动。

"没问题，"他说，"我回店里去，把信打出来。我们可以一起去寄。"

芝娜从邮差包里拿出一个信封，"曼尼已经替你写好了信。信里都是他希望你告诉福克斯的话。当然，你想改就改，不过——别改太多。曼尼写这封信花了不少力气。"

"好。"他接过信封，起身道，"我们一起回店里去吧。"

他坐在办公室里，打字机前，把曼尼拟写的、给"独一无二的福克斯"（按照芝娜的叫法）的歌迷信，转录到打字机里。芝娜在已经关门的店里走来走去，拼命地抽烟。

见她格外紧张，赫伯觉得事情没这么简单。"你是不是有事瞒着我？"他问。

"曼尼和我，我们打了个赌。"芝娜说，"跟——嗯，简单地说，跟琳达·福克斯会不会回信有关。当然打赌的内容更复杂些，但福克斯回不回信是首要因素。这事会让你为难吗？"

"不，不会。"他说，"你们俩，谁赌回信，谁赌不回信？"

芝娜没有回答。

"算了。"他说道，心里暗暗奇怪，她为什么不肯回答，又为什么这么紧张。他们俩到底期望什么结果？"别把这事告诉我老婆。"他开口道。他自己也有些小心思。

但他有种强烈的直觉：有某样东西，某样重要的东西，取决于这件事的结果。这样东西的尺度规模是他无法估量的。

"我是不是上了套？"他问。

"哪种套？"

"我不知道。"他打完了字，按下"打印"键。这台机器——智能打字机——立刻把他输入的信打印出来。

"我在上面签名。"他说。

"对，这封信可是你写的嘛！"

他签好名，又打好了信封。信封上的地址也是曼尼提供的……忽然，他又觉得奇怪：芝娜和曼尼怎么会知道琳达·福克斯的家庭地址？孩子工工整整的手写信封上，明明白白写着福克斯的家庭地址。不是金鹿酒吧，而是住址，在舍曼橡树林。

奇怪，他想，难道她的住址没从黄页号簿里拿走？

可能没有。她不出名——这一点，身边人一再向他指出。

"我想她不会回信。"他说。

"那，有些银币就要转手喽。"

他立刻回应："仙境。"

"什么？"芝娜吓了一大跳。

"有本儿童读物，叫《银币》，是古老的经典。书里有句话：

'你得有枚银币,才能进入仙境。'"他小时候有过这本书。

芝娜哈哈大笑。在他听来,笑声很紧张。

"芝娜,"他说,"我觉得有什么事不对劲。"

"据我所知,万事顺利。"她灵巧地从他手中拿过信封。"我来寄。"她说。

"谢谢。"他说,"我还能再见到你吗?"

"当然能。"她俯身向他,嘟起嘴唇,在他唇上印下一吻。

他环顾四周,看到了竹林。竹林中有颜色跳动,仿佛圣艾尔摩之火。那颜色是种亮闪闪、光灿灿的红色,仿佛有生命。颜色在竹林间四处聚集,所聚之处,就会组成文字——或者说,像是文字的东西。仿佛整个世界都成了语言。

他大惊。我怎么会在这儿?怎么回事?一分钟前我还不在!

红色发光的火焰,就像肉眼可见的电流,散布在竹林、秋千和短短枯黄的草地上,拼出一行字来:

你要全心、全力、全意爱你的主,你的上帝。

"嗯。"他回答。他心生恐惧;不过,那液体般流动的火舌太美,他感到更多的是敬畏,而不是害怕。仿佛着了魔一般,他四下凝望。火焰动了;来了又去,四下流动,汇成小池。他知道,自己眼前的火焰是有生命之物。或者说,火焰乃是某种生物的血液。火焰就是活着的血液。不是普通的血液,而是变形的血液,魔法血液。

他蹲下身,颤抖着抚摸血液。顿时,仿佛一股电流穿透他的身体。他知道,是活着的血液进来了。他脑中立刻出现了文字:

要当心!

"帮帮我。"他虚弱地说。

他抬起头,看到了无垠的空间。他看到无边无际的延展,大到他无法理解。空间永恒延展,而他也跟着一同延展。

哎呀,上帝!他心中叹道,抖如筛糠。血液,活着的文字,智慧之物就在附近,刺激这世界;或者说,是世界刺激着智慧之物。此物之前一直披着伪装,却知晓他的到来。

一道粉红色光芒射来,他突然失去了双眼视力,脑中剧烈疼痛,双手捂住了眼睛。我瞎了!他心想。与疼痛和粉色光芒同时到来的,还有醒悟——顿悟。他突然清楚:芝娜并非人类女子,而曼尼也非人类男孩,他身在之处并非真实世界。这都是粉红光芒告诉他的。某样活生生、具有智能和同情心之物想让他知道:这个世界只是模拟。此物关心我,于是侵入这个世界,来警告我。它伪装成这个模拟世界之物,好骗过非真实世界的主人,不让主人知道它来了,也不让主人知道它已经让我醒悟。世界只是模拟

——这真是个可怕的秘密。知道了这个秘密,我会被杀掉的,我身在——

别怕

"嗯,"他仍然浑身颤抖,脑中出现了词句,装满了领悟。但他仍然什么都看不见,疼痛也在持续。"你是谁?"他问,"告诉我你的名字。"

瓦利斯

"瓦利斯是谁?"他问。

上帝,你的主

他说:"别伤害我。"

别害怕,人类

眼前渐渐清晰。他挪开捂住眼睛的手,发现芝娜站在面前,一身山羊皮夹克和牛仔裤。时间只过了一秒钟,芝娜刚刚亲吻了他,身子正往回缩。她知道刚刚发生的事吗?怎么可能。只有他和瓦利斯知道。

他说:"你是仙女。"

"我是什么?"她笑了出来。

"它把这条信息传到了我脑中。我知道。我知道了一切。我记起了CY30-CY30B,我记起了我的穹顶。我记起了瑞比斯的疾病,还有回地球的旅程。我记起了那起事故,记起了另外一整个世界——真实的世界。它入侵了这个世界,唤醒了我。"他定定注视着她;芝娜也定定回视着赫伯。

"我的名字意思是仙女,"芝娜说,"但并不意味着我就是仙女呀。艾曼纽的意思是'上帝与我们同在',但并不意味着他是上帝呀。"

赫伯·亚什说:"我记起了雅。"

"哦,"她说,"好吧,天哪!"

"艾曼纽就是雅。"赫伯·亚什说。

"我要走了。"说着,芝娜双手插着衣袋,快步走向店面的前门,打开门,消失在门口,一转眼就不见了。

她拿走了信,他想,我写给福克斯的信。

他赶紧去追她。

她踪影全无。他环顾四周,仔细寻找,只见人和车辆,没见芝娜。她逃走了。

他知道,她会把信寄出去。她跟艾曼纽打的赌,跟我有关。他们打了跟我有关的赌,而赌注是整个宇宙。不可能。可是,粉红光芒明明白白告诉了他——一瞬间就把所有的东西都传给了他,时间几乎都没有流逝。

他浑身颤抖,头仍然疼痛,回到店里坐下,按揉前额。

她会让我跟福克斯搭上关系,他想,一旦搭上关系,只要看我和福克斯关系的走向,真实的结构就会——他不知道会怎么样。但是,确确实实会牵涉到真实的结构、宇宙以及宇宙中一切活着的生物。

他们俩的赌,跟存在本身有关——他之所以知道这个,全因为那道粉红光线。这道粉红光线也是活物,是电子血液,是某种巨大超存在的血液。是Sein。Sein是个德语词,什么意思来着?Das Nichts,是Sein的反义词。Sein等于有,等于存在,等于真正的宇宙。Das Nichts等于无,等于模拟宇宙,等于梦——我就在这个梦里。这也是粉红光芒说的。

我得喝一杯,他想。他拎起被丢在打孔卡堆中的电话,立刻接通了自己家。"瑞比斯,"他哑着嗓子说,"我晚点回来。"

"你要带她出去吃饭?那姑娘?"他老婆的声音尖刻冷淡。

"不是,该死的。"说着,他挂了电话。

他知道,上帝是宇宙的制造器。在我知晓的一切事情中,这一点是基础。没有上帝,什么都不会存在。一切都会随风飘散,消失。

他锁好店门,找到自己的飞车,启动引擎。

人行道上站着个男子。一个熟悉的身影,黑人,中年,穿戴齐整。

"以利亚斯!"赫伯叫道,"你在干吗?怎么了?"

"我回来看看你,怕你出事。"以利亚斯·泰特走向赫伯的飞车,"你脸色白得吓人。"

"到车里来。"赫伯说。

以利亚斯钻进了车子。

15

酒吧里。两人坐在常坐的位子上。以利亚斯跟平常一样,要了一杯冰可乐。他从不喝酒。

"嗯,"他点点头,"你没法拦下这封信。说不定已经寄出去了。"

"我就是个扑克牌筹码。"赫伯·亚什说,"是芝娜和艾曼纽赌局的筹码。"

"他们打的赌,不是琳达·福克斯是否会回信。"以利亚斯说,"他们赌的是别的东西。"他揉了一小团纸板,丢进可乐里,"不过,你绝对想不明白他们到底在赌什么。竹林,孩子们的秋千,短短的草坪……关于这些,我也有残留的记忆。我梦见过。那是一所学校,特殊孩子的学校。我一再梦见这所学校。"

"那是真实世界。"赫伯说。

"一点儿没错。你已经重构了那真实世界的很多部分。别到处宣扬,说什么上帝告诉你这儿是虚假宇宙,赫伯。你对我说的话,别再告诉别人。"

"你相信我?"

"我相信,你经历了极不平常、难以解释的事情。但我不相信这儿是虚假世界。这世界感觉绝对实在。"他敲敲桌子的塑料表面,"不,我不相信。我不相信非真实世界。只有一个宇宙,就是耶和华上帝创造的宇宙。"

"我觉得没人创造什么虚假宇宙,"赫伯说,"因为根本就没有虚假宇宙存在。"

"可是,你说,有人让我们看到了一个并不存在的宇宙。这个人是谁?"

"撒旦。"

以利亚斯歪着头,盯着他。

"这是某种看待真实世界的方法,"赫伯解释,"某种封闭扭曲的方法,仿佛做梦,我们都被催眠了,沉沉睡着。世界的性质被我们的知觉感觉所改变;确切地说,改变的是知觉,而不是世界。改变的是我们自己。"

"上帝的模仿者。"以利亚斯说,"这是中世纪关于魔鬼的理论。理论说,魔鬼模仿上帝的合法造物,却在其中添加了虚假之物,进行了篡改。从认识论上讲,这个理论实在是极为成熟的理论。这个理论是不是意味着,我们世界的某些部分是虚假的?或者说,有时候,整个世界都是虚假的?还是说,存在多个世界,只有一个是真的,其余都是假的?会不会是只有一个母版世界,可人们却从中看到了许多不同的世界?我看到的世界,与你看到的世界并不相同?"

"我只知道,"赫伯说,"有人使我记起——让我记起了真实世界。我之所以知道这儿的世界乃是伪造——"他敲敲桌子,"——只基于记忆,至于如何伪造世界,我并没有经历。我正在比较;我有了能跟这个世界比较的另一个世界。仅此而已。"

"这段记忆会不会是假的?"

"不会,是真的。"

"你怎么知道?"

"我相信粉红光芒。"

"为什么?"

"我也不知道。"

"就因为它说它是上帝?施魔法者、拥有魔鬼力量的人,也能说这话。"

"我们等着瞧,会知道的。"赫伯·亚什,又琢磨起来,到底那两人赌的是什么。他们到底指望他做什么。

五天后,他在家中,接到了视频长途电话。屏幕上出现了一张稍微丰满的女性面庞,还有个羞涩的、透不过气的声音说道:"是亚什先生吗?我是琳达·福克斯。我从加州给你打电话。我收到了你的信。"

他的心脏停止了跳动。"你好,琳达,"他说,"我是说福克斯女士。"他全身麻木。

"我来解释下打电话的理由。"她的声音温和,气喘吁吁,有些兴奋,仿佛因为胆怯喘不过气来,"首先,我想谢谢你给我写信。你喜欢我,我很高兴——我是说,你喜欢我的歌,我很高兴。你喜欢道兰德吗?改编他的歌是不是个好主意?"

他说:"是个很棒的主意。我特别喜欢《悲哀之泉莫再哭泣》。这是我最喜欢的歌。"

"我想请你帮忙——我看到了你来信的抬头,你零售家用音响系统。而下个月,我正好要搬到曼哈顿的新公寓,急需一套音响系统。我们在西海岸这儿录了磁带,我的出品人会把磁带寄给我——我得听听磁带里的声音到底什么样,所以需要不会失真的高端音响。"她长长的睫毛忧虑地扑扇着,"下个礼拜,你能不能飞到纽约来,给我讲讲你能组装什么样的音响?我不在乎价钱;反正付钱的不是我。我已经跟'一流'唱片公司签了约,他们会负责一切开销。"

"当然可以。"

"如果不方便,我也可以飞到华盛顿特区来。"她接着说,"哪种办法更好?总之我急着要音响,他们让我强调这一点。我现在刚刚签了约,还有了新经纪人,可兴奋了。稍后,我还要拍视频碟片呢——不过得先从录音带开始。你能帮我吗?我实在不知道该找谁。西海岸这儿遍地都是电子零售商,但东海岸那儿我一个都不认识。我觉得,应该去纽约找人帮忙——不过华盛顿特区也不算远,对不对?我是说,你能到纽约来,对不对?'一流'和我的出品人——他也是唱片公司的——会负责你的开销。"

"没问题。"他说。

"好。嗯,这是我舍曼橡树林家里的号码,等下我把曼哈顿新公寓的号码也给你。都是可视电话。说起来,你怎么会知道我舍曼橡树林家里的地址?你写的信直接寄到了我手里。我的家庭地址应该不在黄页号簿里呀?"

"朋友告诉我的。我有熟人。毕竟我也是干这行的嘛!"

"你在'金鹿'酒吧听过我的歌?那个酒吧音响系统有点失真,我的声音听起来还行吗?我觉得你有些面熟,大概你在观众里头,我注意到你。你当时站在角落里。"

"跟我在一起的还有个小男孩。"

琳达·福克斯说:"我确实看见你了。你当时一直望着我——你脸上的表情非常奇特。他是你儿子?"

"不是。"他回答。

"我要报电话号码了,你准备好了吗?"

她报了两个电话号码给他,他用颤抖的手记了下来。"我会替你装一套超棒的音响系统。"他好不容易挤出话来,"能跟你说话,实在是太高兴了。我深信,你一定能一路往上,上到顶峰,位列各种排行榜的第一。你的歌会传遍整个银河系,到处都会有歌迷听你的歌、看你的演出。我很清楚。相信我。"

"你真好。"琳达·福克斯说,"不过我得挂啦,行吗?谢谢你。希望能早些接到你的电话。别忘了哦。这事儿挺急,一定得完成。要解决的问题好多,不过——一想起这个,我就兴奋。再见。"她挂了电话。

赫伯·亚什一边放下手中电话,一边大声地说:"真真见鬼了。我简直没法相信。"

瑞比斯在他身后说:"她给你电话了。她真给你打电话了。真了不起。你打算替她装系统吗?那就是说——"

"要飞去纽约。我不在乎。我去纽约买元件。没必要从这儿运过去。"

"你看要不要带上以利亚斯?"

"再说。"他随口应道。此刻,因为太吃惊,他脑中嗡嗡作响,乱成一团。

"恭喜你,"瑞比斯说,"我有种感觉,我该陪你去。不过,要是你答应过不……"

"没事。"她的话他几乎没听进去,"'独一无二的福克斯',我跟她说话了。她给我打了电话。我。"

"你不是说,芝娜和她弟弟打了个什么赌吗?他们赌——其中一个赌——她不会回信,另一个赌她会回信。"

"嗯,"他应道,"是有这么回事。"他根本不在乎什么赌。我能见到她了,他心里说,我能去她曼哈顿的新公寓,还能跟她共度一顿晚饭时间。衣服。我得买衣服。基督呀,我一定得好好收拾收拾。

"你觉得能让她买下多少设备?"瑞比斯问。

他火了,粗声地应道:"这不是重点。"

瑞比斯缩了缩身子,说:"抱歉,我只是想问——你知道,那套系统得有多贵。我就这个意思。"

"我会给她装一套最高级音响系统,花钱能买到的最好的货色。"他说,"只用最好的,就像我打算给自己装的一样。不,比我打算给自己装的还要好。"

"说不定,这样一来,能提升我们店的知名度。"

他瞪着她。

"怎么了?"瑞比斯问。

"'独一无二的福克斯',"他说,"'独一无二的福克斯'给我打了视频电话。我到现在也没法相信。"

"最好给芝娜和艾曼纽打个电话,跟他们说一声。我有他们的号码。"

他想,不。这是我的事,不是他们的事。

艾曼纽对芝娜说:"时候到了。现在,我们就能看到结果会如何。他很快会飞去纽约,用不了多久。"

"你已经知道结果了?"芝娜问。

艾曼纽说:"我想知道的是,你会不会撤回你那空虚的梦幻世界,如果他觉得她……"

"觉得她一文不值,"芝娜说,"觉得她是个头脑空空的傻瓜,不聪敏,没智慧,没理智;他会离她远远的。因为,你没法把智慧和理智也变成现实。"

艾曼纽说:"我们等着瞧。"

"对,等着瞧。"芝娜说,"一个非实体正在等待赫伯·亚什。她敬仰着他。"

此言一出,艾曼纽立刻在脑中秘密之处大声宣告:你犯了错误。赫伯·亚什仰慕她;但光靠单方面仰慕,赫伯是没法幸福快乐的。幸福,需要双方互相的仰慕。这正是你递到我手里的优势。你在你的领域中贬斥她,让她敬仰赫伯·亚什;你却不知道,这么做,只会让她更具实体,更加真实。

他想,这是因为,你不知道什么是实体,什么是真实。实体和真实是你没法理解的东西。可我,我却一清二楚。真实是我的领域。

"我想,"他说,"你已经输了。"

芝娜高兴地说道:"我玩这个到底为什么,你可不知道!你不知道我到底是谁,也不知道我的目的。"嗯,此话有理。他想。

可我知道我自己是谁,也知道——我的目的。

赫伯·亚什穿着一身价格不菲的时尚套装,手里拎着公文包,登上了飞往纽约的商业火箭豪华舱。公文包里放着各种最新的、刚刚上市的家用音响系统规格详情。火箭启动,他望着窗外。整段旅程耗时只有三分钟。火箭刚刚上升,就开始下降了。

火箭减速喷口开始喷气。他在心中大声说:这是我一生中最美妙的时刻。瞧瞧我这一身,我简直像从《风尚》杂志里头走出来的。

谢天谢地,瑞比斯没跟着来。

"女士们先生们,"头顶的扬声器响了,"我们已经降落在肯尼迪太空港。请留在座位上,不要随意行动,等待通知音;等通知音响起,方可从船体前部离开。感谢乘坐德尔塔太空公司航班。"

赫伯·亚什志得意满地下了火箭。"祝您今天愉快。"机器人乘务员说道。

"你也一样。"赫伯应道,"今天愉快,以后的许多天也愉快。"

他找了黄色的出租飞车,直接飞到了埃塞克斯豪舍。他在这儿预定了两天——价格?管他的!进了房间,他很快放好了行李,四下查看房间内各种豪华设施,吃下一粒缬氨酸(这是最新最好的大脑皮层刺激物),拎起可视电话,拨通琳达·福克斯曼哈顿公寓的号码。

"你已经到了?太好了!"他报上名后,琳达高兴地说,"你现在能过来吗?我这儿还有几个客人,不过他们马上就走。我想仔细看看,慢慢挑选我的音响设备。现在几点?我才刚刚从加州过来。"

"纽约时间晚上七点。"他回答。

"你吃晚饭了吗?"

"没。"他说。这真像一场美梦;他觉得自己仿佛在梦境的国度,神圣王国。他觉得——好像回到了孩提时代,读着《银币》那本诗集。我肯定是找到了那枚银币,才能一路到这儿——到我渴望已久的地方来。那首诗怎么说来着?"家是躲避风浪的水手之家,猎手……"他记不清了。总之,这首诗用在这时很合适;他终于到家了。

而且,这儿没人会说她长得像比萨店的女服务员。所以,他对自己说,我可以把这话彻底抛在脑后。

"我公寓里有些吃的,如果你喜欢……我喜欢健康食品,有真正的橙汁,有豆腐,还有其他有机食品。我反对屠杀动物。"

"好,"他说,"当然好。什么都好。你说什么就是什么。"

他来到她公寓的门口。她的公寓位于一幢极其可爱的大楼内。她替他开了门,让他进了客厅。她戴着一顶帽子,身穿高领毛衣、白色五分裤,赤着脚。公寓里什么家具都没有——她还没正式入住。卧室里放着一只睡袋,还有个打开的手提箱。公寓房间十分宽敞。透过观景窗,能看到中央公园。

"你好,"她招呼道,"我是琳达。"她伸出手,"很高兴认识你,亚什先生。"

"叫赫伯就行。"他说。

"在海岸,西海岸,做介绍的时候,大家都只用名,不用姓。我正努力改正这个习惯,可一下子真改不过来。我在南加州里弗赛德长大。"她关上他身后的公寓大门,"公寓里没家具,空荡荡的怪瘆人,是吧?我的经纪人正四处选家具呢。后天就能到。嗯,应该说,不是他一个人选;我也帮忙。我们赶紧看看你带来的小册子吧。"她注意到他手中的公文包,眼中闪烁着期待的光芒。

他想,她看起来确实像个比萨店的女服务员。可是,没关系。还有她的皮肤,在顶灯的照耀下,凑近了看,并没有他想象的那么洁白细腻。说起来,她还有痤疮呢。

"我们坐地板上吧。"她毫不犹豫地坐了下来,光裸的膝盖缩在胸口,背脊靠着墙壁,"我们开工吧。我可全指望你了。"

他开口道:"我想,你要的是录音室品质的音响系统——也就是我们所说的专业元件,不是寻常人家中的音响。"

"这些是什么?"她指着一对巨大扬声器的图片,"看起来简直像冰箱。"

"这些是老款式,"说着,他翻了一页,"由氦的等离子体驱动,你得不停地购买大罐大罐的氦。不过,它们外观很美,因为氦的等离子体会闪光。这些等离子体是由极高的电压制造出来的。来,我给你看看新东西。氦等离子体导体已经过时了。或者说,很快就会过时。"

我怎么觉得,这一切都是我的幻想?他自问,大概因为实在太过美妙。可还是……

两人一同靠墙坐着,一连几个小时,研究他带来的专业作品。她热情高涨;可终究因为时间太久,她看起来累了。

"我饿啦,"她说,"我这儿没合适的衣服,没法上餐馆;在这儿,去餐馆吃饭得穿得像模像样才成。不像南加州,穿什么都行。你住哪儿?"

"埃塞克斯豪舍。"

琳达·福克斯站了起来,伸个懒腰,说:"我们回你的套间去吧,叫客房送餐。行吗?"

"太好了。"说着,他也站了起来。

两人回到赫伯的酒店房间,吃完晚饭。琳达·福克斯双手交叉抱胸,在房间里四处踱步。"知道吗?"她开口道,"我一直做同一个梦,梦见我成了银河系最有名的歌手。跟你在电话里说的一模一样。我想,这是我在潜意识里的美梦。但我总会梦见录音的场景,梦见我一盘又一盘地录磁带,还开演唱会,而且富可敌国。你信不信占星?"

"我想,我信。"他回答。

"我还梦见过我从没去过的地方,还有从没见过的人,重要人物、娱乐界的大人物。我们总是匆匆忙忙,从一个地方赶到另一个地方。能点些葡萄酒吗?我对法国葡萄酒一窍不通;你来定吧。别太涩就好。"

他也对法国葡萄酒一窍不通。不过,他去酒店主餐厅要了酒水单,在酒保的帮助下,点了一瓶昂贵的勃艮第。

"这酒味道很不错。"琳达·福克斯评论道。她盘腿坐在沙发上,赤裸的双腿交叠在身子底下,"说点你自己的事吧。你在音响元件零售业多久了?"

"好几年了。"

"你怎么逃过兵役的?"

这话让他感到莫名其妙。他记得,好多年前,强制兵役就已经取消了。

他把这话告诉了琳达。"真的?"琳达微微皱眉,一脸困惑,"有意思,我记得兵役没取消,而且有很多人,为了逃避当兵,宁可飞到外太空殖民地去。你有没有出过地球?"

"没,"他说,"不过,我倒想试试星际旅行,尝尝鲜也好。"他紧贴着她,在沙发上坐下,随随便便把手臂搭在她身后;她没有拒绝。"我还想在其他行星上降落。那感觉一定刺激。"

"我在地球上就觉得心满意足了。"她往后一靠,倚着他的手臂,闭上眼睛。"替我按摩按摩背,"她说,"刚才靠墙靠的时间太长,背僵掉了。这儿痛。"她指了指脊柱中间的位置,朝前俯身。

他替她按摩脖子。"真舒服。"她嘟哝道。

"去床上躺下，"他说，"这样才能用上力气。坐着没法好好按摩。"

"行。"琳达·福克斯从沙发上一跃而起，赤脚啪嗒啪嗒跑过房间，"这卧室真不错。我还没住过埃塞克斯豪舍呢。你结婚了没？"

"没。"他回答。没必要跟她提瑞比斯。"我结过婚，后来离了。"

"离婚感觉很糟，是不是？"她躺到床上，面朝下趴着，手臂伸展。

他俯下身，在她后脑吻了一下。

"别。"她说。

"为什么？"

"我不能。"

"不能什么？"

"不能做爱。我来月经了。"

月经？琳达·福克斯来月经？他没法相信自己的耳朵。他猛地后退，直挺挺坐下。

"抱歉。"她的声音毫不紧张，"从肩膀开始按，肩膀很僵硬。我困啦，大概是葡萄酒的缘故。真是……"她打了个呵欠，"好酒。"

"嗯。"他应道,仍然跟她保持着距离。

突然,她打了个嗝,迅速用手捂住嘴巴。**"请原谅。"**她说。

第二天早上,他飞回华盛顿特区。前一晚,琳达是回自己空荡荡的公寓去睡的——回不回都一样,反正她来月经,没法做爱。她还提了好几次——他觉得实在没必要——说自己痛经严重,此刻正痛得厉害。回去的航班上,赫伯深觉疲惫,但他毕竟做成了一桩大额买卖:琳达·福克斯签了单,订购了一套顶级的音响系统。之后,他还会回纽约,监管视频录制和回放元件的组装。总之,这趟去得很值。

可是——他的终极目的没达到,因为琳达·福克斯……时机凑得不好,因为她来月经。他在心中自问:琳达·福克斯来月经,还痛经?难以置信。尽管难以置信,我想她说的是真话。会不会是借口?不,不是借口。是真的。

回到家,老婆迎上来,第一句话就问:"你们俩有没有胡来?"

"没。"他回答。运气太差。

"你看起来很累。"瑞比斯说。

"累,不过挺高兴。"这一趟很有收获,他也心满意足。他跟福克斯坐在一起,聊了好几个小时。他觉得她人随和、热情、不摆架子,是个好人,实实在在的人,毫不做作。我喜欢她,他对自己说,能再见她,我会很高兴。

还有,我知道她能走得很远。

他心中的直觉——他对福克斯未来成就的直觉——如此强烈,实在奇怪。嗯,琳达·福克斯的歌确实好,可以这么解释。

"她人怎么样?"瑞比斯问,"恐怕张口闭口只说自己的事业吧。"

"她人随和,温柔,谦虚,"他说,"而且一点儿架子也没有。我们聊了很多。"

"找个机会,我能见见她吗?"

"能,怎么不能。"他回答。"我还要再飞一趟纽约。她也说,要飞到我这儿来,看看我的店。她进展神速,事业就要起飞了——她碰上了大好机会。她需要这样的机会,也该有这样的机会。我替她高兴,真的高兴。"

要是她没来月经就好……不过嘛,这就是生活。这才是真实。在这方面,琳达跟其他女人没什么区别;这是天生的。

不管怎样,我喜欢她,他对自己说,哪怕我们没上床,我也喜欢有她陪伴。这就够了。

男孩子对芝娜·帕拉斯说:"你输了。"

"对,我输了。"她点点头,"你让她成为真实,他仍然喜欢她。他的梦想不再是梦想;有了失望,也就成了现实。"

"失望是真实可信的印戳。"

"对。"她说,"祝贺你。"芝娜伸出手,艾曼纽握住,两人握手。

"现在,"男孩子说,"你该告诉我你是谁了。"

16

芝娜说:"好。我会告诉你我是谁,艾曼纽,但我不会让你的世界回来。我的世界更好。赫伯·亚什在我的世界快乐得多——瑞比斯活着,琳达·福克斯是真人……"

"但是,让她变成真人的不是你,"他说,"是我。"

"你给他们的世界,那个只有冬天、冰雪覆盖一切的世界,你还想把它召回来?是我打破了牢笼,是我带来了春天。是我罢黜了最高总督和总教长。就让世界保持现状吧。"

"我会改变你的世界,让它变成真实。"他回答,"我已经动手了。你亲吻赫伯·亚什的时候,我用真形侵入了你的世界,在他面前显灵。我正在一步步把你的世界变成我的世界。不过,这个世界里的人,必须恢复记忆。他们可以生活在你的世界里,但他们必须知道,曾有个糟糕透顶的世界,他们曾被迫住在那个糟糕透顶的世界里。我已经让赫伯·亚什恢复了记忆,其他人却还在做梦。"

"我觉得做梦没什么不好。"

"现在,"他说,"告诉我你是谁。"

"我们走吧,"她说,"我们手拉手一起走,就像贝多芬和歌德那对好朋友一样。我们去英属哥伦比亚的史丹利公园,我们去那儿观察动物,去看看狼,巨大的白狼。那是个美丽的公园。狮门大桥也很美丽。温哥华、英属哥伦比亚,是地球上最美的城市。"

"你说得对。"他说,"我都忘了。"

"等你看过那些美景,我要你问问自己:你还想不想摧毁这一切,或者改变哪怕一点儿。我要你扪心自问,看过如此美丽的地球后,你还会不会将那大而可畏之日降下,狂傲的和行恶的还会不会如碎秸烧尽,一无存留。好吗?"

"好。"艾曼纽回答。

芝娜说:

"我们空气精灵,
负责照管人类。"

"是吗?"他应道,心中思忖:若果如此,那你们就是大气的精灵,也就是——天使。

芝娜又说:

"来吧,天空的歌者,

醒来,到树林集合;

恶兆的鸟儿不要靠近;

只要善良无害的羽族。"①

"你说什么?"艾曼纽问。

"先带我们去史丹利公园。"芝娜说,"只有你带路,我们才不会做梦,才会真正身处该地。"他依言照做。

两人一同走过青翠的草地,在巨大的树木间穿行。他知道,这些大树从未遭人砍伐;这是一片原始森林。"这儿真是美极了。"他对她说。

"这就是世界。"她说。

"告诉我你是谁。"

芝娜回答:"我是《律法书》。"

---

① 以上芝娜引用的两首均为17世纪英国著名曲家亨利·珀赛尔(Henry Percell)的作品。

沉默片刻,艾曼纽说:"那么,无论我想对宇宙做什么,都必须先来咨询你。"

"而且,无论你想对宇宙做什么,都必须符合我说的话。"芝娜说,"这是原初你创造我的时候,自己定下的。你让我成为活物;我是活生生之物,我也会思考。我是宇宙的计划,我是宇宙的蓝图。这是你的意图,也就成了现实。"

"所以你才给我那块信息板。"他说。

"看着我。"芝娜说。

他看着她——一个年轻女子,戴着皇冠,坐在宝座上。"王国,"他唤道,"十个质点当中,最低的一个。"

"而你是永恒无限,是 Ein Sof[①] ,"王国说,"生命之树上第一个,也是最高的质点[②]。"

"可你说你是《律法书》。"

"在《光明篇》[③]里,"王国说,"《律法书》被描绘为独居的美丽

[①] 卡巴拉思想中,对创世之前无名、无形、超越任何理解的上帝的称呼。

[②] 生命之树(Tree of Life),犹太教神秘符号,属于犹太教哲学传统卡巴拉。生命之树用来描述通往上帝(在卡巴拉教派文献中,通常被称为YHWH,或"四字神名")的路径,以及上帝从无中创造世界的方式。生命之树共有十个质点,由上往下依次是:王冠、智慧、理解、慈悲、严厉或力量、美丽或平衡、胜利、宏伟、基础、王国。

[③] 卡巴拉思想的重要文献。

少女,幽闭在巨大的城堡中。她的秘密情人来城堡探望她,却只能徒劳地等在外头,指望能瞥到她一眼。最终,她终于出现在窗口,他看到了她,却只有惊鸿一瞥。后来,她在窗口逗留,他终于能跟她说上话,可她仍然用面纱遮着脸庞……而且,对他的问题,她总是闪烁其词。最后,过了很久很久,当她的情人开始绝望,认定永远无法了解她时,她终于准许他看到自己的面容。"

艾曼纽说:"而且,还向她的情人透露了她保守的所有秘密——长久以来,无论情人如何求爱,她都将这些秘密埋在心底。我知道《光明篇》。你说得对。"

"那么,Ein sof,你现在知道我的身份了,"王国说,"你高兴吗?"

"不高兴。"他说,"因为,尽管你说的都是真的,但你脸上仍有一层面纱没有揭去。还有最后一步。"

"对。"王国,这位戴着皇冠、坐在宝座上的可爱年轻女人回答,"但你得自己寻找答案。"

"我会找到的。"他说,"我已经很接近了;只差一步——只有一步之遥。"

"你做了猜测,"她说,"但还不够好。你肯定知道,仅仅猜测是不够的。"

"你真美,王国。"他说,"你在这个世界,你爱这个世界;这是理所当然。你是代表地球的质点。你是包蕴一切的子宫,你孕育了其余九个质点,组成了生命之树;那九种力量全都因你而来。"

"即便王冠,"王国平静地说,"最高的那一个,也一样。"

"你是仙后狄安娜,"他说,"你是帕拉斯·雅典娜,正义战争之灵;你是春之女王,你是圣索菲亚,神圣智慧;你是《律法书》,是宇宙的规划和蓝图;你是卡巴拉的王国,生命之树十个质点当中最低的一个;你是我的伴侣,我的朋友,我的向导。可是,在这些伪装底下,你到底是什么?这一点我知道,而且——"他牵住她的手,"我慢慢记起来了。原初的堕落,神性被扯裂。"

"对,"她点点头,"你的记忆已经恢复到这一点,恢复到原初了。"

"再给我一点时间,"他说,"一点点就好。再往前回忆很艰难,很痛苦。"

她回答:"我会等你。"她坐在宝座上,等待。她已经等待了数千年。从她的脸上,他看到了耐心、平静与甘愿。她甘愿等他,要等多久,就等多久。从一开始,两人就知道会有如今这一刻,他们会重聚。此刻,他们已经重聚,同原初时刻一样。他只需叫出她的名字即可。叫出名字就是了解,他想,叫出名字就是召唤。

"我来叫出你的名字吧。"他说。

她微微一笑。那是可爱的、舞蹈般的微笑,但她眼中已经不再闪烁着恶作剧。她眼中闪烁的只有爱,广大无垠的爱。

尼可拉斯·布尔科斯基身着红色军服,预备向聚集在哥伦比亚波哥大主广场的忠诚党员们发表演说。哥伦比亚这地方,最近入党招募的形势非常好。按照这种情况发展下去,只要能成功拉拢哥伦比亚,加入反法西斯阵营,差不多就能弥补上回在古巴的惨败。

不过,罗马天主教会的某个红衣主教,最近也在哥伦比亚露面了。他不是当地人,而是美国人,是梵蒂冈派来干涉科学党的活动的。梵蒂冈干吗非来这儿掺和一脚?布尔科斯基恨恨地想道。布尔科斯基——他讨厌这名字。如今,他已经改名为戈麦兹将军。

他对身边的哥伦比亚顾问说:"把这个哈姆斯红衣主教的心理档案给我。"

"是,将军同志。"瑞兹女士把那惹事的美国人的档案递了过来。

布尔科斯基研究了一番,说:"这家伙脑袋长在屁股上,只会编织神学大话。梵蒂冈选错人了。"我们能把这个哈姆斯团成一团打上死结,他高兴地想。

"先生,"瑞兹女士说,"哈姆斯红衣主教据说很有魅力。无论去哪里,都能吸引信众。"

"要是他胆敢来哥伦比亚,"布尔科斯基说,"会吸引的只有铅管,一管子砸他脑袋上。"

罗马天主教会红衣主教富尔敦·斯塔特勒·哈姆斯,作为贵宾,参加了一档下午的电视脱口秀节目。节目中,他用上了习惯的姿态,警句迭出。一旁的主持人干着急,只想着赶紧找机会打断,好插进一串广告。

"他们的政策,"哈姆斯断言,"会引起混乱——而混乱正好为他们利用。社会动荡正是无政府主义的基石。我给你们举个例子。"

镜头扫到主持人一片空白的脸上。"我们稍后再见。"主持人说,"先看几则消息。"电视切换到场院安保喷雾罐广告。

富尔敦·哈姆斯趁摄像机转开的片刻工夫,对主持人说:"在底特律这地方,房地产市场到底什么样?我有些基金想投资在这儿。我发现,办公楼是最靠得住的投资方向。"

"你最好还是问问……"话没说完,主持人就看了节目制片人打的手势。他立即调整面容,做出惯常的睿智表情,用貌似随意实则专业的口吻道:"今天,我们请来的嘉宾是富尔敦·哈默红衣主教——"

"哈姆斯红衣主教。"哈姆斯更正。

"——哈姆斯红衣主教的主教管辖区是——"

"大主教管辖区。"哈姆斯有点恼火了。

"——底特律。"主持人继续道,"红衣主教,在大多数天主教国家,尤其是第三世界国家,没有实质性的中产阶级存在。这是事实,对吗?在那些国家,只存在极为富裕的精英阶层,另外就是赤贫人口。这些人没受过教育,或者受的教育很少;极少有机会或者根本没机会改善自己的处境。教会跟这种可悲可叹的情形之间,是不是有所关联?"

"啊?"哈姆斯茫然失措,不知该怎么回答。

"我这么说吧,"主持人体态极为自然放松,谈话走向彻底在他掌握之中。"一个世纪又一个世纪,教会一直在阻挠经济和社会进步。对不对?可以说,教会是一个反动机构,利用人类的轻信,剥削大多数人民,只为保障极少人的利益。这句话不算偏颇吧?"

哈姆斯没底气地回应:"教会看顾着人类的精神福祉,为人类的灵魂负责。"

"却不必照顾人类的身体。"

"科学党既奴役人的身体,也奴役人的灵魂。"哈姆斯说,"而教会……"

"抱歉,富尔敦·哈姆斯红衣主教,"主持人打断了他的话,"我们今天节目的时间到了。我们今天的嘉宾是……"

"……将人类从原罪中解放。"哈姆斯继续说道。

主持人瞥了他一眼。

"人类生来有罪。"哈姆斯已经不知道自己在说什么了。

"谢谢,富尔敦·斯塔特勒·哈姆斯红衣主教。"主持人说,"现在请看以下节目。"

又是一段广告。哈姆斯在心中呻吟一声。他从节目组安排的豪华座椅上站起身来,心中默默咀嚼一个念头:不知怎么,我觉得自己好像曾经有过更加辉煌的岁月。

他弄不清这种感觉何来,但确确实实存在。他想:现在,我还得去那个倒霉的鼠辈国家哥伦比亚——再去一次。我从前已经去过一次,逗留时间短得不能再短;这一次,我也得在下午就坐飞机回来。他们就像在我身上拴了根绳子,把我从这儿扯到那儿。先放我去哥伦比亚,接着扯回底特律;然后放到巴尔的摩,再扯回哥伦比亚。我可是堂堂红衣主教,为何落到这种地步?我觉得受到了羞辱。

他向电梯走去,心想:在所有可能的世界里,这一个肯定不是最好的。在这儿,连日间谈话节目的主持人都敢骑到我头上。

Libera me Domine,他在心中说。这是他无声的祈求,意思是"拯救我,上帝"。为什么上帝不听我的祈求?哈姆斯站着等电梯,心想:说不定,根本没有上帝。说不定科学党说得对。就算有上帝,他也没有为我做一点事。

离开底特律之前,他决定,我得问问我的投资经纪人,有关办公楼投资的事情……要是时间允许的话。

瑞比斯·罗梅-亚什,拖着沉重的脚步,无精打采地走进公寓客厅。"我回来了。"她关好大门,脱下外套,"医生说是溃疡。确切地说是幽门溃疡。我要吃苯巴比妥①,还要喝马洛克斯②。"

"还痛吗?"赫伯·亚什一边在自己收藏的磁带中翻找,一边问道。他要找的是《马勒第二交响乐》。

"能帮我倒些牛奶吗?"瑞比斯跌坐在沙发上,"我累坏了。"她的脸肿胀且暗沉,"别放太吵的音乐。我现在受不了噪音。你今天怎么没去店里?"

"今天我休息。"他找到了《马勒第二交响乐》,"我会戴上耳机,"他说,"免得吵你。"

---

① 镇静安眠药物。

② 瑞士诺华公司出品的胃酸中和药物品牌。

瑞比斯说:"我想跟你说说我的溃疡。关于溃疡,我今天顺便去了图书馆,学了点儿有趣的东西。你看。"她递给他一个马尼拉纸的文件袋,"我复印了最新的文章。有个理论说——"

"我去听《马勒第二交响乐》了。"他打断她的话。

"行,行,"她的语气尖酸刻薄,"听你的,去吧。"

"你得了溃疡,我也没办法呀。"他说。

"你可以听我说说。"

赫伯·亚什说:"我给你倒牛奶。"他走进厨房,心中想道:生活非得这个样子不可吗?

要是我能听听《马勒第二交响乐》,他想,我就会感觉好些。这是唯一一部用上多件藤编乐器的交响乐。他们用束棒——一件长得像小扫帚的东西,来演奏低音鼓。真是可惜,马勒无缘得见莫利公司出产的哇音踏板。不然,他肯定会让哇音踏板出现在自己厚重的作品里。

他回到客厅,把牛奶递给妻子。

"你一直在干吗?"瑞比斯问,"你什么都没收拾,什么都没洗。"

"我一直在跟纽约那儿通电话。"他回答。

"琳达·福克斯?"瑞比斯说。

"嗯。帮她订购音响元件。"

"你什么时候再去纽约看她?"

"我会监管音响的组装。等到音响组装完成,我要仔细试音检查。"

"你很喜欢她。"瑞比斯说。

"这是笔好买卖。"

"不,我是说她这个人。你喜欢她**这个人**。"瑞比斯顿了顿,继续道,"赫伯,我想,我要跟你离婚。"

他说:"你是认真的?"

"很认真。"

"因为琳达·福克斯?"

"因为这地方像个猪圈,让我恶心,烦透了。我烦透了给你和你的朋友洗碗碟。那个以利亚斯特别叫我恶心。他总是不请自来,从来不事先打电话。他想来就来,就好像住在这儿似的。我们买食物的钱,有一半花在他身上。他简直像个乞丐。他那模样就像个乞丐,还满口疯言疯语,说些宗教屁话,什么'这世界马上就要到末日了'之类……我没法再忍了。"她住了嘴。因为疼痛,她脸上一抽搐。

"是溃疡?"他问。

"对,还有溃疡。我还得担心这溃疡……"

"我要去店里了。"说着,他朝大门走去,"再见。"

"再见，赫伯·亚什。"瑞比斯说，"你只管丢下我，只管去店里跟漂亮的女顾客聊天，只管听那些新到的、要价五十万美元的高分辨率音响元件，让这些音响震掉你的脑袋好了。"

他带上门。没多久，就坐着飞车，升到了空中。

当天晚些时候，来店里四处转悠、观赏新音响的顾客都离开了。赫伯·亚什进了试听室，坐到生意伙伴旁边。"以利亚斯，"他说，"我想，我跟瑞比斯走到头了。"

以利亚斯说："你打算怎么办？你已经习惯跟她一起住了。照顾她、满足她的需求，已经成了你生活的基本组成部分。"

"在精神上，"赫伯说，"她病得很厉害。"

"这一点，跟她结婚的时候你就知道。"

"她没法集中注意力。她'注意力四散'。这是专业术语，测试结果就是这么说的。所以她才这么邋遢。她没法思考，没法行动，没法集中。"她简直是"徒劳无功之灵"，他暗暗补充。

"你得要个儿子。"以利亚斯说，"你有多爱曼尼——就是那女人的弟弟——我都看在眼里。你干吗不——"他住了嘴，"我不该管这闲事。"

"要是我真跟别人好，"赫伯说，"我知道这个'别人'会是谁。可她不会让我碰。"

"那个唱歌的?"

"对。"

"去试试吗。"

"我配不上她。"

"到底配不配得上,人自己根本不知道。上帝才能决定配得上配不上。"

"她将来会走红整个银河系。"

"可她现在还没呀。想要行动,就趁现在。"

"'独一无二的福克斯',"赫伯·亚什说,"对我来说,她就是'独一无二的福克斯'。"他脑中冒出一句词:

你跟"独一无二的福克斯"在一起,

"独一无二的福克斯"跟你在一起。

这不是琳达的歌词,而是她的宣传口号,是琳达在说话。这句口号是哪儿来的? 她在哪儿说的这句话? 模糊的回忆又涌了上来,混合着——他不知混合着什么。更有攻击性的琳达·福克斯,更加职业化、更有活力的琳达·福克斯,更加遥远的琳达·福克斯——数百万英里之遥的琳达·福克斯,只是某颗星星发来的信号——福克斯是遥不可及的大明星,福克斯所在的地方也是遥不可及的行星。

遥远的星辰传来了音乐,他听到,还有铃铛的声响。

"也许,"他说,"我该移民到殖民地世界去。"

"瑞比斯病得太重,没法去。"

"我一个人去。"

以利亚斯说:"要是你有办法,跟琳达·福克斯约会,你会比现在好得多。反正你还会再见她,还有机会,别放弃。再试试。生活就是要不断尝试。"

"好。"赫伯·亚什说,"我再试试。"

17

艾曼纽和芝娜手牵手,走在史丹利公园黑黢黢的森林中。"你就是我,"他说,"你是Shekhina,固有存在,从未离开这个世界。"他想,她是上帝的女性一面。这一面犹太人知道,也只有犹太人知道。原初堕落时,神性分裂,超验的部分从世界分离出去,便是Ein Sof。而另一部分,女性的固有存在,仍跟堕落的世界在一起,跟以色列在一起。

神性的两个部分,不知多少个千年,一直彼此分离。如今,我们两个,上帝神性的男性和女性部分,又聚在了一起。我离开这个世界时,是Shekhina干预着人类的生活,帮助他们。有时这儿,有时那儿,Shekhina仍会露面。所以,上帝从未真正离开过人类。

"你是我,我是你。"芝娜说,"我们又找到了彼此,再次合二为一。分裂已经弥合。"

"透过你所有的面纱,"艾曼纽说,"在你所有的变形之下,藏着……我自己。我一直没能认出你来,直到你提醒了我。"

"我如何提醒了你?"芝娜开口问,随即又说,"我明白了。是我对游戏的热爱。这也是你的热爱,你秘密的欢乐:像孩子似的玩耍,不必严肃认真。我爱玩游戏,让你想起了自己。我唤醒了你,你恢复了记忆;你认出了我。"

"好一个艰辛的历程。"他说,"费了这么大力气,我才记起来。我感谢你。"他不在时,她自贬身份,一直跟堕落世界在一起。艾曼纽想,她才是更伟大的英雄。无论人类做出多么不光彩之事,她都没有离开……就连下地狱,她也跟他们在一起。人类美丽的伴侣,一直陪在人类身边,就像她此刻陪在我身边一样。

"可你毕竟回来了,"芝娜说,"你也回到了这个世界。"

"是的,"他说,"回到你身边。我已经忘记了你的存在,我只记得这个世界。"你是善良的部分,他想,是我慈悲的一面。我则是可怕的一面,唤起人类的恐惧,让他们颤抖。我们俩在一起,才是整体。分开,就不完整。单独出现,我们俩哪一个都不够完美。

"线索,"芝娜说,"我一直在给你线索。不过,你得靠自己认出我。"

艾曼纽说:"我一度忘记了自己是谁,也不知道你是谁。这两个谜团困惑着我;它们的答案是同一个。"

"我们去看看狼群。"芝娜说,"它们真是美丽的动物。我们再坐坐小火车,看看所有的动物。"

"再把它们放出来。"艾曼纽说。

"对,"她说,"放了它们。所有的动物,都放了。"

"埃及会永远存在吗?"他问,"奴役会永远存在吗?"

"会,"芝娜回答,"但我们也会永远存在。"

两人走近史丹利公园动物园。艾曼纽开口道:"动物们突然获得自由,肯定会吃惊。一开始,还会不知所措。"

"那么,就由我们来教,"芝娜说,"向来如此。它们所知的一切都来自我们,我们是它们的向导。"

"就这样吧。"他把手放在第一个铁笼上。笼内,一只小动物偷瞄着他,犹犹豫豫。艾曼纽说:"从你的笼子里出来。"

小动物颤抖着走向他。他把它抱在怀里。

赫伯·亚什从音响店里给琳达打了个电话,打到她舍曼橡树林的家里。费了好一会儿时间——两个机器人秘书一直让他稍等——最后,琳达终于来接电话了。

"你好。"听到她的声音,他招呼道。

"我的音响系统怎么样了?"她飞快地眨着眼睛,手指按在眼睛上,"我的隐形眼镜要掉了,等会儿。"她的脸从屏幕上消失了一会儿。"我回来了,"她招呼道,"我欠你一顿晚饭,对吗?你想不想飞到加州来?我还在金鹿酒吧唱歌,还有一周时间。这儿的观众很热情,我试了好多首新曲子。我想听听你的意见。"

"当然好啊。"他高兴极了。

"那,我们说好见面?"琳达说,"在这儿?"

"好啊,"他回答,"你说个时间。"

"明晚如何?要吃晚饭,就得赶在我晚上上台之前。"

"行,"他说,"加州时间晚上六点左右,怎么样?"

她点点头。"赫伯,"她说,"要是你愿意,你可以住我家。我家挺大的,房间多得是。"

"我很愿意。"他回答。

"我有些上好的加州葡萄酒,一瓶蒙达维[①]红酒,想给你尝尝。我希望你喜欢加州葡萄酒。我们上回在纽约喝的法国勃艮第也挺好,不过——我们加州的葡萄酒更加出色。"

"你有没有特别想吃的餐馆?"他问。

"幸子饭店,"她回答,"日本料理。"

[①] 加州著名红酒品牌。

"一言为定。"

"我的音响系统,进展如何?"她问。

"进展顺利。"他回答。

"你别太累,"琳达·福克斯说,"我觉得你工作太辛苦啦。我希望你能放放松,享受生活。生活中的美好太多了——好酒,好朋友。"

赫伯补充道:"还有拉弗格苏格兰威士忌。"

琳达·福克斯十分惊讶,大声道:"你居然也知道拉弗格威士忌?我还以为这世上只有我一个人会喝拉弗格呢!"

"两百五十年来,这种酒一直用传统的黄铜蒸馏器,"赫伯·亚什说,"要经过两次蒸馏,而且必须由蒸馏专家动手。"

"没错,包装上就是这么说的。"她哈哈大笑,"你是从包装上看来的,赫伯。"

"没错。"他承认。

"我的曼哈顿公寓一定会非常出色。"她热切地说,"你配的音响系统会让房子熠熠生辉。赫伯——"她认真盯着他,"说心里话,你真觉得我的音乐是好音乐?"

"对,"他说,"我知道你的音乐是好音乐。我说的全是实话。"

"你真是好人。"她说,"你比我看得远多了。你就像我的幸运符。知道吗,赫伯,从来没有人相信我能做出什么成就……我在学校里成绩不好,家里没人觉得我当歌手能有什么作为;我还有皮肤问题,严重的皮肤问题。当然,我现在也没什么作为,一切都刚刚开始。可在你眼里,我却……"她做了个手势。

"是个重要人物。"他说。

"这一点,对我非常重要。我太需要有人相信我了。赫伯,我对自己一点儿信心都没有,我觉得自己必败无疑。不,是我从前觉得自己必败无疑。"她更正道,"但你给了我——这么说吧,从你的眼睛里,我看到的不是某个刚刚出道、苦苦挣扎的小艺人,而是某个……"她努力搜索词汇,睫毛闪动,对他露出理解与希望的微笑,希望他替她把话说完。

"我了解你。"他说,"没人比我更了解你。"这话一点不儿假。因为唯有他记得她,其他人则全部遗忘。整个世界都遗忘了,都睡着了。得有人提醒这个世界。这个人会出现的。

"到西海岸来吧,赫伯。"琳达说,"拜托了。我们在一起肯定开心。你了解加州吗?不了解,对不对?"

"不了解。"他承认,"我上次飞到加州,只为去金鹿酒吧见你。我一直梦想着在加州生活,可梦想从没实现过。"

"我要带你四处转转,那经历必定难忘。要是我情绪低落,你就逗我开心;要是我害怕,你就安慰我。好吗?"

"好。"他心中涌动着对她深深的爱意。

"等你到这儿,你可以告诉我,我的音乐里哪些是好的,哪些还要改进。不过,最重要的是,你得多多告诉我,我会成功。我总觉得我成不了——你得对我说,我不会失败。你得对我说,改编道兰德的歌曲,是个好主意。道兰德的鲁特琴音乐多美啊,是世上最美的音乐。你打从心底里相信——确信——我的音乐,我唱的这种歌曲,能让我上到顶峰?"

"我非常确定。"他说。

"你怎么能这么肯定?就好像,你能预见未来似的。这种能力,你仿佛也传给了我。"

"这种能力,"赫伯·亚什说,"是我给你的礼物。它来自上帝。我对你的信心也来自上帝。相信我说的话。这是真话。"

她郑重地说道:"赫伯,我能感觉到,我们俩身边围绕着魔法,某种魔咒。我知道这话听来挺傻,可我真有这种感觉。像是一切都被美好笼罩着。"

"这种美好,"他说,"是我从你身上发现的。"

"从我的音乐里?"

"从你的音乐里,也从你本人身上。"

"你这话当真?"

"当真,"他说,"我以上帝之名发誓。以创造我们的天父之名。"

"来自上帝。"她重复道,"赫伯,我有点怕。你让我害怕了。你身上有些不一样的东西。"

赫伯·亚什说:"你的音乐,会让你前途远大。"他知道,因为他记得。他知道,因为对他来说,这是发生过的事实。

"真的?"琳达问。

"真的。"他说,"它会带着你飞往浩瀚群星。"

18

从笼子出来的小小动物,爬进艾曼纽的臂弯里。艾曼纽和芝娜抱着动物,动物对他们表示感谢。两人都感受到了小动物的感激之情。

"是只山羊,"芝娜检查了动物的蹄子,"小山羊。"

"你们的心真好。"小山羊说,"我在笼子里关了很久,一直等着有人来放我出去。把我关在笼子里的就是你,芝娜·帕拉斯。"

"你认识我?"芝娜很惊讶。

"对,我认识你。"小山羊靠在芝娜胸口说道,"我认识你们两个,也知道你们的真身。你们刚刚把分裂的两半自我重新聚合。但是,战斗没有结束;战斗才刚刚开始。"

艾曼纽说:"我认识这个生物。"

小山羊在芝娜怀里说:"我是彼勒,被你囚禁,现在又被你释放的彼勒。"

"彼勒,"艾曼纽说,"我的敌手。"

"欢迎来到我的世界。"彼勒说。

"这儿是我的世界。"芝娜说。

"已经不是你的了。"小山羊的声音中出现了力量与权威,"你们急急忙忙,想释放囚犯;匆忙之中,却放出了最大的那一个。我会跟你们斗争,光明之神。我会把你们拉下来,拖进没有光明的洞穴。如今,你们的光辉,哪怕一丝都不会闪耀。光芒已经熄灭,或者很快就会熄灭。你们两个玩的游戏,一直是自己对自己,所以只是模拟。游戏对战的双方,都是光明之神自身的一部分,所以无论如何都会赢。你们从混沌当中提取出秩序,又从秩序中提取出了我。现在,你们要面对的是真正的敌手,我会测试你们拥有的力量。你们已经犯了错误:你们把我从笼子里放出来,却根本不知道我是谁。我得告诉你们:你们并不是全知者,你们也会惊讶于未知之物。我就吓了你们一跳,对不对?"

芝娜和艾曼纽没有回应。

"你们把我关在笼子里,"彼勒继续道,"让我弱小无助。看到我这副模样,你们却为我感到难过。光明之神,你们太感情用事。这会是你们致命的弱点。我指控你们软弱,无法强大。我是指控者,我指控自己的造物主。要统治就必须强大,强者才有权统治,弱者则受强者管辖。你们呢,却保护弱者。你们伸手帮助我,帮助你们的敌人。我们等着瞧,瞧瞧你们这么做是否明智。"

"强者应该保护弱者。"芝娜说,"这是《律法书》载定的,也是《律法书》的基本内容,是上帝的基本法则。上帝保护人类,人类则应保护更弱的生物,包括动物以及高贵的树种。"

彼勒说:"这种法则违背了生命的天性。这种天性,正是你们根植于生命当中的。正是基于这种天性,生命才得以进化。我指控你们,违反了你们自己的生命基础和世界的规则。去呀,去释放所有的囚犯,去把大群的杀人凶手放回这个世界。你们第一个释放的就是我。我再次表示感谢。但是,现在我要离开了;我要干的活跟你一样多——说不定比你更多。放我下来。"山羊从他们怀中跳下,跑远了。芝娜和艾曼纽看着它离去。它一边跑,身形一边变大。

"它会推翻我们的世界。"芝娜说。

艾曼纽说:"我们先杀了他。"他抬起手,山羊消失了。

"它没有消失,"芝娜说,"只是隐藏在这个世界中,披上了伪装。我们连找都找不到。你知道它不会死。跟我们一样,它也是永生的。"

其他笼子里,剩下的动物囚犯吵吵嚷嚷,要求释放。芝娜和艾曼纽毫不理会，左顾右盼，寻找他们放出来的山羊——是他们放它出来，让它为所欲为。

"我感觉得到它的存在。"芝娜说。

"我也是。"艾曼纽郑重道，"我们的工作已经被推翻了。"

"但战斗没有结束，"芝娜说，"它自己也说了，'战斗刚刚开始'。"

"就这么办。"艾曼纽说，"我们两个共同跟他对抗。从原初开始，堕落之前，我们就是这么做的。"芝娜俯身过来，吻了他。

他感觉到她的恐惧，强烈的恐惧。他自己心中也有恐惧。

他们两人会有何种结局？他自问，他想释放的人类，会有何种结局？彼勒拥有无限的能力，能造出无边的囚笼。他会给人类造出何种牢笼？细小精妙的囚笼，庞大笨重的囚笼，囚笼中的囚笼，身体的囚笼，最糟的是——精神的囚笼。

花园底下的藏宝洞，窄小黑暗，没有空气，没有光明，没有真正的时间和空间，只有向内挤压的四壁。挤缩在这种地方，思想也会闭缩。是我们，芝娜和我，我们俩造成了这一切。我们跟那只山羊似的东西串谋安排了这一切。

他领悟到：释放了山羊，便是给活物建造了牢笼。这是矛盾的悖论。我们释放了地牢的建造者。我们渴望解放，却碾碎了一切活物的灵魂。

世上的每一个生物,从最高到最低,都会受到影响。除非我们能把那只山羊似的东西,重新关进笼子里,重新放回它的容器中。

现在,它不受拘束,已经遍布了世界。空气中的原子成了它的住所,就像水蒸气,能吸入体内。每一个吸入的生物,都会死。不是彻底死亡,也不是肉体死亡,但死亡终将到来。我们释放了死亡,精神的死亡。我们出于好心,却将死亡送给世间——我们给每一个活物、每一个想要活下去的生物,带来了死亡。

"出于好心也不行。动机不算数。"芝娜读到了他的想法,说道。

艾曼纽说:"通向地狱之路。"现在,毫不夸张,面前就是一条通向地狱之路。我们只开了一扇门——却偏偏是坟墓的大门。

我最怜悯小生物,他想,那些危害最小的生物。那些小生物最不该受此大罪。那山羊似的东西,会"特别关照"小生物,让它们受最大的苦。它们越是无辜,受的苦就越大……那东西用这种办法,让正直公义的巨大天平发生倾斜,推翻我们的计划。那东西会指控弱者,摧毁无助者,越是无力自卫者,它打击得越厉害。最可怕的是,它还会吞噬小小的希望——弱小生物怀抱的可怜梦想。

我们必须插手干预,他在心中说,保护小生物。这是我们的头一件任务,也是我们的第一层防线。

赫伯·亚什从自己位于华盛顿特区的住所起飞,快乐地开始了飞往加州、飞往琳达·福克斯的旅程。他想,我生命中最快乐的日子即将到来。飞车的后座上放着手提箱,箱子里塞满了可能需要的各种物品。他打算离开华盛顿特区,离开瑞比斯,过一阵子再回来——说不定永远不回来了。空中,泛大陆车道的标志十分鲜明。他驾着车,沿着车道飞行,心中念道:新生活要开始了。真像个美梦,美梦成真。

突然,他又听到了黏糊糊的弦乐,充斥着他的车子。他大吃一惊,收回思绪,仔细聆听。他听出,是《南太平洋》①里的歌,这首歌名为《我要洗头发,洗掉他》,共有八百零九把弦乐器,而且连弦乐分部都没有。难道是车里的立体声开了?他瞄了一眼指示灯和刻度盘。立体声没开。

我还在低温冷冻状态!他心中惊道。是隔壁的巨大调频发射器搞的鬼!五万瓦特的音频,如漫天细雨,搅得冷冻实验室仓库中人人不得安宁。狗娘养的!

他减慢车速,头晕目眩,心中恐惧,慌了手脚。我想不通,他在心里说,我记得很清楚,自己如何从冷冻状态醒过来。我被冻

---

① 美国1949年首演的音乐剧,广受欢迎,后改编成电影。

了十年,他们才找到适合的器官,让我复活。难道这不是事实?难道这不过是冷冻状态下,我死去的大脑做的低温幻梦?那就是说,飞往加州的此情此景,也只是做梦而已……啊,我的上帝。难怪现在感觉这么像美梦。它就是个梦。

"独一无二的福克斯",他想,也是个梦,我的梦。我被冷冻的时候,大脑编织幻想,编出了她。我现在还在继续编织这个幻梦。唯一提醒我这是梦的线索,就是无孔不入的无聊音乐。要不是这些音乐,我永远不会醒悟。

用这种办法戏耍一个人,简直残酷得像魔鬼。让人看到希望,看到期待即将成真,却又让希望和期待变成破碎的泡沫。

仪表盘亮起了红灯,同时响起"哔——哔——哔——"的声音。希望破碎还不够,他又被警车盯上了。

警车飞到他的车边,牢牢扣住他的车,两车的车门并在一起,同时滑开。车内的警察命令道:"把驾照拿来。"警察戴着塑料面具,看不见底下的脸,仿佛一战中凡尔登修建的某种防御工事。

"给。"赫伯·亚什递过驾照。两人的车子并在一起,慢慢地向前挪动,仿佛成了一体。

"亚什先生,您有没有被通缉?"警察一边把他的驾照信息输入控制板,一边问道。

"没有。"赫伯·亚什回答。

"您错了。"警察手中的显示屏上,出现了一排发光的字母。"根据我们的记录,您属于非法逗留地球。您不知道吗?"

"不,我没有非法逗留。"

"这份通缉令是很久之前发布的,他们一直在找你。我要把你带走,实施拘留。"

赫伯·亚什说:"你不能拘留我。我还处于低温冷冻状态。你看着,我的手能穿透你的身体。"他伸出手,碰碰警察。手碰到了穿着坚硬护甲的身体。"真奇怪。"说着,赫伯·亚什使了使劲,立即发觉警察手中多了一支枪,对准了他。

"想打个赌吗?"警察问,"赌你在不在低温冷冻状态?"

"不想。"赫伯·亚什回答。

"你要是再胡来,我就杀了你。你是个被通缉的特级罪犯。我想杀就能杀。松开你的手,别碰我。"

赫伯·亚什抽回手。可是,他耳边仍然响着《南太平洋》的曲子,甜腻腻的音乐仍从四面八方涌过来。

"要是你的手能穿透我的身体,"警察说,"你的身体也能穿透这辆飞车,你就会从飞车里掉出去。你好好用逻辑思考一下。问题不是我是否真实,而是身边的一切是否真实。我是说,对你来说。这是你的问题。或者说,你以为这是你的问题。你从前是不是经历过低温冷冻状态?"

"对。"

"你这是记忆闪回,回溯当时的感受。受到压力的时候,大脑需要发泄。而处于低温冷冻状态时,人体仿佛回到了子宫,感觉十分安全。你的大脑记录下了这种感受,需要时就调出来使用。你是第一次出现记忆闪回吗?我见过有些从低温冷冻状态醒来的人,不管看到什么证据,不管谁说什么话,也不管发生什么事情,就是不相信自己已经醒过来了。"

"此刻在你面前的,就是这么一个人。"赫伯·亚什应道。

"你为什么觉得自己还在低温冷冻状态?"

"因为甜腻腻的音乐。"

"我没——"

"你当然听不到。所以才能证明我处在低温冷冻状态。"

"你幻听了。"

"没错。"赫伯·亚什点头,"我想证明的就是这个。"他伸手去摸警察的枪,"来吧,开枪。"他说,"枪伤不了我。里头的激光束只会直直穿过我的身体,伤不了我。"

"我觉得,你该去的地方是精神病院,不是监狱。"

"可能吧。"

警察问:"你准备上哪儿?"

"加州,去见'独一无二的福克斯'。"

"《狐狸和猫》里的狐狸?"

"不,是目前在世的最伟大歌手。"

"我从没听说过这么个家伙。"

"是位女士。"赫伯·亚什纠正道,"在这个世界,她还不出名,演艺事业才刚刚开头。我会帮助她,让她闻名整个银河系。我向她保证了的。"

"除了这个世界,难道还有另一个世界?长什么样?"

"那是真实的世界。"赫伯·亚什说,"上帝让我恢复了对真实世界的记忆。除了我,只有极少数人还记得真实世界。上帝在竹林里对我显灵,还有红色火焰组成的文字,告诉我真相,恢复我的记忆。"

"你病得可真不轻。你认定你还在低温冷冻状态,而且还记得另一个世界。要是我没抓住你,天知道你会怎么样。"

"我会飞到西海岸,"赫伯·亚什说,"过得非常快乐。比现在快乐不知多少倍。"

"上帝还跟你说了什么?"

"各种各样的事。"

"上帝经常跟你说话?"

"他很少理我,我是他法律上的父亲。"

警察瞪大了眼睛,"什么?"

"我是上帝法律上的父亲。不是真正的父亲,只是法律意义上的父亲。我妻子是他母亲。"

警察仍然瞪着他,手中的激光枪开始发抖。

"上帝让我娶了他母亲,以便……"

"把你的两只手都伸出来。"

赫伯·亚什伸出两只手。一副手铐立即扣住了他的手腕。

"继续说。"警察道,"不过我得告诉你,你现在所说的一切,都会呈交法庭,可能成为对你不利的证据。"

"我们有个计划,要把上帝偷偷运回地球。"赫伯·亚什说,"装在我妻子的子宫里,运回地球。计划成功了。所以我才会遭到通缉。我犯的罪,就是将上帝走私运进了恶魔统治的地球。恶魔秘密控制着地球上的每一个人,每一件事。比如,你就为恶魔工作。"

"我——"

"可你一点儿也不知情。你从没听说过彼勒这个名字。"

"这倒是。"警察说。

"这就证明我的话没错。"赫伯·亚什说。

"从我抓住你开始,你说的一切都录下来了。"警察说,"我们会分析你说的话。你说,你是上帝的父亲。"

"法律上的父亲。"

"而这正是你受到通缉的理由。不知这违反了哪一条法规。我从没见过哪部法规列出'假装上帝父亲'这条罪名。"

"法律上的父亲。"

"那他真正的父亲是谁?"

"他自己。"赫伯·亚什说,"他自己让他母亲受孕的。"

"真恶心。"

"这是真的。他让他母亲受孕,怀上他自己,在母亲子宫里复制了一个迷你版的自己,以便……"

"你跟我说这些,没关系吗?"

"反正战斗已经结束了。上帝赢了。彼勒的力量已经被摧毁。"

"所以你才坐在车里戴着手铐,还被我手里的激光枪指着脑袋?"

"我不敢确定,我也想不明白。你说的这一点,还有《南太平洋》的音乐,这些细节,我总觉得解释不通。我正在努力思考。但有一点我敢肯定——雅已经获胜了。"

"'雅'。我想这是指上帝吧。"

"对。这是他真正的名字,最初的名字。当时他还住在山顶上。"

警察说:"我不想给你再多添什么麻烦。不过,形形色色的人,我见过不少;而我见过的人里,就数你脑袋最混乱。你在低温冷冻状态的时候,脑子肯定给搞坏了。他们冷冻你肯定不够及时。要我说,你脑子能工作的部分只剩下六分之一,这六分之一还工作得不太正常,可以说是彻底失常。我要把你带到某个地方去,那地方比你待过的任何地方都好一千倍。那地方的人会给你各种各样的享受,比你享受过的任何事情都要好一千倍,你连想都想不到。在我看来……"

"我再告诉你点别的。"赫伯·亚什说,"你知道我的生意伙伴是谁?是先知以利亚。"

警察对着自己的微型电话说道:"这儿是堪萨斯356。我要带一个人过来,做精神评估。白人,男性,大概……"他顿了顿,转向赫伯·亚什,"我有没有把驾照还给你?"说着,警察把激光枪放回枪套,在身边翻找赫伯·亚什的驾照。

赫伯·亚什拔出警察插回枪套的激光枪,指着警察。因为戴着手铐,他只能双手持枪,但也能操控枪支。

"他拿走了我的枪。"警察对电话报告。

内部通信扬声器噼噼啪啪道:"你被一个脑子坏掉的傻子夺了枪?"

"唉,他满口胡说什么上帝上帝的,我就以为他……"说着,警察的声音难为情地低了下去。

"这人叫什么?"扬声器问。

"亚什。赫伯·亚什。"

"亚什先生,"扬声器道,"请归还警官的枪支。"

"我没法归还。"赫伯·亚什说,"我还处于低温冷冻状态。实验室隔壁有个五万瓦特的调频发射器,正在播放《南太平洋》的音乐。这音乐快把我逼疯了。"

扬声器道:"如果我们让电台关掉发射器,你能不能归还警官的枪支?"

"我动不了,"赫伯·亚什说,"我死了。"

"要是你死了,"扬声器继续道,"你也用不到那支枪。说起来,要是你死了,你也没法开枪。你说你被冻着;低温冷冻状态的人是没法移动的,就像林肯积木①一样。"

"那就让警官把枪从我这儿拿走呀。"赫伯·亚什说。

扬声器噼啪道:"拿枪——"

"那可是货真价实的激光枪,"警察说,"亚什也是货真价实的。他是疯了,又没被冻上。难道我还能逮捕死人?死人还会开着飞车去加州?这人头上挂着通缉令,他是被通缉的特级罪犯。"

---

① 美国著名儿童玩具,用原木制作的条块状积木搭建房屋建筑。

"你为什么被通缉?"扬声器道,"我在跟你说话呢,亚什先生。我在跟一个身处零度、被冻得硬邦邦的死人讲话。"

"冷冻的温度比零度冷多了。"赫伯·亚什说,"让他们改放《马勒第二交响乐》,而且要放依照最初乐谱的原版,不要全弦乐版。我再也受不了全弦乐了。全弦乐,说是放松轻音乐,可我听着一点儿也放松不下来。上回,我一连几个月被迫听《屋顶上的小提琴手》。还有一次,一连几天,听着《媒人,媒人》。那时候还是我生命中的关键时刻,我正……"

"好吧,"扬声器里的声音显得很理智,"这样吧,我们让调频电台改放《马勒第二交响乐》;你呢,你把警官的激光枪还给他。好不好?怎么——先等等。"随后一片静默。

"这话的逻辑有问题,"警官在赫伯·亚什身边说道,"你也陷进他的思维模式啦!你觉得我听到了什么?我听到的是两个疯子在对话。你们都住口。根本没有播放《南太平洋》的调频发射器,要是有,我也能听得到。你没法让电台——不管哪个电台——改放《马勒第二交响乐》。这办法没效果的。"

扬声器怒道:"可他会以为电台已经改放《马勒第二交响乐》了呀,你这个狗娘养的笨瓜!"

"喔……"警察醒悟。

"再给我几分钟,亚什先生。"扬声器道,"我来追踪……"

"够了,"赫伯·亚什说,"这是圈套。我不会放弃激光枪。"他转向警察,"放开我的车。"

"最好放开他的车。"扬声器道。

"再打开手铐。"赫伯·亚什又说。

"你肯定会很喜欢《马勒第二交响乐》,"警察说,"里头有合唱。"

"你知道《马勒第二》里有什么?"赫伯·亚什问,"你知道《马勒第二》为什么著名?我来告诉你。有四支长笛,全都配有短笛轮换;四支双簧管,第三和第四双簧管配有英国管轮换;一支降E调单簧管;四支单簧管,第三单簧管配有低音单簧管轮换,第四单簧管配有另一支降E调单簧管轮换;四支巴松管,第三和第四巴松管配有倍巴松管轮换;十支圆号,十支小号,四支长号……"

"四支长号?"警察问。

"基督耶稣。"扬声器说。

"——一支大号,"赫伯·亚什继续,"管风琴;两组定音鼓,一架舞台外单鼓;两个低音鼓,其中一个在舞台外;两对铜钹,其中一对在舞台外;两个铜锣,一个音调略微高些,另一个低些;两个三角铁,一个在舞台外;一个小鼓,其实最好能再加一个;钟琴;铃铛;束棒……"

"束棒是什么?"赫伯·亚什身边的警察问道。

"束棒的字面意义是棍棒,"赫伯·亚什解释,"由许多藤条组成,长得像大个头的衣刷,或者小个头的笤帚。是用来打低音鼓的。莫扎特也专门为束棒写过音乐。此外还有两架竖琴,最好每架竖琴的演奏者能达到两人或以上——"他思索片刻,"然后就是通常的管弦乐队,自然包括全部弦乐部。让电台的混音器调整一下,减轻弦乐的声音。我听够了弦乐。对了,里头的女高音和女低音,唱得一定要好。"

"就这些?"扬声器问道。

"你也掉进了他的幻觉里头了。"赫伯·亚什身边的警察说。

"知道吗,"扬声器说,"他刚才那些话很有理智。他真的拿了你的枪?亚什先生,你怎么会知道这么多音乐专业知识?你听着像是位音乐权威呢。"

"理由有两个。"赫伯·亚什说,"其一,我在CY30-CY30B星系的某颗行星上生活过。我负责操控一组复杂的电子仪器,包括视频和音频;我会从母船接收节目的信号,录制下来,然后把节目广播到我所在的整个行星,还有临近的几颗行星,覆盖所有的穹顶。北落师门来的信息流,以及本地的紧急信息流,都由我负责处理。其二,我和先知以利亚,我们俩在华盛顿特区开了一家零售音响店。"

"再加上一个理由,"警察说,"你处在低温冷冻状态。"

"三个理由。"赫伯·亚什说,"对。"

"还有,上帝跟你说话。"警察又说。

"他不会说音乐的事。"赫伯·亚什道,"还是别提的好。他洗掉了我所有的琳达·福克斯录音带,还扭曲了我接收到的琳达·福克斯节目信号……"

赫伯·亚什身边的警察解释道:"除了我们这个,还有另一个世界。在那个世界里,琳达·福克斯是红得发紫的大明星。亚什先生正打算飞往加州,到琳达·福克斯身边去。他既要身处低温冷冻状态,又要开飞车去加州,到底怎么同时做到这两点,我想破脑袋也想不出。总之,这就是他的计划。或者说,他曾经是这么计划的,结果就被我抓住了。"

"我还是要去加州的。"赫伯·亚什说道。一开口,他就明白自己说了错话,这话不该说。现在,知道了他的目的地,哪怕他逃得掉,他们也能追上来。他犯了傻,说得太多了。

警察定定地注视他,说:"我确信,此刻,他自我监控的脑回路已经通知他,他出言不够谨慎。"

"不知道他的自我监控脑回路打算什么时候出手阻止我们。"扬声器道。

"现在我没法去福克斯身边了,"赫伯·亚什道,"我不会再去加州。我要回CY30-CY30B星系去,回我的穹顶。那边不受地球司法管辖。而且,那儿也不受彼勒的统治。那儿归雅管。"

警察说:"你不是说,雅已经回来了吗?我以为,既然他回来了,肯定会统治地球。"

"跟你们说话的时候,我想明白了。"赫伯·亚什说,"他没统治地球,至少没彻底统治。有什么地方不对劲。一听到那无精打采甜腻腻的弦乐,我就知道了。在你抓住我,说我身上背着通缉令的时候,我就更加确定了。说不定胜利的是彼勒。有可能你们都是彼勒的仆人。除掉我的手铐,否则我就杀了你。"警察不情不愿地打开了手铐。

"依我看,亚什先生,"扬声器噼啪道,"你的话当中有内在矛盾。要是你能集中注意力,发现这些矛盾,你就会明白,为何你会给人脑子进水的印象。你常常先说一件事,接着马上跳到另一件事。你刚刚那番话当中,唯一清晰的部分,就是对《马勒第二交响乐》的谈论。而这,就像你说的,或许因为你从事音响零售业。你从前完好的大脑,如今剩下唯一的正常部分,就是音乐知识。亚什先生,记住,如果你跟警官走,你不会受到惩罚,而会接受精神治疗,因为你显然有精神疾病。如果你在法庭上这么说话,没有哪个法官会判你有罪。"

"这话没错。"赫伯·亚什身边的警察赞同,"你只要告诉法官,上帝在竹林里对你说话,你就能自由回家了。特别是,如果你告诉他,你是上帝的父亲——"

"法律上的父亲。"赫伯·亚什纠正道。

"这一定会让法官留下深刻印象。"警察说。

赫伯·亚什说:"此刻,上帝与彼勒之间,正在进行一场大战。宇宙的命运、宇宙本身,危在旦夕。我动身前往西海岸的时候,我以为——我有理由相信——一切安好。现在,我心中产生了疑问。我觉得,有什么地方——某个黑暗可怕的地方——不对劲。你们警察就是这种黑暗可怕之物的范例与缩影。要是雅确实胜利了,我就不会被你抓住。我现在不打算去加州了,以免害得琳达·福克斯陷入危险。当然,你们也能找到她,但她什么都不知道。她只是——在这个世界里,她只是——有才华的年轻艺人,刚刚起步,还在艰辛奋斗。我只想帮她。你别去打扰她,也别来烦我。放过我们两个。你不知道自己在为谁服务。你明白我的话吗?不管你怎么想,你都在为邪恶之物服务。你是处理某个古老通缉令的机器。你并不知道我做了什么,或者说,通缉令声称我做了什么……你不懂我说的话,因为你不明白现状。你只是按照规则办事,却不知道规则已经行不通了。此刻正是独一无二的时刻,独一无二的事件正在发生,独一无二的力量正在斗争。我不会去琳达·福克斯那儿,但我也不知道自己该去哪儿。也许以利亚斯会知道。也许,他会告诉我该怎做。你抓住我的时候,我的美梦就破碎了。说不定,琳达·福克斯的梦也破碎了。也许,我没法实现自己的诺言,帮她成为大明星了。只有时间才能给出答案。等到那场大战的结果出来,我们就知道了。我怜悯你,因为不论结果如何,你都会被摧毁;你的灵魂已经保不住了。"说罢,他住了口。

"你很不寻常,亚什先生。"身旁的警察说,"无论你疯还是没疯,无论你脑子里出了什么乱子,你都是绝无仅有的人物。"他慢慢点头,仿佛陷入深思,"这不是寻常的精神失常。我从没见过、也从没听说过这种病症。你说到了整个宇宙——还有比宇宙更大之物——如果真有大过宇宙之物存在的话。你让我印象深刻,而且,从某种角度,你让我恐惧。抱歉我抓了你。我不该抓你;这样我就不会听到你那番话了。别开枪。我会放了你的车,你可以开车离去。我不会追你。我想忘记刚才的几分钟内听到的那番话。你说了上帝和上帝的敌手,还有大战,而且大战的得胜者仿佛是上帝的敌手。这些完全在我所知范围之外,我也没法理解。走吧,我会忘记你。你也可以忘记我。"警察疲惫地指指自己的金属面具。

"你不能放他走。"扬声器说。

"我当然可以。"警察说,"我会放他走,还会忘记他说过的一切,忘记我听到的一切。"

"他说的一切全都有录音哪。"扬声器提醒。

警察弯下腰,按了按钮。"我把录音抹掉了。"他说。

"我以为大战已经结束,"赫伯·亚什说,"我以为上帝已经胜利。但上帝并没有得胜。就算你放我走,也不会改变我的想法。不过,你肯放我走,说不定是个好兆头。从你的反应当中,我看到了人类的温暖。"

"我不是机器。"警察说。

"你现在不是,可是将来呢?"赫伯·亚什说,"我很怀疑。一周后,一个月后,你还会是人类吗?我们大家会变成什么样?我们有没有力量干涉这种进程?"

警察说:"我只想赶紧离开,离你远远的。"

"好,"赫伯·亚什说,"这一点容易。总得有人向世界说出真相。"他补充道,"你已经知道了真相,因为我刚刚对你说过。上帝正在战斗,快要输了。谁来告诉世界呢?"

"你来。"警察道。

"不,"赫伯·亚什说,他知道该由谁来说,"以利亚会告诉世界。这是他的任务;他生来就是为了这个,为了告诉世界真相。"

"那就让他开工吧。"警察说。

"我去提醒他,"赫伯·亚什说,"我就去他那儿。我会回到华盛顿特区,回到我的生意伙伴身边。"

我会忘了福克斯,他在心里说,这是我必须接受的代价。想到这个,他心中充满了苦涩和悲伤。尽管悲伤,这却是不可更改的事实:他不能去她身边,现在不能,以后也不能。

除非上帝赢得战斗。

警察松开自己的飞车,放赫伯·亚什的飞车自由。这时,他说了一句奇怪的话:"为我祈祷吧,亚什先生。"

"我会的。"赫伯·亚什说。

车子自由了。他驾车转了一个大弯,划出巨大的U形弧线,掉头返回华盛顿特区。警车没有追上来,那个警察说到做到。

19

他回到音响店,给以利亚斯·泰特打了电话。以利亚斯正做着最深沉的梦,电话把他从梦中惊醒。"以利亚斯,"他说,"时候到了。"

"什么?"以利亚斯嘟哝道,"店里着火了吗?你在说什么?有人闯进来抢劫吗?我们丢了多少?"

"非现实又回来了。"赫伯·亚什说,"宇宙开始解体。不是店,是一切。"

"你又听到音乐了。"以利亚斯说。

"对。"

"这是迹象。你说得对。肯定有事发生。某些他——他们——没料到的事。赫伯,堕落又发生了。我却睡着了。感谢上帝你叫醒了我。说不定已经来不及了。事故——他们没留心,又发生了某起事故,就像原初时刻一样。嗯,这么一来,循环回到了原点,预言也成真了。轮到我出场了。因为你,我从遗忘当中恢复。我们的店必须变成神圣中心,世界的神庙。我们必须把线搭上你听到的调频电台。我们得利用这座电台,就像这座电台在它自己的时间里利用你一样。它会成为我们的声音。"

"它该说什么?"

以利亚斯说:"它会说,沉睡之人,醒来吧。这是我们向倾听的世界传播的信息。快醒来!雅威就在这儿,大战已经开始,你们所有人的性命都悬在天平上。你们都得被天平称量,或是这样称,或是那样称;结果可能是好,也可能是坏。没人能逃走,就连上帝本人,有多种形象的上帝本人也逃不掉。之后,一切就都不存在了。所以,活着的生命,从尘土里爬起来,赶快开始吧,开始生活。唯有斗争才能存活;斗得越久,活得越长。你们的财物——如果你们还能拥有财物的话——必须由你们亲手挣来。每个人都得为自己拼命,现在就开始,不能再等待。快来!这就是我们要一遍又一遍、不断重复播放的调子。世界会听到我们的话,因为我们会让广播覆盖世界。起先是一小片地区,接着慢慢扩大。从原初时刻,我的声音被造出来开始,就为等待这一刻。就为这一刻,我才一次又一次回到这个世界。现在,最终时刻到了,我的声音将要响起。走,我们开始吧。但愿还不算太晚,但

世界科幻大师丛书

愿我没睡太久。我们必须变成世界的信息来源,用所有的语言广播。我们必须成为原初倒下后的高塔。要是我们也倒下,那么一切就都结束了,睡眠会笼罩所有人。侵扰你耳朵的甜腻腻噪声,会尾随整个世界,直到世界全都进入坟墓。到那时,锈蚀和尘土将覆盖一切——不是一小会儿,而是永远,是所有人,甚至包括人类的机器,包括人类所有的未来。"

"天哪!"赫伯·亚什说。

"看看此刻我们的悲哀处境吧。我们俩,你和我,都知道真相,却没法将之公之于世。如果有了电台,说不定还有办法。我们必须掌握这种办法。电台的呼叫字母是多少?我给他们打电话,提出购买电台。"

"是 WORP FM。"赫伯·亚什回答。

"你把电话挂了,"以利亚斯说,"我好打电话。"

"我们从哪儿弄钱?"

"我有钱。"以利亚斯说,"快挂。时间就是一切。"

赫伯·亚什挂了电话。

他想,或许琳达·福克斯会愿意替我们录一盘磁带,在我们的电台播放。我是说,电台里不该只有对世界的警告。除了彼勒,我们还应该说点别的。

电话响了。是以利亚斯。

"我们花三千万美元,就能买下电台。"

"你有这么多钱?"

"一下子拿不出来。"以利亚斯回答,"不过我能筹钱。第一步,我们可以把音响店和里头的库存一起卖了。"

"基督耶稣。"赫伯·亚什无力抗议道,"这可是我们的吃饭家伙。"以利亚斯对他怒目而视。

"行吧。"赫伯妥协。

"我们来个施洗大甩卖,"以利亚斯说,"用来清库存。凡是买东西的顾客,我都给他们施洗,同时号召他们悔改。"

"这么说,你已经完全记起自己的身份了。"赫伯·亚什说。

"对,现在记起来了。"以利亚斯说,"从前,我一度把自己忘记了。"

"要是琳达·福克斯准许你采访她——"

"电台里只能放宗教音乐。"以利亚斯说。

"只放宗教音乐,跟甜腻腻的弦乐一样糟,甚至更糟。我对警察说过的话,现在对你再说一遍:电台应该改放《马勒第二交响乐》——有意思的、能刺激大脑的音乐。"

"再说吧。"以利亚斯回答。

"我知道'再说'是什么意思。"赫伯·亚什说,"从前,我老婆总是说'再说吧'。每个小孩子都知道——"

"说不定她能唱灵歌。"以利亚斯说。

赫伯·亚什说:"你说的这一连串事情,害我越来越没兴致了。我们得卖掉店铺,还得筹集三千万美元。我忍不了《南太平洋》,同样没法忍受《奇迹恩典》①。在我听来,这首歌就像某个按摩店里某个笨女人唱的。要是我的话冒犯了你,我道歉。可是,那警察差点儿就把我拖进了监狱。他说,我在地球上是非法的,我身上背着通缉令。既然我被通缉,你也很可能被通缉。要是彼勒杀了艾曼纽,怎么办?我们会有什么下场?没有他,我们不可能存活。彼勒能把他逐出地球;上一回他就获胜了。我觉得这一回,彼勒也能打败他。买下华盛顿的调频电台,没法改变战斗的走向。"

"我很有说服力的。"以利亚斯说。

"对,可是彼勒不会听你的,受他控制的人也不会听你的。你是个——"他顿了顿,"我本想说,'你是个在旷野里呼喊的声音②,白白徒劳'。这话,我想你从前肯定听过。"

以利亚斯说:"很有可能,我们俩的头颅最后会被人砍下来,

---

① 基督教圣歌。

② 典出施洗约翰(John the Baptist),据《圣经·新约》,施洗约翰为犹太教先知,祭司亚伦后裔,住旷野,食虫蜜,在约旦河为人施洗。在旷野有人声喊着说:"预备主的道,修直他的路!"(《马可福音》第一章二至三节)施洗约翰便是为耶稣修直路的使者。

放在银质托盘上①。这事我从前就经历过。目前的情况是:彼勒已经逃出了芝娜关押他的笼子,不再受到约束。他在这个世界里自由了。但我要对你说:'你这小信的人哪!'②不过,能说的话,几千年前就都说完了。我会给琳达·福克斯留一小块我们电台的广播时间,她可以想唱什么就唱什么。你去告诉她吧。"

"我要挂电话了,"赫伯·亚什说,"我得给她打个电话,告诉她我暂时不能去西海岸了。我不想把她卷进这些麻烦事里来。我——"

"我稍后再跟你聊。"以利亚斯说,"但我建议你给瑞比斯打个电话。上次我看到她的时候,她在哭呢。她觉得她可能得了幽门溃疡,而且说不定是恶性的。"

"幽门溃疡没有恶性的。"赫伯·亚什回答,"这些话我听过。从一开始,我就是听了这些话,听人说起瑞比斯·罗梅坐着哭泣,哭自己得的病,才被卷进来的。她是为了得病才得病。我决定,到了现在,我要从这摊子事儿当中脱身出去了。我要先给琳达·福克斯打电话。"他挂了电话。

---

① 根据《圣经·新约·马太福音》第十四章,希律王娶了兄弟的妻子希罗底,被施洗约翰所诟。希律王囚禁施洗约翰,却因民意不敢杀之。希律王生日时,希罗底的女儿莎乐美用一支舞蹈博取希律王欢心,允诺随她所求。莎乐美索要约翰的头颅。希律王只得将约翰头颅砍下,装在托盘里呈上。

② 为《圣经·新约》中耶稣责备门徒的话。

基督,他想,我只想飞到加州去,开始我新的幸福生活。可是,宏观宇宙已经整个儿吞噬了我,吞噬了我的幸福生活。以利亚斯去哪儿筹集三千万美元?光靠卖掉我们的店和库存远远不够。说不定,上帝给过他一大块金条,或者会在他头顶上下一阵金雨,让金叶子像雨点般落下。古时候,犹太人出埃及时,上帝就在旷野降过吗哪雨,填饱犹太人的肚皮。就像以利亚斯说的:能说的话,几千年前就都说过了;现在发生的事,几千年前也都发生过了。本来,我可以跟福克斯开始新生活,崭新的生活。可现在,我却被迫听着无精打采的甜腻腻的弦乐。过一阵子,还得被迫听福音歌曲。

他拨了琳达·福克斯舍曼橡树林家中的电话。电话通了,应答的却是录音。她的脸出现在小小的可视电话屏幕上,机械、扭曲。她脸上的皮肤坑坑洼洼,五官微胖,甚至可以说是肥胖。震惊之下,他对着电话说:"不,我不想留言。我等下再打来。"他没说自己是谁就挂了电话。他想,既然我没去,说不定,过一会儿她就会给我打电话了。毕竟,她在等我。可是,她的模样看起来太古怪。说不定这录像是早先录好的。但愿如此。

他想平静一下,于是选中店里某个音响,打开来听。他选中的是一台可靠的大功率元件,带音频全息图。他调到自己平常喜欢的古典音乐电台,可是——

音响转换器中没有传来音乐,只有一个声音,一个微不可闻的耳语声,很难听出在说什么。见鬼,这到底是什么东西?他自问,它在说什么?

"……疲惫,"干涩的声音耳语道,"……也害怕。不可能……削弱。注定失败。注定失败,你一无是处。"

接着,一首经典老歌响起——琳达·罗什塔的《你一无是处》。罗什塔一再重复"你一无是处"这句话,没完没了,简直像要永远唱下去。单调的歌声像有催眠能力,他着了魔似的站着,听着这歌声。最后,他终于下定决心,见它的鬼。他伸手关掉了音响,但那句话却还在他脑中周而复始,无休无止。他脑中冒出一个念头:你一文不值,你是个一文不值的人。耶稣!他想,这比无精打采甜腻腻的垃圾轻音乐还要糟糕,这音乐在给他下诅咒。

他给家里打了电话。瑞比斯过了很久才来接电话。"我以为你在加州,"她嘟哝道,"你把我吵醒啦。知道现在几点了吗?"

"我没去成,掉头回来了。"他说,"我遭到警方通缉。"

瑞比斯说:"我回去睡觉了。"屏幕黑了下来。他面对一片虚空。他面前只有虚无。

他们要么熟睡,要么是录音。就算你能让他们开口讲话,他们也只会说:你一无是处。彼勒的领土已经悄悄渗透了一切,让一切都失去了价值。这可真妙,我们正需要这个。一切当中,唯一的亮色是那个警察,他让我为他祈祷。就连以利亚斯也举止反常,竟说我们要花三千万美元买下调频电台,用广播告诉人们——说什么呢?反正他想说什么就说什么。差不多就等于让人买下家用音响,然后免费赠送洗礼——就像免费赠送毛绒玩具动物一样。

动物,他想,彼勒就是动物。他就是我刚刚在电台听到的动物声音。那声音比人类更低等,而非更伟大。彼勒是动物,具有最糟糕的动物性:低于人类,丑陋至极。他打了个哆嗦。此时,瑞比斯正在睡觉,梦见恶性肿瘤。她永远笼罩在疾病的阴云底下——不知她自己是否意识到这一点。疾病总跟她形影不离,总随她左右。她就是自己的病原体,自己感染自己。

他熄了灯,走出店外,锁好前门,来到停在一旁的飞车那儿。我该去哪儿?回到他总是受苦、总是抱怨的妻子身边?去加州,到电话屏幕上机械肥胖的形象那儿去?

车旁边的人行道上,有个小身影动了动。那东西犹犹豫豫,从他身旁退开,似乎很害怕。是只动物,比猫大些。不像狗。

赫伯·亚什停下来,蹲下身,伸出手。小动物迟迟疑疑,朝他靠拢。他脑中立刻听到了它的思想。它正用心灵感应跟他沟通:我来自CY30-CY30B星系的行星,我是从前献祭给雅的土著山羊。

他惊得一个趔趄,问:"你在这儿干吗?"有什么不对劲。这事不可能。

救救我,山羊似的动物想道,我是跟着你一起来的。我跟着你来到了地球。

"你撒谎。"尽管这么说,他仍然拉开车门,拿出手电筒,蹲下身,让黄色的光线射在动物身上。

眼前确实是只山羊。个子不大,但肯定不是地球上的山羊——他能看出区别。

请带我走,照顾我。羊形生物想道,我迷了路,找不到妈妈了。

"当然可以。"赫伯·亚什回答。他伸出手,山羊犹犹豫豫地走了过来。它有张皱缩的小脸,还有尖尖的小蹄子。他想,这还是只小羊羔,看它抖得多厉害。它肯定饿坏了。留在这儿,它会被车子轧死的。

谢谢你。羊形生物道。

"我会照顾你。"赫伯·亚什说。

羊形生物想道:我害怕雅。雅发怒的时候太可怕。

怒气犹如火焰,割开山羊的喉管。赫伯·亚什颤抖。原始的献祭,牺牲无辜的动物。平息神灵的怒火。

"你跟我在一起很安全。"说着,他抱起羊形生物。它对雅的看法让他震惊;他也开始用羊形生物的眼睛看待雅:可怕的存在,庞大愤怒的山神,要求弱小的生命做牺牲。

你会不会救我逃离雅的手心?羊形生物颤抖着,念头当中充满清晰的恐惧。

"当然会。"赫伯·亚什回答。他温柔地把羊放在车子的后座上。

你不会告诉雅我在这儿吧?羊形生物乞求。

"不会,我发誓。"赫伯·亚什回答。

谢谢你。羊形生物想道。赫伯·亚什感觉到它的愉悦——很奇怪,他还能感觉到羊形生物的胜利感。他一边坐到驾驶位,发动引擎,一边琢磨。找到我,算是这动物的胜利吗?

我安全了,我只是高兴罢了。羊形生物解释道。我高兴,因为我找到了保护者。在这颗行星上,死亡太多了。

死亡,赫伯·亚什心想,跟我一样,它也害怕死亡,也是个活着的有机体。即便它跟我有诸多差别,这一点是共同的。

羊形生物对他想道:我一直受到孩子们的虐待。两个孩子,一个男孩,一个女孩。

赫伯·亚什脑中出现了画面:一对残忍的孩子,野蛮恶意的脸,眼中冒火。男孩和女孩折磨这头羊形生物,它深深地害怕再落到他们俩手里。

"这事绝不会发生。"赫伯·亚什说,"我保证。孩子们有时候对待动物确实残忍可怕。"

羊形生物在脑中笑了。赫伯·亚什感受到它的快乐。他有些困惑,回头看了看这头动物;后座一片黑暗,看不见。不过,他能感受到生物就在他的车子后座,只是没法辨认轮廓。

"我不知该去哪儿。"赫伯·亚什说。

去你本来要去的地方,羊形生物想道,加州,琳达身边。

"好,"他说,"可我不——"

警察这回不会拦你。羊形生物想道,我会保证你一路顺利。

"你不过是只小动物罢了,怎么做得到?"赫伯·亚什问。

羊形生物大笑,你可以把我当作礼物,送给琳达。

他心中有些不安,但仍将方向拨到加州,升起飞车。

羊形生物对他想道:那两个孩子,此刻就在华盛顿特区。他们本来在加拿大,英属哥伦比亚,现在他们到这儿来了。我想离他们远远的。

"我理解。"赫伯·亚什说。

他一路开车,忽然闻到车子里有怪味,是山羊的味道。山羊太臭,让他浑身不自在。谁能想到,这么小的羊,竟然这么臭?大概这种生物天生如此。就算这样,也太……恶臭让他恶心。

难道我真要把这头恶臭的生物送给琳达·福克斯?他自问。

当然要送,羊形生物发觉了他的心思,想道,她会高兴的。

这时,赫伯·亚什在羊形生物的脑中看到一幅可怕的画面。画面太恐怖,吓得他一时竟把不稳方向盘——羊形生物竟对琳达·福克斯有着贪婪的性欲。

肯定是我的错觉!赫伯·亚什想。

羊形生物想道:我想要她。那东西想象着琳达的乳房、腰胯、整个身体,全身赤裸裸,唾手可得。耶稣,赫伯·亚什想,太可怕了。我到底卷进了什么里头?他想掉转方向,回华盛顿特区。

他发觉自己已经没法控制方向盘了。羊形生物已经控制了车辆,控制了赫伯·亚什,进入了赫伯的大脑中心。

她会爱我,羊形生物想道,我也会爱她。赫伯·亚什看到了羊形生物的念头,那念头已经超出了赫伯的理解范围。似乎要把琳达·福克斯变成跟它一样的羊形动物,把她拖进它的领域。

她会变成牺牲品,代替我献祭。羊形生物想道,她的喉咙——我保证她的喉咙会被一刀划开,就像我从前一样。

"不。"赫伯·亚什说。

当然要。羊形生物想道。

它逼迫他继续朝着加州,朝着琳达·福克斯飞去。那东西一边控制着他,强迫着他,一边扬扬得意;在车里黑暗中,它跳起了自己的舞蹈,蹄子敲出鼓点般的声响。这是胜利的欢乐,期待的欢乐,陶醉的欢乐。

它想到了死亡。想到死亡,它竟欢天喜地,用刺耳的歌声庆贺。

他让车子七歪八扭,摇来晃去,指望再有辆警车追上来抓住他。可是,就像羊形生物保证过的,果真没有警车追上来。

赫伯·亚什脑中,琳达·福克斯的模样仍在一点一点恶化:她变得肥胖笨重,皮肤粗糙难看,成了个软绵绵、肥拖拖的东西,整天吃个不停,漫无目的到处游荡。赫伯明白,这就是指控者眼中的琳达·福克斯。那羊形生物便是琳达·福克斯的指控者。羊形生物会让琳达·福克斯——任何造物都一样——以最最糟糕的形象出现,丑陋不堪。

那东西,坐在我后座上的东西,正在着手摧毁这个世界。赫伯想道:上帝说,这个世界是好的;可在那东西眼里,上帝的造物全都丑陋不堪。那东西就是悲观主义的邪恶本身。所谓邪恶,其本质就是悲观地看待世界,对一切造物都予以否定的裁决。它以此否定创造,消灭造物主赐予生命的一切。这种悲观沉闷的视角,这种否定一切的裁决,同样也是非现实。上帝的造物并非如此不堪,琳达·福克斯也不是如此丑陋的模样。但那羊形生物会说——

我让你看到的全都是真相,羊形生物对他想道,你那比萨店女服务员的真实模样。

"芝娜把你关在笼子里,现在你逃出来了。"赫伯·亚什说,"以利亚斯说得对。"

谁都不该被关进笼子,羊形生物想道,尤其是我。我会在这世上四处漫游,直到充满这世界为止。这是我的权利。

"彼勒。"赫伯·亚什唤道。

你在叫我,我听到了。羊形生物用思想应道。

"我竟然要把你带到琳达·福克斯身边去,"赫伯·亚什说,"带到这世上我最爱的人身边去。"他又努力了一次,想把双手从方向盘上拿开;双手仍然牢牢地握着方向盘,一动不动。

我们来讲讲道理。羊形生物对他想道,这是我对这世界的看法,我会让这些也变成你的看法,变成每一个人的看法。这是世界的真相。从原初开始,照耀世界的光明就是虚假的光明。这光明马上就会熄灭;现实的本质会在黑暗中凸显。光明刺得人睁不开眼睛,看不到事物的真实面目;我的任务,就是让人看到真实。

灰色的真相,羊形生物继续道,比你想象的更好。你想醒来;现在你已经醒了。我毫无怜悯,让你看到了无遮无拦的真相。世间之物本该如此。上一次,我就是靠这个打败了雅威。

我让人看到了他的造物的真实面目,让人明白:雅威创造的世界只是可鄙的破烂货罢了。于是,雅威便失败了。你看到的——你通过我的大脑和眼睛看到的——是我眼中的世界;这才是正确的世界。想想瑞比斯·罗梅的穹顶吧,想想你第一次去她的穹顶目睹的混乱景象。想想那时的瑞比斯,再想想现在的瑞比斯——你以为,琳达·福克斯会强过瑞比斯?或者你,你会强过瑞比斯?你们全都一个样。你在瑞比斯的穹顶里看到的一地邋遢破烂,变质食物,腐败残渣,那就是现实,现实的真面目。你看到的就是生命,就是真实。

我很快就会让你看到福克斯的真面目,羊形生物继续道,等到我们的旅程结束,你就会看到:所谓福克斯,跟多年前瑞比斯·罗梅的堕落腐化,一模一样。什么都没变,全都是一个模子刻出来的。你那时候逃不掉,现在也无处可逃。

你觉得如何?羊形生物问道。

"未来,未必会重复过去。"赫伯·亚什道。

变化根本不存在。羊形生物答道,这是《圣经》自己说的。

"一头山羊也能引用《圣经》啊。"赫伯·亚什说。

他们汇入了通向洛杉矶的繁忙交通流。头顶、脚下和四周,全是私人飞车和商用车辆。赫伯·亚什看到车流中也夹着警车;但没有哪辆警车注意到自己。

我会带着你飞到她的住处,羊形生物说。

"你这尘土造物。"赫伯·亚什愤怒道。

有个飘浮标志指着前方的道路。他们快到加州了。

"我要跟你打赌——"赫伯·亚什想,却被羊形生物打断。

我从来不打赌,它对他想道,我从来不玩耍。我是强者,我以弱者为食。你是弱者,琳达·福克斯更弱。忘了游戏吧,那是小孩子的玩意儿。

"你肯定觉得自己像个小孩子,"赫伯·亚什说,"贸贸然闯进了上帝的王国。"

我对这种王国毫无兴趣,羊形生物想道,这儿是我的王国。打开你的自动导航电脑,锁定她住处的坐标。

他的双手不听指挥,自动完成了这一任务。他没法阻止;羊形生物控制了他的大脑。

用车载电话打给琳达·福克斯。羊形生物命令道,告诉她你来了。

"不。"尽管拒绝,他的手指却把她的电话号码卡塞进了卡槽。

"你好。"琳达·福克斯的声音从小小的扬声器中传来。

"我是赫伯,"他说,"抱歉来迟了。路上被警察拦住了。会不会太晚了?"

"没关系,"她说,"反正我也出去了一会儿。能再见到你真高兴。你会住在我家,是不是?今晚不会回去了吧?"

"对,我住你家。"他说。

告诉她,羊形生物对他想道,你带我一起来了。是一只小山羊,送给她的宠物。

"我给你带了只宠物,"赫伯·亚什说,"一只小山羊。"

"啊,真的?你会把羊放在我家?"

"对。"他不由自主地回答。羊形生物控制着他的言语,甚至控制着他的腔调。

"呀,你真是太体贴了。我已经有了好些动物,不过还没有山羊。我想,我会把山羊跟我的绵羊放在一块儿。绵羊名叫赫曼·W.马吉特。"

"一只绵羊,叫这名字还真奇怪。"

"赫曼·W.马吉特是英国历史上最臭名昭著的连环杀人凶手。"

"哦,"他说,"这么看来,还挺合适。"

"我们等会儿见。降落的时候小心些,别伤着山羊。"她切断了通话。

几分钟后,他驾着车,轻轻地停在她家的屋顶上,关掉了引擎。

打开车门。羊形生物对他想道。

他打开了车门。

琳达·福克斯走近车子。苍白的光线中,琳达对着他微笑,眼中闪着光芒,挥手致意。她身着吊带衫和牛仔热裤,跟上次一样赤着脚。她快步跑来,头发飘动,乳房起伏。

车里,羊形生物的恶臭愈发明显。

"嗨,"她气喘吁吁地招呼道,"小山羊在哪儿?"她朝车里望去,"啊,我看见了。下车来,小羊。到这儿来。"

羊形生物跳出车子,进入加州夜晚苍白的光线中。

"彼勒。"琳达·福克斯唤道。她弯下腰,触碰山羊;山羊急忙挣扎后退,但她的手指牢牢抓住了它的侧肋。

羊形生物死了。

20

赫伯·亚什目瞪口呆,愣愣地盯着山羊尸体。"不止这一个,还有其他。"琳达说道,"进屋来。一闻到臭味,我就知道了。彼勒的臭味能熏上九天。请进来。"她握住他的手臂,引他进了门厅,"你在发抖。你知道它的真面目,是不是?"

"对。"他说,"可是,你又是谁?"

"有时候,人们叫我代言人。"琳达·福克斯说,"当我为人辩护的时候,我是代言人;当我抚慰人的时候,我是安慰者。我是协助者,彼勒是指控者。我们是法庭上的对手。请进来,进来坐下。这段旅途够你受的,我知道。请进来坐,好吗?"

"好。"他任她带领,来到屋顶电梯旁。

"过去,我抚慰了你。"琳达·福克斯说,"当你在外星世界,独自躺在穹顶下,没人陪伴,没人说话的时候,是不是我抚慰了你?这就是我的工作——我的工作之一。"她把手放在他胸口,"你的心脏怦怦乱跳。你肯定吓坏了。它打算对我干坏事,还让你看到了它的打算。可是,你瞧,它让你带它来我这儿,却不知道我这儿是什么地方,也不知道我是谁。"

"你消灭了它,"他说,"那——"

"可是,他已经增殖,遍布了宇宙。"琳达说,"你在屋顶上看到的,不过是其中的一个。每一个人,都有他的代言人和指控者。在希伯来,古以色列人的代言人名为 yetzer ha-tov,指控者名为 yetzer ha-ra。我给你倒杯酒,是上好的加州金芬黛红酒,博伟金芬黛。酿酒的葡萄来自匈牙利。很多人都不知道。"

他进了琳达的客厅,一屁股跌坐在柔软的椅子上,感激不已。他鼻子里还能闻到山羊的臭味,"我会不会——"

"臭味会消散的。"她握着一杯红酒,轻盈地来到他身边,"我已经开了一瓶酒醒着。你会喜欢的。"

红酒味道很好。他的心跳慢慢地减缓,恢复到正常速度。

琳达·福克斯坐在他对面,也端着一杯红酒,专心地凝视着他,"那东西没伤害你妻子吧?也没伤害以利亚斯吧?"

"没。"他说,"那东西找到我的时候,我单身一人。它装成是一只迷路的小动物。"

琳达·福克斯说:"地球上每个人,都要做出选择,是选择指控者,还是协助者。你选了我,所以我才能救你……要是你选的是那只羊形生物,我就没法救你。你选了我,这是你的个例;每一个人,都是个例,都得自己打这一仗——犹太拉比一直这样训导教众。在犹太教中,堕落的人类并非整体,没有整体的教条。拯救,只针对个人。你喜欢津芬德尔吗?"

"喜欢。"赫伯回应道。

"我会利用你们的调频电台。"她说,"那是广播好地方。"

"你知道我们要买电台?"赫伯惊讶。

"以利亚太顽固。我的歌放在广播里很合适。我唱的曲子能让人们心中充满欢乐——这就是最重要的。好了,赫伯·亚什,你已经来到了加州,跟我在一起。从一开始,这就是你的梦想。那时候,你在另一个星系,独自待在穿顶里,守着我的全息海报,看着海报里的我走动说话。那时候,你只有人工合成的我,模拟的我。现在,真实的我就坐在你面前。你感觉如何?"

他问道:"这是真实的吗?"

"你有没有听到两百把甜腻腻的弦乐器演奏音乐?"

"没有。"

"那就是真实。"说着,琳达·福克斯放下手中酒杯,站起身,来到他身边,弯下腰,伸开双臂,搂住了他。

第二天早晨,他醒来,看到"独一无二的福克斯"躺在身边,头发拂在脸颊上。他心中暗暗告诉自己:这是真实,不是做梦。邪恶的羊形生物躺在屋顶上,已经死了。这是注定针对我来的山羊,只为让我的生命腐化堕落。

他碰碰她的深色发丝,苍白的脸颊。这就是我爱的女人,他想,她的头发真美。哪怕睡着了,睫毛也又长又可爱。他跟福克斯在一起——美好得不像真实,却恰恰是真实;仿佛不可能发生,却恰恰发生了。关于虔诚的宗教信心,以利亚斯说什么来着?"正因为荒谬,所以才可信。"(Certum est quia impossibile est.)这是早期基督教神父特图里安针对基督耶稣的复活,做出的伟大评断。这句话用在此时此刻,也正合适。

他抚摸身边女子光裸的臂膀,心想:我走了多长的路啊。曾经的美梦,成了如今的现实经历。我既回到了刚开始的起点,又完全不在刚开始的起点上。这是悖论,同时也是奇迹。而且,跟当初梦想的地点都一样——都在加州。就好像我当初预见了自己的未来,提前经历了多年后的现实。

屋顶上的死东西,正是现实的证据。因为,我的想象中,绝不可能出现这么个臭烘烘的野兽,用它的大脑控制我的大脑,还对我撒谎,对我编织丑陋的谎言,描绘出一个肥胖矮小、皮肤粗糙的丑陋女人——丑陋得跟它自己一样,正是它自己的投射。

我深深地爱着她。不知那些相爱的人类当中,会不会有某个人爱着另一个人,爱得像我爱她一样深?他想,她是我的代言人,我的协助者。她对我说过描绘她的希伯来语词汇,可惜我忘记了。她是我的守护灵。那羊形生物,飞了整整三千英里,一路飞到这里;而她只是伸出手,放在它的侧腹上,它就死了,一声都没吭。她杀它,简单极了。她知道它要来,等着它上门。她说,这是她的工作,是她的工作之一。她还有其他工作——她抚慰我,抚慰其他几百万人;她为我们辩护,给予安慰。而且,她总会及时出现,从来不会迟到。

他俯过身,吻了琳达的脸颊。她在睡梦中叹息一声。他想,我来这儿的时候,是受羊形生物控制的弱小生命;是她保护了我,因为我弱小。她并不像我爱她一样爱我;因为她要爱的是全人类。可我,我只爱她一个。我这弱小的生物,全身心地爱她,爱她这个强者。我忠于她,她保护我。这就是上帝跟以色列人立下的约定:强者保护弱者;弱者忠于强者,毫无保留地奉献给强者。这是互利互惠。我也跟琳达·福克斯立了约。这个约定永远成立,绝不会被我或者被她毁掉。

我来给她做早餐,他做了决定。于是,他轻手轻脚从床上爬起来,走进厨房。

一个身影立在厨房中,正等候着他。这身影很熟悉。

"艾曼纽。"赫伯·亚什唤道。

男孩子周身幽幽发光。赫伯·亚什发现,自己能透过孩子的身体,看到后面的墙壁、台面、橱柜。这是神圣显灵。艾曼纽真身在别处,却也在此处,看到了赫伯·亚什。

"你找到她了。"艾曼纽说。

"对。"赫伯·亚什回答。

"她会护你周全。"

"我知道。"他说,"这是我这辈子第一次觉得安全。"

"从现在起,你再也不必闭缩自己了。"艾曼纽说,"当初,在穹顶里,因为恐惧,你闭缩了自己。现在,你不必害怕……因为有她在,赫伯特。现在的她,是活生生的真人,不是某个形象。"

"我知道。"他回答。

"所以,跟从前不一样。让她上你的电台节目,帮助她,帮助你的保护人。"

"悖论。"赫伯·亚什说。

"悖论,却是真话。你能为她做很多事。你方才想到了'互惠互利',这个词用得对。她昨晚救了你的命。"艾曼纽举起手,"是我把她送给你的。"

"原来如此。"他一直暗暗猜测,会不会是艾曼纽安排的。

艾曼纽继续道:"有时候,在强者保护弱者这个等式中,很难说谁是强者,谁是弱者。在大多数情况下,她比你强;但在某些特定情况下,你也能保护她,反过来为她遮风挡雨。这才是生命的真正法则:互相保护。说到底,每一个生命都既是强者又是弱者,就连代言人——你的代言人也不例外。她既是强大的力量,也是平凡的人类。她是一个谜。你有足够的时间。你用余下的大半生慢慢揣测其中的奥秘,或可窥其堂奥。你会越来越了解她;而她会彻底了解你。就像芝娜彻头彻尾了解我一样,琳达·福克斯彻头彻尾了解你。你有没有想到这一点?'独一无二的福克斯',长久以来,对你的想法一清二楚?"

"她看到羊形生物,一点儿都没吃惊。"他说。

"对一个代言人来说,一切都在意料之中。"艾曼纽回答。

"我还会再见到你吗?"赫伯·亚什问。

"会,但见到的不是现在的我。我不会再以像你一样的人类形象出现。我已经不再是你眼前的小孩子;我已经抛弃了从母亲瑞比斯那儿继承来的人类一面。我和芝娜将结合成神圣二分点,也就是宏观宇宙。我们都将抛弃凡胎——也就是独立于世界的肉体。这世界就是我们的身体,我们的意识将成为世界的意识,也会成为你的意识,赫伯特。对于每一个选择了自己的代言人——选择了自己的善灵的生物,我们的意识都将成为它的意识。犹太教拉比训导过,每一个人类……这话琳达已经跟你说过了。不过,她有一点没有告诉你:未来,她还有一件礼物要送给你——她将为你的整个生命进行终极辩白。当你接受审判时,她也会在场,代替你接受审判。她的记录白璧无瑕;她会将无瑕赐予你,让你通过最后的审判。所以,不必恐惧:你必能获得最终的救赎。她会为你——她的朋友,献上生命。就像耶稣说的,'最伟大的爱,莫过于为朋友献出生命'。当她触碰羊形生物时,她自己——我还是不说的好。"

"那一瞬间,她自己也死了。"赫伯·亚什为他补完。

"那只是一刹那的时间,短到几乎不存在。"

"但确实存在。她死去,又复活。尽管我毫无察觉。"

"是这样没错。你怎么知道?"

赫伯·亚什说:"今天早晨,望着她熟睡的时候,我能感觉到,我能感觉到她的爱。"

琳达·福克斯身穿鲜花丝绸睡袍,迷迷糊糊地进了厨房。看到艾曼纽,她顿时立住。

"Kyrios。"她轻声唤道。

"Du hast den Mensch gerettet,"艾曼纽对她说,"Die giftige Schlange bekämpfte... es freut mich sehr. Danke."

琳达·福克斯问道:"Die Absicht ist nur allzuklar. Lass mich fragen: wann also wird das Dunkel schwinden?"

"Sobald dich führt der Freundschaft Hand ins Heiligtum zum ew'gen Band."

"O wie?"琳达·福克斯问。

"Du——"艾曼纽凝视着她,"Wie stark ist nicht dein Zauberton, deine Musik. Sing immer für alle Menschen, durch Ewigkeit. Dabei ist das Dunkel zerstören."

"Ja."琳达·福克斯点点头。

"我告诉她,"艾曼纽对赫伯·亚什解释,"她救了你的命。毒蛇被打败,我甚喜悦。我感谢她。她说,她十分清楚它的意图。她又问,黑暗何时会消失。"

"你怎么回答?"

"答案是我们两个的秘密。"艾曼纽说,"但我告诉她,她的音乐会永远存在,为人类存在。这是答案的一部分。她已经懂了。这最重要。她会去做自己必须做的事。我们和她之间,最终审判法庭和她之间,没有误解。"

厨房干净整洁,一切井井有条。琳达·福克斯走到炉子旁边,按下按钮,从冰箱里拿出食物。"我来做早餐。"她说。

"我本来想做给你吃的。"赫伯·亚什懊恼道。

"你好好休息。"她说,"过去的二十四小时,够你受的。先是被警察拦下,接着受彼勒控制……"她转过身,对他微笑。即便发如飞蓬,她仍然——哎,他说不好。她带给他的感受,无法用言语表达,至少他想不出合适的词语。此时此刻,光看到她跟艾曼纽同时出现,他已经完全蒙了,说不出话来,只能点头。

"他非常爱你。"艾曼纽说。

"我知道。"她郑重地回答。

"Sei fröhlich."艾曼纽对她说。

琳达·福克斯转向赫伯·亚什,解释道:"他说,要我快乐。我很快乐。你呢?"

"我——"他犹豫了。他记起艾曼纽的话:她问,黑暗什么时候消失。这么说,黑暗还没消失。毒蛇被打败了,但黑暗仍在。

"永远快乐。"艾曼纽说。

"好。"赫伯·亚什说,"我会的。"

炉边,琳达·福克斯做着早餐。他仿佛听到她在唱歌。他脑中一直萦绕着她美妙的歌声,从不休止;所以,很难分辨她此刻到底有没有出声歌唱。"她在唱歌。"艾曼纽说,"你没听错。"她唱着歌,把咖啡壶放在炉子上。新的一天开始了。

"屋顶上那东西。"赫伯·亚什开口想问,却发现艾曼纽已经消失了。屋子里只剩下他和琳达·福克斯。

"我会给市里打电话,"琳达·福克斯说,"让他们把那东西拖走。他们有一架机器,专门对付这个——专门负责拖走毒蛇,从人们的生活中拖走,或者屋子的顶上拖走。把收音机打开,听听新闻。肯定会有战争新闻,或者战争即将爆发的传言。肯定会有巨大的变故。这个世界——我们只见到了世界的一小部分。然后,我们再打电话问以利亚,电台的事怎么样了。"

"不会再有《南太平洋》弦乐版了?"他说。

"暂时不会。"琳达·福克斯回答,"一切都会顺利的。那东西从笼子里出来,还会再回到笼子里去。"

他问:"要是我们输了,怎么办?"

"我能预见未来,"琳达说,"我们会赢。我们已经赢了。从原初开始,从创世之前开始,每一次,我们都会赢。你喜欢在咖啡里放什么?告诉我,我忘了。"

稍后,他跟琳达·福克斯回到屋顶,查看彼勒的残骸。他惊奇地发现,留在屋顶的并非萎缩的羊形残躯,而是一只大风筝似的东西。仿佛一只会发光的大风筝,一头栽在屋顶上撞碎了,零零落落地撒满了屋顶。

他和琳达望着遍地的残片,心情沉重。残片巨大,虽已摧毁,却十分可爱。丝丝缕缕,仿佛粉碎的光芒。

"这是他从前的模样。"琳达说,"原初时候、堕落之前的模样。这是他原初的形象。我们管他叫Moth。千万年来,Moth缓缓下落,跟地球相交,仿佛某个几何形体,一步一步堕落,直到再也辨认不出原先的形状。"

赫伯·亚什说:"他从前真美。"

"他曾是晨星。"琳达说,"天堂最明亮的星辰。现在,却只剩下了这些,别无其他。"

"他堕落得够厉害。"赫伯·亚什说。

"他随带的一切,也堕落得够厉害。"

两人一同下楼,给市里打了电话,召唤机器前来拖走残骸。

"他会不会恢复原初模样?"赫伯·亚什问道。

"也许会。"她回答,"也许我们都会。"接着,她为赫伯·亚什唱起道兰德的歌。那是"独一无二的福克斯"在圣诞节时,为所有的行星唱的歌,是根据约翰·道兰德鲁特琴曲谱集改编的、最温柔、最过耳难忘的旋律。

"可怜的瘸子躺在池塘边,

苦痛悲伤许多年;

基督只看了他一眼,

他病痛全消,通体舒泰。"

"谢谢你。"赫伯·亚什说。

两人头顶,城市的机器开始工作,收集彼勒的残骸,收集曾是光芒的残片。